겨울나그네 2

겨울나그네 2

최인호 장편소설

열림원

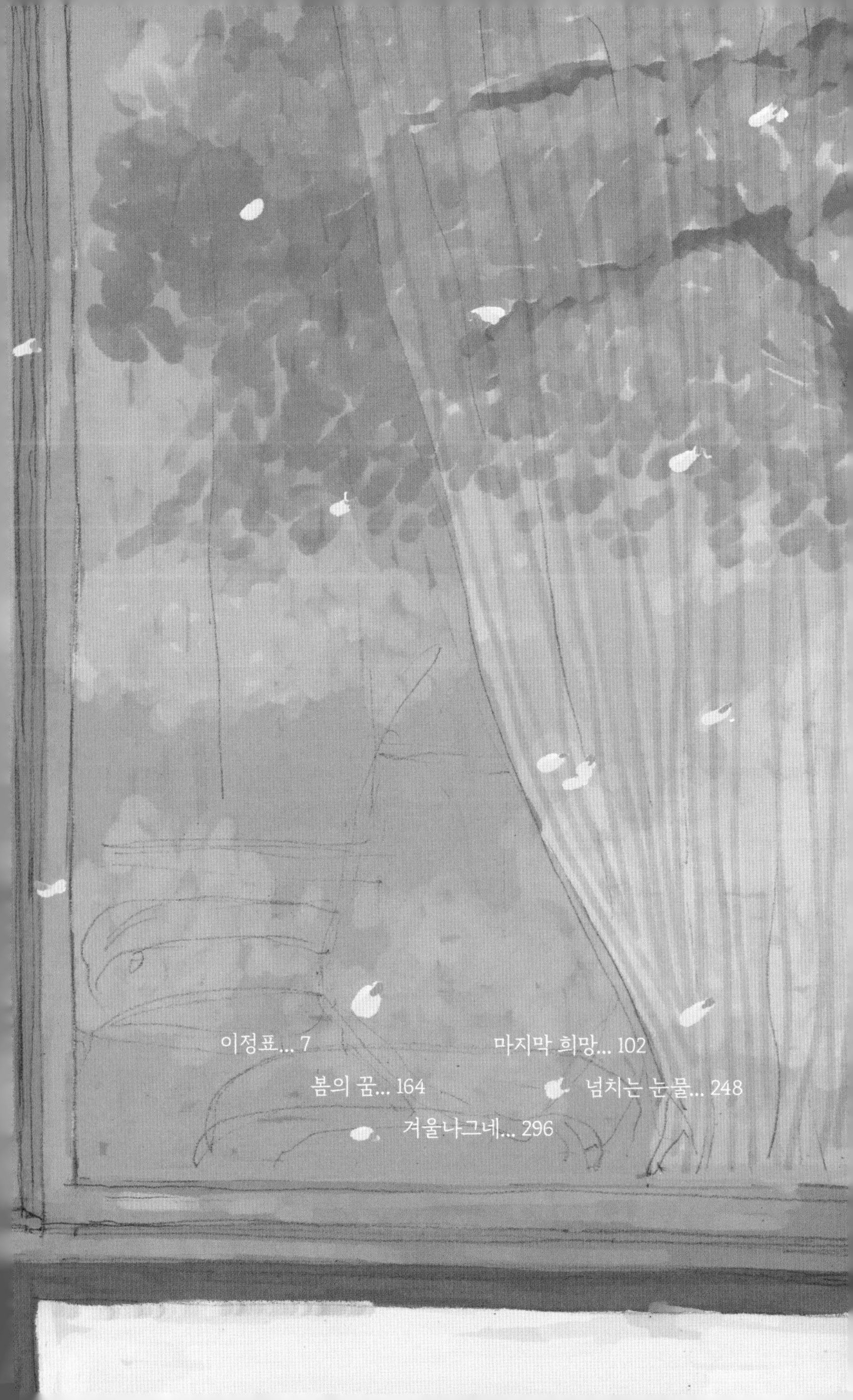

이정표

오후의 캠퍼스는 텅 비어 있었다.

다혜는 텅 빈 도서관 앞 분숫가 벤치에 앉아 있었다. 겨우내 얼어붙었던 분수는 신학기와 더불어 힘차게 물줄기를 내뿜었다. 한겨울 동안 벌거벗은 채 청동색 나신을 그대로 드러내놓았던 인어 아가씨는 기지개를 뿜어내는 분수 속에서 생기를 되찾았다.

아직 꽃은 필 때가 아니었지만 등나무의 등걸에는 파릇파릇 새싹이 돋았다. 유리창이 많은 도서관의 창문 위로 오후의 햇살이 눈부신 반사광을 되쏘고 있었다.

다혜는 그늘진 자리에 앉아서 조용히 눈을 뜨고 분수를 바라보았다. 역광의 햇빛이 소리쳐 오르는 분수의 속살을 훤히 내비쳐 보였다.

그 언제였던가.

다혜는 망연히 분수를 바라보면서 가만히 지난 일을 떠올려 보았다.

민우 씨와 이 자리에서 첫 번째로 만난 것이 벌써 일 년 전 일이었다. 첫 번째 데이트에는 민우 씨를 바람맞히고 말았지. 나는 그때 도서관 구석진 창가에서 민우 씨를 지켜보고 있었다. 약속 시간이 지나고서도 너무나 오래 앉아 있는 민우 씨에게 미안해 나타나서 몇 마디 변명이라도 하고 싶었지만 차마 부끄러워서 그러지도 못하고 말았다.

그때 민우 씨는 약속 시간이 지난 다음에도 오랜 시간을 이자리에서 기다렸다. 해가 저물고, 땅거미가 지고, 황혼이 오고, 캠퍼스의 수은등에 불이 켜질 때까지 민우 씨는 자리에서 일어서려 하지 않았다.

이따금 입술을 오므려서 휘파람을 불었던가. 그토록 오랜 시간을 기다리면서도, 그의 모습에는 바람맞을지도 모른다는 초조함도, 당황스러움도 엿보이지 않았다.

두 번째 데이트도 이곳에서 했다.

그가 먼저 나와 기다렸지.

그와 처음 만났을 때 코피가 터져 얼마나 당황했던가. 그것이 벌써 일 년 전의 일이다. 그때는 일 년 휴학 뒤끝의 3학년이었고 이제는 졸업반이 되었다.

그는 지금 어디에 있는가.

그를 마지막으로 본 것은 지난가을 구치소 철문 앞이었다. 구치소에서 풀려나오던 그를 문 바로 앞에서 만난 것이다. 그날 밤 현태 씨와 둘이서 민우 씨를 데리고 아버님의 산소에 함께 갔다. 그러고는 그의 소식을 알 수가 없다. 그는 거짓말처럼 잠시 나타났다 스러지는 신기루처럼 종적을 감추고 말았다.

그는 도대체 어디서 무엇을 하고 있을까.

지난가을 현태 씨는 내게 민우 씨가 그의 젖은 옷을 벗어두고 대신 허름한 자신의 작업복을 바꿔 입은 채 행방을 감추고 말았다고 전해주었다.

도대체 그는 왜 내게 연락하지 않는 것일까. 지난 연말에도, 새해에도 그는 연락조차 보내지 않았다.

새학기가 다가오자 다혜는 그가 나타나리라 막연히 기대를 했다.

그가 비록 가을에야 다시 복학할 수 있는 입장이라 하더라도 그 지루하게 길고 암담했던 겨울이 지나고 뭔가 좋은 일이 생길 것만 같은 새봄에는 환한 웃음과 더불어 번쩍번쩍 신의(新衣)를 입고 나타나리라고 예감했다.

그러나 그는 나타나지 않았다.

다혜는 뭔가 다가서는 인기척에 언뜻 고개를 들어 옆자리를 보았다. 그곳엔 현태가 흰 이를 내보이면서 활짝 웃고 서 있었다.

"안녕하세요. 뭘 그렇게 골똘히 생각해요?"

현태가 벤치 옆자리에 앉으면서 말을 이었다.

"옆에 온 지 한참이 되었는데도 통 알아보지 못하니 섭섭합니다. 도대체 무슨 생각을 그처럼 골똘히 하셨나요?"

현태는 주머니를 뒤져서 담배를 피워 물었다.

"지난 연말에 보고 오늘 처음 뵙는데요. 그러니까 거의 사 개월 만이지요?"

오늘따라 현태는 말쑥한 신사복을 입었다.

늘 허름한 작업복에, 염색한 검정 군복, 헝클어진 머리칼로 다니던 평소의 그와는 어울리지 않는 모습이었다.

언제나 텁수룩하게 자라 있던 수염은 말끔히 깎았고, 항상 옷깃 뒤로 흘러넘치던 긴 머리칼도 단정하게 잘랐다.

그러나 희한하게도 그의 그런 놀라운 변신이 이상하거나 어색하게 느껴지지 않았다. 넥타이까지 맨 정장 신사복이 그에게 썩 어울렸다.

"아니 어떻게 된 거예요?"

다혜가 감탄을 하면서 그의 옷차림을 보았다.

"……뭘, 뭘 말씀이십니까?"

좀 쑥스럽고 부끄러운 듯 짐짓 모른 체 딴전을 피우면서 현태가 겸연쩍게 웃었다.

"오늘 무슨 좋은 일이라도 있으세요?"

"헛허허……."

현태는 뒷머리를 긁으면서 계속 웃었다.

"……선을 보고 오는 길입니다."

"선이요?"

다혜가 웃으면서 말을 받았다.

이상하게도 낯을 가리고 부끄러움을 몹시 타는 다혜의 성격은 그의 곁에 앉으면 눈 녹듯 사라진다. 그에겐 사람을 편안하게 하는 포용력이 있다.

"벌써 장가를 가시게요?"

"그럼요."

현태가 눈을 활짝 뜨고 코미디언처럼 낯을 찡그렸다.

"왜 안 됩니까? 이러지 마세요. 군대 다녀온 졸업반 학생입니다. 예전 같으면 장가가서 손자 볼 나이입니다, 헛허허."

현태는 명랑한 표정으로 제풀에 말하고 제풀에 웃었다.

"실은 선은 선인데 결혼을 하는 선이 아니라, 취직 선을 보고 오는 길입니다. 오늘 면접시험이 있었습니다. 전 가을에 졸업을 하거든요. 잘하면 새봄에 정식으로 취직부터 하게 될지 모릅니다. 오늘이 그 면접날이라서 신사복을 입었지요. 이 신사복도 제 것이 아닙니다. 하숙집 옆방 선배님에게 빌린 넥타이와 빌린 신사복입니다. 잘하면 내주부터 직장에 나가게 될지 모릅니다. 그렇게 되면 제가 멋지게 한턱 내겠습니다. 늘 얻어먹기만 했으니까요."

현태는 오늘따라 한껏 기분이 좋은지 거듭 환한 미소를 터뜨렸다.

"면접 본 회사가 어디인데요?"

"A회사입니다."

A회사라면 대학 졸업생들에게 꽤 인기가 있는 종합상사였다.

"A회사는 시험을 치르지 않고 학교의 추천을 받은 학생들을 상대로 면접만 해서 사원들을 모집합니다."

"······자신 있으세요?"

"물론입니다. 절 데려가는 회사는 운이 좋은 회사입니다."

자신 있게 현태는 말했다.

"첫 번 월급을 타면 할 일이 있습니다. 그게 뭔지 아십니까?"

현태가 수수께끼 문제라도 내듯 다혜를 돌아보았다.

"그동안 고생하신 어머니 내복을 사드리거나 하는 것이 아닙니다. 그보다 더 먼저 할 일이 있습니다. 내겐 빚이 있습니다. 은혜가 있습니다. 그 은혜가 아니었더라면 나는 졸업도 할 수 없었을 것입니다. 그건 민우에게 빌렸던 등록금을 갚는 것입니다. 민우는 내게 네 번씩이나 대신 등록금을 완납해주었습니다. 가장 어려울 때 그가 내게 희망을 주었으며 용기를 주었습니다. 이젠 내가 그에게 용기를 줄 차례입니다. 그가 어렵다면 졸업할 때까지 내가 등록금을 대겠습니다. 의사 공부가 돈이 많이 드는 학업이라면 제가 한푼도 쓰지 않고 그를 훌륭한 의사로 키울 것입니다. 이젠 내가 그에게 희망과 용기를 줄 차례입니다."

오후의 햇살이 조금씩 기울고 있었다. 분수의 물줄기만이 종이 구기는 소리를 내며 오후의 정적을 깨뜨렸다.

"지난 며칠 동안 나는 민우를 찾아다녔습니다. 도대체 행방을 알 수가 있어야 말이지요. 지난가을 교도소에서 나오는 그를 만나고 그날 밤 우리집에서 같이 잔 이후로 그의 행방은 묘연합니다. 그래서 나는 이렇게 생각했습니다. 혹 이 녀석이 자격지심으로 나를 피하는 것이 아닐까. 그렇다면 내 쪽에서 먼저 찾아보리라고 결심을 했습니다. 노파심에서 묻는 건데, 다혜 씨에게도 아무 소식 없었지요?"

다혜는 대답 대신 머리를 흔들었다.

"그럴 줄 알았습니다. 그래서 제가 만나자고 연락을 드린 것입니다. 지난 며칠 동안 먼저 살던 민우의 집 동네를 찾아가 수소문한 끝에 간신히 민우가 교도소에 있는 동안 이사를 가버린 집 주소를 알게 되었지요. 그래서 어제 그 집으로 찾아갔습니다. 민우의 어머님께는 평소 두어 번 인사를 드린 적이 있으니까요. 그런데 놀라운 것은 그 집에서도 민우의 행방을 모르는 것이었습니다. 정말 놀라운 일입니다. 난 그래도 그 녀석이 집으로 돌아간 줄만 알고 있었지요. 그리고 집에 틀어박혀서 두문불출, 개구리처럼 동면하는 줄만 알았지요. 그런데 그게 아니었습니다. 그는 어디론가 사라져버린 것입니다."

현태는 아무래도 어색한지 목을 졸라맨 넥타이를 느슨하게 풀면서 말을 이었다.

"그래요, 벌써 육 개월이 넘었습니다. 그동안 그의 행방은 묘연합니다. 어디서 뭘 하고 있는지 아는 사람이 전혀 없습니다. 짐작조차 할 수 없습니다. 만약 이대로 내버려두다가는 곤란한 일이 벌어집니다. 가을학기에 그는 등록을 해야 합니다. 그래서 다시 공부를 해야 합니다. 가을학기라고 해서 시간이 충분하지 않습니다. 만약 이 시간을 놓친다면 그땐 끝입니다. 그는 폐인이 되고 말 것입니다."

현태는 말을 끊었다. 갑자기 무거운 침묵이 왔다.

잔바람에 실린 분수의 물보라가 조금씩 옷깃을 적셨다. 땅거미가 지기 시작하자 나무의 그림자들이 한껏 키가 자라 뜰을 가로세로 길게 엮었다.

"남은 것은 우리 두 사람뿐입니다. 그에게 희망을 줄 수 있는 사람은 다혜 씨와 나뿐입니다. 우린 포기하지 말아야 합니다. 그가 있는 곳을 알아내야 합니다. 이제 남은 곳이라고는 딱 한 곳뿐입니다."

"그곳이……."

다혜가 말을 받았다.

"그곳이 어디인데요?"

"언젠가 나는 민우에게 언뜻 이야기를 들은 적이 있습니다. 설악산으로 도망치기 전에 민우는 내게 들렀습니다. 그는 무엇엔가 쫓기고 있었습니다. 그는 방금 병실에 찾아온 나이 든 사람에게 폭력을 휘두르고 도망쳐온 길이었습니다. 그럴 친구가 아니었으므로 도대체 무슨 충격 때문에 그런 엄청난 일을 저질렀느냐고 묻자 그는 내게 대답했습니다. 나는 오늘 이모를 만났다, 나를 낳은 어머니의 언니다, 그곳에서 나는 지옥을 보았다. 자세히 기억나지는 않지만 그런 식의 짤막한 말을 내게 했던 기억이 떠오릅니다. 나는 그때 더 이상 캐묻지 않았습니다. 왜냐하면 그가 너무 상심하고 있었으므로 새삼스레 말을 연장해서 그에게 정신적 상처를 입히고 싶지 않았기 때문입니다. 다음 날 나는 그에게 등산용구와 짐을 꾸려주고 설악산의 백담계곡에 가서 몸을 숨기라고 일러주었습니다. 지금 그 녀석이 가 있는 곳은 그렇다면 그곳입니다. 그 녀석을 낳은 생모의 언니가 살고 있는 곳, 민우가 자기 입으로 '지옥'이라고 표현했던 곳을 찾아내야 합니다. 그는 그 지옥 속에 있을 것입니다. 그곳을 찾으면 우리는 민우를 그곳에서 데리고 나올 수 있을 것입니다."

"아, 저도 언젠가 설악산에서 그런 이야기를 들은 적이 있어요. 하지만……."

다혜가 낮은 소리로 말을 받았다.

"그곳을 어떻게 찾을 수 있어요?"

"물론 어려운 일입니다. 그러나 불가능한 일은 아닙니다. 나는 내가 할 수 있는 모든 노력을 할 것입니다. 난 압니다. 민우는 이 세상에 잘못 태어난 소년입니다. 그래서 무엇이든 더러운 것도 뿌리칠 줄 모르고 받아들일 것입니다. 그는 큰 죄라는 의식 없이도 남의 물건을 훔칠 그런 녀석입니다. 어쩌면 사람을 죽일지도 모르지요. 그는 천사이기 때문에 우리보다 더 급속도로 악에 물들게 될지도 모릅니다. 그의 말이 사실이라면. 그가 표현한 대로 그가 있는 곳이 지옥이라면……."

그는 말을 끊었다. 아주 오랜 침묵이 왔다.

어차피 더 이상 이어갈 이야기가 없었으므로 두 사람은 깊은 침묵 속에서 숲과 저물어가는 나무와 가지 위를 뛰노는 새와 어둠 속에 파묻혀가는 개나리와 진달래꽃을, 하나씩 둘씩 점화되는 가로등의 불꽃을 물끄러미 들여다보았다.

"그 녀석을 찾아야만."

오랜 침묵 끝에 현태가 일어섰다.

"그 녀석을 찾아내야만 내가 진 빚을 갚을 수 있습니다. 이 빚

을 갚지 못하면 나는 영원히 채무자가 되고 맙니다. 자, 일어서
세요. 밤이슬이 내릴 시간입니다. 제 주머니에 돈이 많습니다.
밥도 먹고 술도 마실 수 있는 그런 돈이 제 주머니에 있습니다.
이제부터는 제 주머니에 언제나 돈이 많겠지요. 자, 저 거리로
나가서 맛있는 것을 사 드리겠습니다. 함께 나가시죠.”

두 사람은 일어서서 함께 걸었다.

“또 늦는군.”

잠자코 침묵을 지키던 허버트가 야광시계의 숫자판을 들여다
보며 시간을 확인하고는 투덜거렸다.

“우린 언제나 먼저 나와서 기다린단 말이야. 우린 똘마니고
저 자식들은 왕초인 것처럼.”

질경질경 껌을 씹으면서 허버트는 캄캄한 밖을 내다보았다.

두 사람은 십오 분 전에 이곳에 도착했다. 로라 이모가 가르
쳐준 대로 국도를 따라 계속 북행하다가 삼거리 아랫길에서 갈
라져 포장이 안 된 샛길을 따라 야산으로 들어왔다.

야산엔 듬성듬성 무덤이 있었다. 최근까지 민가가 있었는지
황폐한 초가 서너 채가 무너진 채 무덤가에 서 있었다. 무덤가
를 따라 잔솔나무들이 둘러섰다.

아무리 사방을 훑어보아도 민가의 불빛은 보이지 않았다. 국
도를 따라 끊임없이 달려가는 차량들의 불빛도 소나무 가지에
가려 보이지 않았다.

밤하늘엔 별만 무성했다.

이곳에서 일곱 시에 접선하기로 약속이 되어 있었다.

그들은 십 분 전에 도착하였고 이제 겨우 약속 시간보다 오 분이 지난 셈이었다. 이미 수차례 그들과 성공리에 물건을 수교하고 물건값을 치르는 일에 익숙해진 민우는 그들이 언제나 약속 시간보다 십오 분이나 삼십 분쯤 늦게 나타난다는 것을 알았기 때문에 초조해하지도 않았고 불안한 생각도 들지 않았다.

그것은 허버트도 마찬가지였다.

그는 민우보다 이 일을 수십 차례나 더 해온, 이 방면의 베테랑이었다. 그들이 언제나 이쪽보다 몇십 분 늦게 나타난다는 것을 모를 리가 없었다. 그런 그가 언제나 시간에 대해 트집을 잡는 것은 도무지 정체를 알 수 없는 그들에 대한 본능적인 적개심 때문이었다.

언젠가 기회만 있으면 저 새끼들 이마에 칼자국을 내 대낮에도 거리를 나다니지 못하게 흉터를 만들어주리라 허버트는 별렀다.

어릴 때부터 기지촌에서 잔뼈가 굵은 허버트에게 자신을 무시하는 녀석들의 존재는 견딜 수 없는 치욕이었다.

목구멍이 포도청이라 참고 있지만 언제든 때만 오면 녀석들의 얼굴에서 가면을 벗겨내 도대체 어디서 뭘 하는 놈들인가 그것을 알아내는 것이 허버트의 소원이었다.

이따금 삼거리에서 갈라져 들어오는 헤드라이트 불빛이 원을 그릴 때마다 소나무 가지 사이로 빛의 기둥이 스며들어와 무덤 위를 비추고 사라지곤 했다.

"어느 놈이 죽어 이곳에 묻혔을까, 젠장. 더러운 곳에서 만나기로 약속했네."

아무래도 정적이 싫은 듯 허버트는 이 틈새로 침을 뱉으면서 중얼거렸다.

"유령이라도 나올 듯한 밤이야, 우라질. 하늘엔 별도 많군. 이 내 가슴엔 근심도 많고. 이봐, 친구."

허버트는 평소 민우에 대해서 어느 정도 적의를 갖고 있었다. 민우가 이 거리에 들어온 이래로 자신의 자리를 빼앗겼다는 불만 때문이었다. 그러나 민우가 순수하고 인간미가 있다는 것을 알자 오히려 동생처럼 아끼고 돌봐주었다.

"내가 준 물건 잘 가지고 있나?"

"뭘 말입니까?"

"잭나이프 말이야."

그제야 민우는 주머니 속에 잭나이프가 들어 있음을 상기했다. 민우는 이 일을 나올 때마다 무의식적으로 잭나이프를 주머니에 챙겨넣곤 했다.

"가지고 있습니다. 왜, 돌려드릴까요?"

"아니, 갖고 있어. 언젠가는 필요하게 될 테니까…… 온다."

갑자기 허버트가 상반신을 일으켜서 차창 밖을 노려보았다.

과연 허버트의 말대로 오솔길을 따라 올라오는 차의 불빛이 번쩍이면서 부챗살을 펴들었다. 가파른 언덕길을 올라오느라고 차는 힘에 부친 엔진 소리를 냈다. 눈에 익은 차의 모습과 귀에 익은 엔진 소리였다. 민우는 차의 시동을 걸어두고 허버트와 더

불어 차에서 내렸다.

　트럭은 무덤가 빈터에 섰다. 차는 분명 멈췄는데도 엔진을 끄지 않았다. 속전속결로 물건만 인수인계하면 재빠르게 현장에서 날라버리겠다는 속셈이었다.

　트럭에서 두 사람이 뛰어내렸다. 한 사람은 트럭의 덮개를 열었고 한 사람은 허버트 앞으로 걸어왔다. 얼굴에 마스크를 한 그는 언제나처럼 말없이 허버트에게 손을 내밀었다.

　"아따."

　번번이 자신의 의견이 무시당한다는 것을 알면서도 허버트가 버릇처럼 이죽거렸다.

　"물건이나 보고 돈을 받으시오. 어느 시러베아들놈이 물건도 확인하지 않고 돈부터 준담."

　그러나 마스크를 한 사내는 물러서지 않았다.

　허버트는 가죽 가방 속에서 미리 준비해두었던 종이봉투를 꺼냈다. 마스크를 한 사내는 손가락으로 대충 봉투의 끝만을 뜯어보고는 그제야 트럭 위에 서 있는 사내에게 고개를 끄덕였다.

　만일의 사태가 일어나지 않을까 날카롭게 주시하던 또 한 사내는 그제야 안심했다는 듯 트럭에서 비켜섰다.

　허버트와 민우는 트럭 뒤쪽으로 다가섰다.

　언제나처럼 박스에 차곡차곡 포장된 물건들이 트럭에 가득 들어 있었다. 두 사람은 눈부시게 빠른 솜씨로 물건들을 나르기 시작했다. 두 사람이 나르는 동안 한 사람은 물건이 다 부려짐과 동시에 도망가기 위해 트럭에 앉아서 떠날 태세를 완비했고,

한 사람은 말없이 물건을 부리는 작업을 지켜보았다.

거의 물건이 다 부려졌을 때였다.

갑자기 물건을 싣다 말고 허버트가 뭔가 이상한 낌새를 느꼈는지 행동을 멈추었다. 그는 재빠르게 단단하게 묶인 박스를 헤쳐보았다. 평소의 물건과는 왠지 무게가 다르다는 이상한 느낌이라도 든 모양이었다.

박스를 헤치자 흰 종이가 드러났다. 그러나 그 흰 종이를 헤치자 형편없는 쓰레기더미가 흘러나왔다. 이를테면 그들은 지금 사기를 당하고 있는 셈이었다.

순간 허버트의 고함 소리가 터져흘렀다.

"라이트를 켜, 친구."

허버트의 몸이 비호처럼 날았다. 그는 트럭 위에 팔짱을 끼고 서 있던 사내를 향해 돌진했다.

"이 씨발놈들, 이 새끼들이 사람을 속여."

허버트의 발이 사내의 턱을 향해 날았다. 모든 게 순식간에 일어난 일이었다.

사내는 비명과 함께 둔탁한 소리를 내며 쓰러졌다. 민우는 갑작스런 사태에 넋을 잃고 우두커니 서 있었다. 새삼스레 헤드라이트를 켤 필요는 없었다. 어둠이 눈에 익었으므로 모든 사물이 도둑고양이의 눈처럼 잘 보였다.

"오늘에야 이 새끼들의 얼굴을 참말로 보게 생겼다."

눈 깜짝할 사이에 한 놈을 해치운 허버트는 운전석으로 달려갔다.

"친구, 불을 켜."

그러나 허버트의 생각은 오산이었다.

그의 발길에 쓰러진 사내가 놀라울 정도로 빠른 속도로 일어섰다. 손에는 어느새 각목이 들려 있었다. 뭐라고 말릴 틈도 없이 사내의 몸뚱이가 운전석으로 달려가는 허버트를 내리쳤다.

허버트가 제자리에서 풀썩 쓰러졌다. 한 번, 두 번 마치 두꺼운 솜이불의 먼지를 터는 것 같은 둔탁한 소리가 이어졌다.

순간 민우는 반사적으로 주머니에서 잭나이프를 꺼내들었다. 단추를 누르자 찰칵 날카로운 비수가 튀어나왔다. 무서움도 공포도 느껴지지 않았다. 그것은 자신을 지켜야 한다는 방어본능에 지나지 않았다.

그들을 이대로 떠나보내서는 안 된다고 민우는 생각했다.

그는 운전석으로 뛰어드는 사내의 어깨를 감싸쥐었다. 거의 동시에 그의 어깨 위에 벼락이 꽂혔다. 화끈하는 불꽃이 어깻죽지에 번뜩였다. 하마터면 그 자리에서 쓰러질 뻔했다.

민우는 순간 칼을 든 손으로 사내의 넓적다리를 찔렀다. 잘 익은 과일의 속살을 쑤시는 듯한 선명한 감각이 손끝에서 춤추었다. 사내가 차에서 털썩 떨어졌다.

운전석에 앉아 운전대를 잡고 있던 마스크를 한 사내가 공격 태세를 갖추며 일어섰다. 문이 열림과 동시에 민우는 차에서 튕겨져 떨어졌다. 그러나 민우는 날쌔게 착지하여 몸을 세웠다. 검은 그림자가 차 위에서 날아 떨어졌다. 무서운 기세였다.

다음 행동을 어떻게 해야 할지 몰라 엉거주춤하고 있는 민우를 향해 사내의 몸이 날아들었다. 옆구리에 묵직한 감각이 있었다.

자신의 몸이 그대로 허공을 곤두박질쳐서 무덤 위에 내리꽂힌다고 느껴졌다. 꿈을 꾸고 있는 것 같은 몽롱한 느낌이 들었다.

안 된다고 민우는 생각했다. 이대로 나가다가는 이곳에서 죽는다고 생각했다. 그래서 살기 위해서 칼을 든 오른손을 움켜쥐었다. 그러나 그곳엔 아무것도 들려 있지 않았다. 불의의 일격을 당할 때 손에서 나이프가 퉁겨져나간 모양이었다.

민우는 몸을 굴렸다. 뭔가 등 뒤에서 걸렸다. 딱딱한 바닥이었다. 민우는 신음 소리를 내면서 일어섰다. 동시에 가슴에 찢어지는 듯한 통증이 있었다. 그는 가슴을 부둥켜안고 뒹굴었다.

안 돼. 안 된다.

민우는 몸을 굴리면서 중얼거렸다.

이대로 죽어선 안 돼. 이대로 죽을 수는 없어.

순간 뭔가 손에 걸렸다. 그것은 딱딱한 각목이었다. 아니 각목이라기보다는 짧은 쇠파이프처럼 느껴졌다. 민우는 그것을 들어올렸다.

그리고 허공을 향해 휘둘렀다. 손끝에 걸리는 느낌이 있었다. 그와 동시에 어둠이 뚫린 느낌이었다. 한 번 두 번 민우는 파이프를 휘둘렀다. 그 누구도 이제는 공격해 들어오거나 덤벼드는 놈이 없었다. 민우는 그래서 갑자기 다가온 침묵과 평화가 두려웠다. 민우는 숨을 헐떡이면서 어둠 속을 노려보았다.

한 사내가 무덤 위에 쓰러져 있었다. 가쁜 숨을 몰아쉬면서 사내가 쓰러져 있었다. 입가에서 흰 마스크가 벗겨져 있었다.

민우는 순간 그가 죽지 않았나 하는 공포를 느꼈다. 그의 몸을 흔들어보았다. 뭐라고 불확실한 소리로 중얼거리면서 그가 꿈틀거렸다. 죽지는 않았다고 민우는 혼잣말을 했다. 그는 손에 들었던 파이프를 멀리 집어던졌다.

민우는 쓰러진 사내의 주머니에서 조금 전에 주었던 돈봉투를 꺼내서 주머니에 찔러넣었다. 그리고 트럭 쪽으로 천천히 걸어갔다.

두 사내가 풀섶에 나란히 누워 있었다. 한 사내의 다리에서는 검붉은 액체가 흘러내렸다. 피였다. 민우는 그가 자신이 찌른 나이프에 의해 부상을 당한 또 한 사내란 사실을 그제야 알아차렸다.

오오.

민우는 땀을 흘리면서 헐떡였다.

내가 그를 찔렀다. 내가 그의 다리를 찔렀다. 내가 그의 다리를 찔러 피를 흘리게 했다.

"친구."

겨우 정신을 차렸을까. 쓰러져 있던 허버트가 돌아누우면서 신음 소리를 냈다.

"날 좀 일으켜줘. 그리고 빨리 여기서 튀세, 친구. 날 일으켜줘."

민우는 허버트의 몸을 부축해서 일으켰다. 그는 몸을 움직일 때마다 비명을 질렀다. 각목으로 여기저기 닥치는 대로 얻어맞아 몸 한 부분도 성한 데가 없어 보였다. 어딘가 뼈가 부러지기라도 한 모양이었다.

　민우 역시 성한 몸은 아니었다. 어깻죽지와 옆구리가 불에 덴 듯 욱신거렸다. 무거운 허버트의 몸을 간신히 지프에 올려놓고 민우는 황급히 차의 시동을 걸었다.

　"어떻게 됐어? 나머지 한 놈은 어떻게 됐어?"

　"……제가 해치웠습니다."

　민우는 헤드라이트를 켰다.

　"……불을 꺼, 친구. 큰길에 나갈 때까지 라이트를 끄고 나가."

　잠시 켠 헤드라이트 불빛 속에 쓰러져 누운 두 사람의 몸이 참담하게 드러났다.

　민우는 허버트가 시키는 대로 라이트를 끄고 오솔길을 헤쳐 나갔다. 굴곡진 비포장길은 두 사람의 몸을 공중으로 튀어오르게 할 정도로 거칠었다.

　"……이제 보니 보통이 아니야, 친구가 아니었더라면 나는 골로 갈 뻔했어. 어떻게 됐어, 돈은……."

　"다시 찾았습니다."

　"……잘했어, 친구. 하마터면 당할 뻔했어. 쌍놈의 새끼들. 막차로 한번 멋지게 우릴 속이고 이 바닥을 떠나려고 작정했나봐. 우리가 속아넘어갈 줄 착각하고 있었지. 아이구."

　허버트가 신음 소리를 내면서 비명을 질렀다.

　"팔이 부러졌나봐. 친구는 어디 다친 데 없어?"

　"……없습니다."

　차가 큰길가로 내려서자 헤드라이트를 켜고 미친 듯이 민우는 차를 몰아나갔다.

"저런 머리에서 피가 흐르는데…… 머리가 깨졌어."

"……괜찮습니다."

"……어떻게 했어, 어떻게 해치웠어?"

"……나이프를 사용했습니다."

"그것 봐, 친구. 내가 뭐라고 했어. 언젠가는 쓸모가 있을 거라구 그랬잖아. 어딜 찔렀어?"

"모르겠습니다."

민우가 고개를 흔들었다.

"다리를 찔렀던 것 같습니다."

"……나이프는 어떻게 했어?"

민우는 운전대를 잡고 생각했다.

"가지고 왔겠지? 설마 그곳에 내버려두고 오지는 않았겠지?"

민우는 한 손으로 가슴을 더듬어보았다. 언제나 나이프가 들어 있어 묵직한 느낌을 주던 속주머니는 가벼웠다.

"……미처 챙겨갖고 오지 못했습니다."

"그렇담……."

허버트가 혀를 차면서 대답했다.

"친구는 칼을 그 현장에 떨어뜨리고 왔단 말인가? 아이구, 이런 바보. 이봐, 우린 이대로 갈 수 없어. 돌아가야 돼. 차를 세워."

민우는 도로 옆에 차를 세웠다. 도로 위를 서둘러 달려가는 차들의 불빛이 휙휙 어둠을 갈랐다.

"차를 돌려. 돌아가세."

"……안 됩니다."

민우가 머리를 흔들었다.

"우린 너무 멀리 왔습니다."

"친구, 우린 부산까지 토껴왔다 해도 돌아가야 한다구. 그런 바보 같은 짓이 어디 있어. 돌아가서 잭나이프를 주워오지 않으면 자넨 결정적인 증거품을 남기고 온 셈이 되는 거야. 자네뿐 아니라 나까지 당하고 말아. 난 이번에 끌려들어가면 삼 년 이상을 썩게 돼 있다구. 자, 차의 방향을 돌려."

"……그냥 가겠습니다."

민우가 단호하게 말을 뱉었다.

"돌아가서 칼을 주워오는 것은 어렵지 않습니다만 가서 내가 찌르고 때린 두 사람의 부상한 모습을 다시 맞닥뜨리게 되는 것은 죽기보다 싫은 일입니다. 나 때문에 피해를 볼 걱정은 조금도 하지 마세요. 난 오늘로 이 거리를 떠나겠습니다."

허버트는 담배를 피워 물었다. 허버트는 쿨럭이면서 담배연기를 내뿜다 말고 민우의 말에 충격을 받은 듯 몸을 세웠다.

"이 거리를 떠나겠다구?"

"……떠나겠습니다."

민우는 대답했다.

"난 이제 이 거리가 싫어졌습니다. 견딜 수가 없습니다."

"하기야, 떠나지 않을 수 없지."

혼잣말하듯 허버트가 중얼거렸다.

"떠나지 않으면 친구는 붙잡히게 된다. 붙잡혀서 콩밥을 먹게 돼. 잭나이프가 움직일 수 없는 증거가 되니까. 자네가 붙들려 들어가면 나도 붙들려 들어가게 되겠지. 그런 의미에서 자네가 이 거리를 떠난다는 것은 나로서는 대환영일세. 물론 오늘 우리에게 당한 그놈들도 떳떳지 못한 일을 했으므로 경찰에 신고하지 않을지도 모르지. 그렇다 하더라도 자넨 이 거리를 떠나는 게 좋아. 왜냐하면 그놈들이 신고하지 않는 대신 자네에게 복수를 할 테니까. 물론 내가 친구를 보호는 해주겠지만 놈들은 언제 어디서 습격해올지 몰라. 길거리에서 칼침을 놓을지도 모르지. 그런 의미에서 이 거리를 떠나 어디론가 몸을 숨길 필요가 있어. 그게 현명한 방법이야. 이다음에 세월이 흘러 사건이 잠잠해지면 그때 다시 돌아오는 한이 있더라도."

"……다시 돌아오진 않겠습니다."

민우가 이를 악물고 대답했다.

"내겐 나 혼자서 따로 할 일이 있습니다."

"어쨌든 로라상한테 가세."

"이모님을 만나고 싶지 않습니다. 그냥 이대로 떠나겠습니다……."

민우는 옷 속에서 다시 빼앗은, 돈이 가득 들어 있는 종이봉투를 꺼내 허버트에게 건네주었다.

"이것을 이모에게 전해주십시오."

"이봐, 마마상한테 들렀다 가라구. 작별 인사라도 해야 할 것이 아닌가?"

"……형님이 제 대신 안부를 전해주십시오. 제가 왜 인사도 안 드리고 떠날 수밖에 없었는가 그 이유를 상세히 말씀드려주십시오."

"······이봐, 친구."

허버트가 의아하다는 듯 어리둥절한 얼굴로 민우를 보았다.

"자넨 돈도 없지 않아. 그렇담 이 돈을 갖고 가게. 낯선 곳에서 사건이 잠잠해질 때까지 몸을 피하고 있을 때는 뭐니뭐니해도 돈이 제일이니까. 내가 마마상한테 잘 말씀드리지."

"······괜찮습니다."

민우는 흰 이를 보이며 웃었다.

"제게두 돈이 많습니다."

순간 허버트는 말을 끊고 민우를 돌아보았다. 그는 오랫동안 침묵을 지키며 앉아 있었다.

"친구는 이상한 놈이야."

"버스 정류장까지만 데려다주십시오. 운전이야 할 수 있겠지요."

"물론, 친구보다야 못하지만······."

"팔은 괜찮으세요?"

"아무래도 한쪽 팔이 부러진 것 같아. 하지만 괜찮아. 나머지 한 팔이 있으니 그것으로 충분하지. 자, 바꿔 앉으세. 내가 운전하겠어."

두 사람은 자리를 바꿔 앉았다. 허버트가 시계를 보았다.

"아홉 시에 서울로 가는 막차가 있어. 지금이 일곱 시 반이니까 서둘러 가면 여덟 시 차를 탈 수 있을 거야."

이곳에서 서울로 가는 시외버스는 삼십 분마다 출발했다. 밤 아홉 시면 막차가 출발하고 그 이후는 차가 끊긴다. 이따금 장거리를 뛰는 합승 택시만 있을 뿐 서울로 들어가는 차편은 완전히 끊기고 마는 것이다.

"참, 제니는 어떡할 거야. 제니도 안 만나고 그대로 떠날 셈인가?"

민우는 말없이 어두운 창가를 노려보았다.

제니. 은영이. 이곳에 있는 동안 살을 맞대고 살던 여자. 오늘 아침 은영은 민우에게 무슨 물건을 부끄러운 듯 쑥스러워하면서 내밀었다.

민우가 들여다보니 그것은 일주일 전쯤 둘이서 찍은 결혼식 사진이었다. 신부복을 입고 은영은 민우의 팔에 매달려 활짝 웃고 있었다. 마치 자신의 전 인생을 민우에게 의지하고 그에게 매달리겠다는 결의를 나타내듯이.

—잘 나왔죠? 정말 잘 어울리지 않아요?

미리 준비한 사진틀 속에 결혼사진을 집어넣고 은영은 방에 들어온 사람들의 눈에 가장 잘 띄는 화장대 거울 앞에 사진을 놓아두었다.

—계집년들이 보면 부러워서 미칠 거예요. 환장할 거예요.

민우는 팔짱을 끼었다.

로라 이모에게 작별 인사를 하지 않는 것은 마음에 걸리지 않는다. 그러나 은영에게 아무런 말 한마디 없이 이대로 떠나버린다는 것은 왠지 마음에 걸렸다. 그녀는 기다리고 있을 것이다.

밤마다의 일과처럼. 핑크빛 잠옷을 입고 밥이 식을까 요 속에 밥주발을 묻어놓고서. 깜박깜박 잠이 들었다가도 행여 지나는 바람 소리에도 민우의 발소리인가 깜짝깜짝 놀라 깨어 방문을 드르륵 열어보면서.

"제니한테 잠깐만 들렀다 갈까? 시간은 충분해."

민우의 눈치를 살피면서 허버트가 조심스럽게 물었다.

"제니는 보기보단 착한 앨세. 더구나 친구와 더불어 살림을 차린 이후로는 몰라보게 달라졌다고. 악다구니도 부리지 않구 성격도 몹시 유순해졌어. 마마상두 친구의 입장을 봐서 제니를 가게에 경리 보는 직원으로 쓰려는 모양인데."

"……가겠습니다."

민우가 낮은 소리로 대답했다.

"그냥 가겠습니다. 제 대신 안부를 전해주십시오. 언젠가는, 언젠가는……."

민우는 떨리는 목소리로 말을 끊었다.

"언젠가는 다시 만날 수 있을 거라고 말씀해주세요. 고마웠다구 전해주십시오."

고마웠다, 은영이. 고맙구말구. 너 아니었더라면 나는 외로움 속에서 스스로 동맥을 끊어 죽었을지도 모른다.

이제는 거리낄 것이 없었다.

차는 시내로 들어섰다. 시내 변두리에 자리잡은 버스 터미널 로 차는 달려나갔다. 여덟 시에 출발하는 버스가 시동을 걸고 대기하고 서 있었다. 여덟 시가 되려면 십 분 정도 남아 있었다.

"이마에 핏자국이나 닦아."

허버트가 주머니에서 손수건을 꺼내주었다.

"피가 말라붙었으면 손수건에 침을 묻혀 닦아. 그런 모습으로 나갔다간 금방 검문에 걸리게 될 거야."

민우는 그가 시키는 대로 손수건에 침을 묻혀 굳은 핏자국을 닦아내렸다.

"이봐, 갈 데는 있는 거야?"

흘긋 허버트가 시계를 들여다보면서 물었다.

"……있습니다."

"친구는 정말 수수께끼 같은 녀석이야. 이봐, 돌아다니다 재미없으면 다시 돌아오라구."

"……네."

민우는 순순히 대답했다. 그러나 마음은 넘치는 파도가 되어 둑을 때리고 있었다.

─나는 돌아오지 않는다. 다시는 이곳에 돌아오지 않을 것이다.

"시간이 됐어, 친구. 어서 버스표를 사게."

오 분 전이었다.

민우는 차에서 내려 매표소로 다가갔다. 돈을 치르고 부르릉거리는 버스에 올라타려는데 지프에서 빵빵 경적 소리가 났다. 민우가 다가서자 허버트가 어느새 사두었는지 드링크 병을 하나 내밀었다.

"마시면서 가게."

민우는 그 드링크 병을 받았다.

"잘 가게, 친구."

허버트가 그에게 손을 내밀었다. 두 사람은 악수를 했다.

"한 반년쯤 지나면 모든 것이 흐지부지될 걸세. 그때 다시 만나기로 하지."

"안녕히 계세요."

민우가 말했다.

"이모한테 제 작별 인사를 전해주십시오. 제니한테두요."

"자, 떠날 시간이야. 차에 올라타게."

민우는 바람을 가르듯 막 출발하는 버스 위로 뛰어올랐다. 늦은 시간이었으므로 버스는 텅텅 비어 있었다. 창가에 앉자마자 버스는 회전을 하면서 터미널을 빠져나갔다.

머리 위 스피커에서는 흘러간 옛 노래가 흘러나왔고 어두운 차창 밖으로는 캄캄한 상점 거리가 낡은 영화의 영사막처럼 흘러갔다. 이따금 불을 밝힌 상점의 불빛들이 쉬엄쉬엄 스쳐갔다.

무사히 거리를 빠져나왔다는 안도감이 긴장을 한꺼번에 몰아냈다. 그러자 온몸이 견딜 수 없을 만큼 아파왔다. 어깨도, 등허리도, 옆구리도, 가슴도 모두 상처투성이였다. 이마에서 흘러내리던 피는 말라붙은 지 오래였고 온몸엔 피멍이 들어 있었다.

민우는 차창에 얼굴을 바짝 붙이고 사라져가는 밤의 도시를 내다보았다.

캄캄한 바깥 풍경 때문에 차창에는 차 안의 흐린 불빛을 반사하는 그의 얼굴이 흐릿하게 떠올랐다.

민우는 거울을 들여다보듯 자신의 얼굴을 들여다보았다. 눈은 움푹 패였고 광대뼈는 음영 탓으로 튀어나와 있었다. 머리카락은 헝클어져 이마를 가렸다.

저것이 내 얼굴인가.

민우는 눈을 감았다.

저렇게 지치고, 더러운 얼굴이 내 얼굴이던가. 그러나 어쨌든…….

민우는 머리를 흔들면서 중얼거렸다.

난 이제 떠난다. 이 거리를 떠난다.

밤마다 꾸어오던 꿈처럼, 새벽녘 술이 깨어 눈을 뜨면 으레 팔을 베고 누운 은영의 얼굴 너머로 창문가에 희미한 새벽빛이 스며들곤 했다. 그럴 때면 그대로 일어나 아무런 작별 인사도 없이 훌쩍 옷을 걸치고 저 먼 곳으로 떠나버리려고 얼마만큼 망설이며 꿈꿔왔던가.

그래. 난 이제 이 거리를 떠난다.

안녕, 로라 이모. 불처럼 뜨거웠던 위스키, 잭나이프, 스트립쇼, 나이아가라, 잊을 수 없는 은영. 안녕, 모든 것, 내가 본 모든 것, 내가 보고 들은 모든 것. 모두 잘 있거라. 다시는 돌아오지 않으리라.

민우는 딱딱한 차창에 머리를 박으면서 이를 악물었다.

시외버스 정류장에 내려서 밤의 서울 거리를 보자 순간 민우는 갑자기 무서운 공포를 느꼈다. 수많은 사람과 엄청난 차의 소음, 밤하늘을 찌를 듯 서 있는 빌딩의 숲이 일제히 민우에게 엄청난 무게의 덫으로 덤벼들었다.

육 개월 동안 그는 자극 없는 일상의 생활을 반복해서 살아가는 데 익숙해져 있었다.

그러나 한꺼번에 몰아닥치는 서울의 밤 풍경은 민우에겐 거센 폭풍우와 같은 것이었다. 그는 거대한 도시의 비바람을 맞는 순간 감당할 수 없을 것 같은 공포를 느꼈다.

차에서 결심했던 대로 다혜의 집을 찾아가면서도 점점 민우는 자신이 위축되고 왜소해지는 느낌을 지울 수가 없었다.

다혜 집 부근에서 버스를 내린 민우는 시계를 들여다보았다. 밤 열 시가 못 되어 있었다. 이처럼 늦은 시간에 그녀를 집으로 찾아가 만난다는 것은 예의에 어긋난 일이라고 민우는 모처럼의 용기를 꺾어버렸다.

차라리 전화를 걸자. 그녀의 집 전화번호는 아직도 생생히 기억하고 있으니까.

그래. 육 개월 만에 갑자기 나타나면 그녀는 놀라서 졸도할지도 모른다. 오늘은 시간이 늦었으니 우선 전화로 인사를 하고 내일이라도 천천히 만날 수 있을 것이다.

민우는 그 길로 눈에 띄는 술집으로 들어섰다. 그는 목마른 사람처럼 뜨거운 술을 거푸 마셨다. 그러나 거푸 마시는 술로도 그의 위축되고 초라해진 용기를 북돋울 수 없었다.

전화를 걸어라.

자리에서 일어나 칸막이 된 공중전화 부스 속에 들어가 동전을 집어넣고 다이얼을 돌리다가도 채 신호가 가기 전에 민우는 전화를 끊어버렸다. 전화를 걸어 안부 인사를 하는 것도 부질없고 헛된 일이라는 느낌이 민우의 결심을 산산조각으로 찢어버렸기 때문이었다.

민우는 전화도 걸지 못하고 다시 제자리로 돌아와 남은 술을 한 입에 털어넣었다. 마치 그것만이 비참한 마음을 달래주는 묘약이라도 되듯이.

민우는 술기운에 혼탁해진 머리를 팔에 기대어 묻고 우두커니 지난 일들을 더듬어보았다. 그는 마치 깊은 꿈속에 잠겨 있는 몽유병 환자와 같았다.

언제였더라.

그녀를 만나러 학교에 갔을 때 문과대학 앞 잔디밭에 앉아서 기다리고 기다리던 그녀가 정작 강의를 끝내고 나오자 그만 얼어붙어 제자리에서 일어서지도 못하고 그녀를 불러세우지도 못했다. 그것이 지난가을이었다.

이제 나는 그때보다 더 더러운 몸과 타락한 영혼을 갖고 있다. 그런 추악한 놈이 어떻게 아무런 기별도 없다가 갑자기 전화를 걸 수 있단 말인가.

"더 드릴까요?"

웨이터가 지나가다 민우를 내려다보며 물었다.

"아, 아니 괜찮아요."

민우는 자리에서 일어섰다. 밤 열한 시가 가까워왔다. 민우는 술값을 치르고 술집에서 나왔다.

그는 자기가 왜 허버트가 내주는 돈을 거절했던가, 순간적으로 후회했다. 앞으로 돈이 절실하게 필요하게 될 것이다.

그렇다. 나는 지금 도망자 신세에 불과하다. 지금쯤 무덤가에 쓰러졌던 두 사람은 경찰에 발각되었을 것이고, 경찰들은 무덤가에서 민우의 잭나이프를 발견해냈을 것이다. 그 잭나이프의 주인공이 민우라는 사실은 금방 밝혀질 것이다.

그들은 우선 민우의 소재를 확인하러 나설 것이다. 민우가 그 거리를 떠나 도망쳐버렸다는 것을 알게 되면 수사망을 전국으로 확대시킬 것이다.

그렇다. 이것은 단순한 폭력이 아니다.

밀수 행위를 근절시키기 위해 경찰은 집요하게 달려들어 민우를 체포하려고 혈안이 될 것이다.

로라 이모와 허버트도 물론 수사선상에 오를 것이다. 그러나 그들은 모든 책임을 민우에게 전가시킬 것이다. 왜냐하면 민우는 어쨌든 자신의 전체를 숨겨버렸으므로.

나는 도망자다. 수배된 범죄자다. 이것이 처음이 아니다. 나는 이미 폭행전과 1범의 전과자다. 이번에 나는 사람을 칼로 찔렀으며 밀수 행위의 주동자로 수배될 것이다.

그 자리를 떠난다고 해서 모든 것이 해결되는 것은 아니다. 그들은 집요하게 나를 추적해올 것이다.

민우는 비틀거리면서 어두운 밤거리를 걸어내려갔다. 늦은 밤거리는 사람들과 서둘러 이어지는 차량들의 불빛으로 불야성을 이루고 있었다.

민우는 비틀거리면서 골목길로 접어들었다.

그는 다혜의 집으로 가는 골목이 어디인가를 잊지 않았다.

그 골목길은 예전과 다름없었다. 일 년 전 그녀가 떨어뜨리고 간 수첩과 손수건을 돌려주기 위해서 찾아왔던 그 골목과 조금도 달라진 것이 없어 보였다.

예전 그대로 골목 어귀에는 알전구 불빛을 밝힌 구멍가게가 문을 열고 있었고, 일제시대에 지은 적산가옥들이 좁은 골목 양옆에 나란히 잇대어 서 있었다. 멀리 남산의 숲이 보였고 남산 꼭대기에 비행 조명등이 붉은 불빛을 깜박이면서 빛났다.

봄이었으므로 키 낮은 담 너머로 가득 핀 꽃들의 향기가 밤의 정적 속에서 번져왔다.

민우는 비틀거리면서 다혜의 집 앞에까지 걸어가보았다. 그 옛날처럼 골목길의 어둠을 밝히는 가로등이 전신주 위에 매달려 있었다. 칙칙한 향나무가 발돋움을 하고 담 너머를 기웃거렸다.

민우는 담 벽에 몸을 기대어 서서 우두커니 집 안을 들여다보았다. 담 위로 2층 창문이 보였고 그 창문에는 엷은 커튼이 드리워져 있었다. 그 커튼 사이로 형광 불빛이 흘러나왔다. 사람의 그림자 같은 것이 그 불빛 위에 어른거렸다.

─다혜다.

민우는 가슴이 미어지는 것 같은 슬픔을 느꼈다.

─다혜의 그림자다.

민우는 마치 그림자놀이라도 하듯 창가에 일렁이는 그림자를 망연히 지켜보았다. 민우는 그것이 분명히 다혜의 그림자라고 생각했다. 그것은 본능과 같은 직감이었다.

―저곳에 다혜가 있다.

민우는 숨을 멈추고 꼼짝도 않고 그 그림자를 노려보았다.

―그토록 보고 싶던 다혜가 있다.

골목길 저 끝에서 누군가 발걸음 소리를 내면서 걸어왔다. 그는 천천히 골목을 돌아 민우의 곁을 지나 다시 캄캄한 어둠 속으로 사라졌다.

아직까지 잠을 자지 못하는 것일까. 시간이 꽤 되었는데, 밤 열한 시가 넘어가고 있는데.

민우는 허락된다면 입을 열어 그녀의 이름을 외쳐 부르고 싶었다. 주먹나팔을 하고 소리쳐 부르면 그녀는 맨발로 층계를 뛰어내려 대문을 열고 나를 맞아줄 것이다. 그러나 그것은 어디까지나 마음일 뿐, 민우는 담벼락에 몸을 기대고 불 켜진 창문을 우러러보았다.

시간이 흐르자 불이 꺼졌다.

이제는 골목을 돌아가는 취객들의 발소리도 끊겼고 어디선가 계속 개 짖는 소리만 들려오고 있을 뿐이었다.

민우는 눈을 감고 그 어둠 속에서 들려오는 희미한 노랫소리를 들었다. 가물거리는 램프의 불빛처럼 맑은 노랫소리는 바람에 꺼질세라 가늘게 이어졌다.

성문 앞 샘물 곁에 서 있는 보리수.

나는 그 그늘 아래 단꿈을 보았네.
가지에 희망의 말 새겨놓고서
기쁘나 슬플 때나 찾아온 나무 밑, 찾아온 나무 밑.

그 노랫소리는 옛날 다혜의 집을 처음 찾아왔을 때 향나무숲
으로 가려진 담 너머에서 들려오던 다혜의 노랫소리였다. 그 맑
은 노랫소리가 노래의 화살이 되어 민우의 가슴에 명중했다.

오늘밤도 거니네 보리수 곁으로.
캄캄한 어둠 속에 눈 감아보았네.
가지는 흔들려서 말하는 것같이.
그대여, 이곳에 와서 안식을 찾아라.
성문 앞 샘물 곁에 서 있는 보리수.
나는 그 그늘 아래 단꿈을 보았네.

민우의 감은 눈에 눈물이 괴어들었다. 민우는 두 손으로 얼굴
을 가리고 울기 시작했다. 뜨거운 눈물이 볼을 타고 흘러내렸다.
그가 떠나고 없는 사이에 보리수나무는 어김없이 키가 자라
고 잎이 무성해졌고, 성문 앞의 샘물은 아직도 마르지 않고 차
디찬 물을 지나는 나그네에게 주었지만, 그는 메마른 황야만을
겉돌았다.
보리수나무는 이곳에 와서 이 그늘 밑에서 쉬어 안식을 찾으
라고 말하지만 그는 부끄러운 지상의 사막을 헤맸다.

그는 지치고 고통스러운 몸을 이끌고 이곳에 와서 그 옛날 이곳을 떠날 때 나뭇가지에 새겨둔 '희망의 말'들을 어루만져볼 뿐이었다.

민우는 손등으로 흘러내리는 눈물을 닦았다. 그는 울면서 골목길을 벗어났다. 그는 어디로 갈 것인가 망설였다.

순간 민우는 현태를 떠올렸다. 밤이 늦긴 했지만 지금이라도 택시를 잡아타면 그의 하숙집까지 도착할 수 있을 것 같았다.

그러나 민우는 머리를 흔들었다. 오늘밤은 누구도 만나고 싶은 심정이 아니었다. 민우는 오늘밤은 홀로 있겠다고 생각했다. 그 대신 밤이 이슥하도록 혼자서 술을 마시고 싶다고 생각했다.

다혜의 집까지 찾아갔으면서도 그녀를 차마 부르지 못했던 마음의 쓰라림보다 온몸의 견딜 수 없는 상처의 고통 때문에, 그는 그 고통을 마비시키기 위해서라도 술을 마셔둘 필요가 있었다.

민우는 구멍가게에서 술과 안주거리를 사들고 불 밝힌 인근 여관거리로 비틀거리면서 걸어갔다. 그때였다. 골목 안에서 웬 여자가 민우 곁으로 다가서더니 민우의 팔짱을 끼면서 크게 웃었다.

"안녕하세요. 정말 오랜만이네요."

민우는 느닷없이 나타나서 자신의 몸을 부축하는 여자의 얼굴을 물끄러미 들여다보았다. 전혀 아는 얼굴이 아니었다.

"누구야……."

순간 여자는 소리가 나도록 민우의 살을 철썩 때리며 눈을 흘겼다.

"아따 모른 체하긴. 여편네 얼굴도 잊어버리셨나요? 아이구 건망증도 심하셔라."

민우는 그제야 그 여자가 무엇을 하는 여자인가 알아차렸다. 그러나 어차피 상관없는 일이었다.

민우는 여자가 이끄는 대로 미로와 같은 골목길을 걸어갔다. 캄캄한 골목길 끝에 허름한 살림집이 대문을 열고 있었다.

두 사람은 그 열린 대문을 들어서서 구석진 방으로 갔다. 작고 누추한 방이었다. 알전구 불빛 아래에서 본 여자의 얼굴은 나이가 들었으며 못생긴 얼굴이었다.

민우는 말없이 술병의 마개를 이빨로 땄다. 여자가 투박한 컵을 들고 왔다. 민우는 컵에 가득 술을 따랐다. 갈증난 사람처럼 민우는 술을 벌컥벌컥 들이켰다.

"아따, 무슨 술을 그리 빨리 마신담. 나두 한 잔 주시오."

민우는 물끄러미 여자의 얼굴을 들여다보았다.

여자의 얼굴에는 오늘밤 공치지 않고 손님 하나를 받았다는 생생한 기쁨이 떠올랐다. 또한 밝은 불빛 아래에서 자신의 볼품 없는 모습을 적나라하게 드러내 보이는 것이 부끄러운 듯 여자는 손으로 얼굴을 가렸다.

민우는 컵에 술을 따랐다. 여자는 컵에 가득 든 술을 단숨에 들이켰다.

"이제 본께 예쁘게 생긴 총각일세. 총각이 웬 술을 그리도 마셔쌓소? 속상한 일이라도 있소?"

민우는 대답 대신 오징어를 질겅질겅 씹으면서 흐린 불빛을 바라보았다. 오후 내내 아무 음식도 먹지 않고 계속 술만 퍼마신 빈속에 새로이 가세한 술기운이 짜르르 번져나갔다.

"……돈을 드릴 테니 라면이라도 하나 끓여주겠어요?"

민우는 어눌한 목소리로 말을 꺼냈다.

"왜 배가 고프오?"

"……배가 고픕니다."

"쪼께만 기다리쇼. 내가 금방 끓여드릴게."

민우는 컵에 다시 술을 따라 벌컥벌컥 들이켜고 벽에 몸을 비스듬히 기댄 채 누워 눈을 감았다. 몸이 천근처럼 무거웠다. 그대로 잠이 들 것만 같았다. 오늘 하루 동안 일어난 일은 감당할 수 없을 만큼 엄청났다. 무사히 빠져나와 이곳에서 눈을 감고 있다는 것이 다행스러웠다.

잠시 후 여자는 냄비에 끓인 라면을 들고 방으로 들어왔다. 솜씨를 부린다고 라면 속에 계란까지 하나 넣어 왔는데도 방 안에서 기다리던 젊은 사내는 엎드려 깊은 잠에 빠져 일어날 생각을 안 했다.

여자는 사내를 흔들어 깨웠지만 사내는 바윗덩어리처럼 꼼짝도 하지 않았다. 할 수 없이 여자는 끓인 라면을 자기가 먹었다. 그리고 잠든 사내의 몸에서 옷을 벗겨내렸다. 양말을 벗기고 웃옷을 벗기다 말고 여자는 하마터면 놀라서 비명을 지를 뻔했다.

그의 상반신은 한마디로 엉망이었다. 뱀이라도 기어가는 듯한 붉은 상처가 가로세로 엇갈려 있었다. 온몸에 피멍이 들어 있었다.

　—어떻게 이런 몸을 하고 돌아다닐 수 있담. 게다가 엉망으로 술까지 마실 수 있나.

　그의 잠든 모습이 너무 천진스러워 보여서 여자는 옷을 벗겨주다 말고 물끄러미 사내의 얼굴을 내려다보면서 중얼거렸다.

　—곱게두 생겼다. 애기처럼 생겼네.

　이른 오전의 보석상은 창 너머로부터 햇살이 가득 넘쳐흘렀다. 쇼윈도에 가지런히 진열된 보석들은 햇살을 받고 일제히 반짝였다.

　민우는 담배를 피워 물었다.

　팔기 위해서 내놓은 반지는 형이 미국으로 떠나기 전에 남겨준 두 개의 물건 중 하나였다. 시계는 이미 오래전에 팔아버렸고 반지는 유일하게 남아 있던 물건이었다.

　—가지고 있거라. 가지고 있으면 언젠가는 필요하게 될 거야. 돈이 필요할 땐 이 물건이 소용 있게 될 것이다.

　형님은 시계와 반지를 물려주면서 그렇게 말했다. 그동안 그처럼 절실하게 돈이 필요하다고 느껴본 적은 없었다. 시계를 팔았을 때도 절실한 돈의 욕망 때문은 아니었다.

　그러나…….

　민우는 담배를 피우면서 생각했다.

　이제 나는 돈이 필요하다. 가능하면 많이, 주머니란 주머니는 모두 돈으로 가득 채우고 싶다.

　하룻밤을 숙면했으므로 몸은 생각보다 가벼웠다.

밤새 정성들인 여자의 간호로 몸의 통증은 많이 가라앉아 있었다. 그러나 아직까지도 가끔 숨이 막힐 만큼 극심한 통증이 옆구리를 강타했다. 방심했다가는 비명을 지르면서 주저앉을 만큼 통렬한 통증이 엄습해왔다.

이윽고 감정이 끝났는지 보석상 주인이 진열장 저편에서 웃음 띤 얼굴로 나타났다.

"좋습니다. 우리가 사겠습니다."

사내의 표정으로 보아 민우가 맡긴 물건이 꽤 질 좋은 보석이란 것을 알 수 있었다.

"……물건은 좋다고 할 수 있습니다만…… 아시다시피 보석의 거래 가격은 덤 붙이고 깎고 할 것 없이 공정 가격으로 거래됩니다. 물론 잘 알고 계시겠지만……."

"……알고 있습니다."

여러 말 할 필요성을 느끼지 않았으므로 민우는 말을 잘랐다.

"거래에 맞는 값을 쳐주십시오."

"우선 신분증을 보여주셨으면 합니다. 오해하실 필요는 없고 보석 거래에는 대장에 거래하는 사람의 신원에 대해서 기술하는 것이 의무이기 때문에……."

민우는 주머니에서 신분증을 꺼내 사내에게 내밀었다.

"……미안합니다. 귀찮게 할 생각은 전혀 없습니다만……."

사내는 필요 이상으로 굽실거리면서 민우가 내민 신분증의 신원과 주소를 대장에 써내려갔다.

"어떻게 드릴까요?"

마침내 신원이 확실해졌으므로 안심이 된 사내는 냉정한 얼굴로 민우를 쳐다보았다.

"수표로 드릴까요, 아니면 현금으로 드릴까요?"

"전부 현금으로 주세요."

민우는 잘라서 말했다.

"어떻게 하나? 아직 오전이라 현금으로는 부족할 텐데……. 잠깐 기다려보세요. 어쩌면 될 것도 같고……."

사내는 금고의 문을 열었다. 금고의 돈을 전부 헤아려서 지불해야 할 돈의 액수를 맞추는 데 오랜 시간을 소비했다. 사내는 몇 번이고 돈을 세었다.

"여기 있습니다. 한번 세어보세요."

민우는 그러나 사내가 내민 돈을 세어보지 않았다. 그는 돈을 받자마자 그것을 주머니 속에 집어넣었다.

"감사합니다."

민우는 도망치듯 보석상을 빠져나왔다. 명동의 백화점 앞 분수는 오전의 햇살을 받으며 눈부시게 솟구쳐올랐다.

오전의 번화가에는 생기가 가득했다. 아직 시간이 일렀으므로 곧 들이닥칠 손님들을 맞을 채비를 하기 위해서 상점들은 문을 열고 청소를 하거나 진열을 새로 하고 있었다.

민우는 간단히 먹을 햄버거 따위를 파는 간이음식점으로 들어갔다. 그는 따뜻한 우유 한 잔과 햄버거를 시켰다. 목이 메었지만 민우는 찬찬히 씹어 먹었다.

거리로 내건 거울에 홀로 앉아서 빵을 씹는 자신의 얼굴이 정면으로 비춰 보였다. 머리는 헝클어졌으며 옷은 며칠 동안 계속 입던 것이라 더럽고 때투성이였다.

민우는 자신의 구두를 내려다보았다. 구두는 낡고 더러웠다. 구두를 산 후 한 번도 약을 발라 광을 내거나 솔로 문지른 적이 없었다.

갑자기 민우는 자신의 모습이, 입고 있는 옷들이, 헝클어진 머리칼이, 구두가, 양말이 부끄럽고 창피스러웠다. 이 모습으로 어떻게 다혜를 만날 수 있을까. 이 더럽고 때묻은 모습으로 고향처럼 떠올리기만 해도 가슴이 설레던 학교 캠퍼스를 찾아갈 수 있을까.

그는 늦은 아침을 때우고 빵집을 나섰다.

그는 다혜를 만나러 가기 위해서 마지막 남아 있던 보석을 판 셈이었다. 그녀를 만나기 위해서라면 무엇이든 풍요해야 했다. 마음이 초라하면 대신 허세 부릴 돈이라도 주머니에 가득해야 할 것이 아니겠는가.

뭔가 당당해야 한다. 다혜를 만나는데, 육 개월 만에 다혜를 만나는데 스스로 초라해하고 스스로 부끄러워하고, 비굴한 열등의식에 잠겨 있을 필요는 없다. 그래서는 안 되지. 그것은 오히려 그녀를 괴롭히는 것이다. 그녀에게 부담을 주는 것이다.

그러나 소용없는 짓이었다.

보석을 팔아 주머니에 돈이 가득하다 하더라도 아직 그녀를 찾아 가기에는 멀었다. 이 더러운 몸과 더러운 구두와 헝클어진 머리칼로는 어림도 없다.

민우는 거리의 모퉁이에서 소년들이 쭈그리고 앉아 구두를 닦고 있는 모습을 발견했다. 민우는 그곳으로 다가가 의자에 앉아서 구두를 내밀었다. 소년들은 황토흙이 덕지덕지 묻은 구두를 솔로 문질러 먼지를 닦아내렸다.

마침 손님들이 별로 없는 시간이었으므로 그들은 솜씨를 부리고 있었다. 곧 신발은 새 신발처럼 반짝이고 윤기가 흘렀다. 민우는 셈을 치르고 일어섰다.

발이 한결 가벼워진 느낌이었다. 그러나 그것은 상대적으로 더러운 옷과 때묻은 양말의 누추함을 더욱 돋보이게 했다.

민우는 눈에 띄는 구두점에 들어갔다.

그는 가장 값비싸고 가장 맵시 있는 구두를 골랐다. 그것을 신자 점원은 헌 구두를 따로 싸서 상자에 넣어주었다. 민우는 구두를 신고 거리로 나와 제일 먼저 눈에 띄는 쓰레기통 속에 지금까지 신던 헌 구두를 종이봉지째 쑤셔넣었다.

닥치는 대로 사리라. 더러운 때를 벗겨내려고 노력할 것이 아니다. 모두 새로운 것으로 바꿔버릴 것이다.

민우는 양품점에서 양말을 샀다. 그는 골목에 쭈그리고 앉아서 헌 양말을 벗고 새 양말을 신었다. 그리고 쓰레기통에 헌 양말을 집어던졌다.

이제는 옷을 갈아입을 때가 되었다고 생각했다.

민우는 백화점으로 들어가 자신의 치수에 맞는 와이셔츠와 넥타이를 샀다. 그리고 정장을 할 수 있는 신사복을 사기 위해서 기성복 매장을 찾아갔다.

그는 감색 신사복을 골라 들었다. 임시로 만들어놓은 탈의실에서 신사복으로 갈아입고 나서자, 점원이 감탄을 했다.

"어쩌면 그렇게 잘 어울리시는지요. 몸에 맞춘 듯 딱 맞는데요."

헌 옷과 티셔츠를 넣어두었던 종이봉지를 들고 민우는 백화점에서 걸어나왔다. 그것을 버릴 마땅한 장소가 눈에 띄지 않았으므로 민우는 백화점을 나와서 발 닿는 대로 걸었다.

마침내 고층빌딩 한구석에서 쓰레기통을 발견했다. 민우는 그 속에 더러운 옷과 더러운 티셔츠를 버렸다. 그는 그것이 자신의 더러운 허물이기나 한 듯 구겨넣었다. 그리고 화장실에 들러 손에 묻은 먼지를 씻다 말고 민우는 자기 얼굴을 거울에 비춰 보았다.

거울 속에는 웬 신사가 서 있었다. 자신이 생각해도 놀랄 만큼 탈바꿈한 청년 하나가 눈부시게 흰 와이셔츠와 넥타이와 새 옷에서 나는 냄새를 풍기면서 우두커니 거울을 들여다보고 있었다.

그러나 아직 멀었다고 민우는 생각했다.

더러운 옷을 바꿔 입는다고 해서 영혼의 더러움이 씻겨나갈 것인가. 의상을 바꿔 입는다고 해서 모든 마음이 깨끗하고 청정해질 수 있을까.

민우는 목욕탕에 들어가서 목욕을 했다. 그리고 이발관에 들어가 머리를 잘랐다. 여자가 그의 귓속을 청소해주었으며 귓가에 난 잔털까지 밀어주었다. 손톱과 발톱을 깎아주었고 얼굴에 향기로운 향수도 뿌려주었다.

그것으로 모든 것이 완료되었다고 민우는 생각했다.

이제는 다혜를 만나러 갈 수 있다고 생각했다. 오전 내내 더러운 옷을 바꿔 입고 몸에 묻은 때를 세탁하기 위해서 시간을 보냈으므로 점심때가 지나 있었다. 그는 서둘러 빈 택시를 잡아 운전사에게 찾아갈 방향을 말해주고는 물끄러미 차창 밖을 내다보았다.

봄날의 오후는 몹시 무더웠다.

와이셔츠에 넥타이까지 매었으므로 이마에서는 땀이 솟아올랐다. 그러나 손수건을 사는 것은 잊은 터라 그는 손등으로 땀을 닦아냈다.

그는 택시에서 내려 당장 손수건부터 사야겠다고 생각했다.

학교 앞 로터리에서 차를 세웠다. 민우는 작정했던 대로 눈에 띄는 양품점에 들어가 손수건부터 샀다. 그것으로 땀을 닦으면서 그는 거리를 빠르게 걸어갔다.

그제야 민우는 땀이 흐르는 것이 더위 탓만 아니라 긴장 때문이라는 사실을 깨달았다.

민우는 학생들 상대의 간이식당에 들어갔다. 한창 바쁜 점심 시간이 지났지만 여전히 식당 안은 학생들로 만원을 이루었다.

민우는 그들과 떨어져 한구석에 앉아서 비빔밥을 시켜 먹었다. 학생들은 무어라고 소리 지르면서 저희들끼리 농담하고 서로의 몸을 때리면서 장난질을 했다. 민우는 그들의 모습을 곁눈질로 흘겨보았다. 그들의 모습에서 자신과 닮은 점을 찾아내기 위해서 민우는 안간힘을 썼다.

일 년 전만 해도 나는 학생이었다. 저들처럼. 그런데 왜 나는 저들과 달라 보이는 것일까. 저 학생들은 밝고 명랑하며 미래에 대한 야심으로 가득 차 있다. 나는 침울하고, 우울하고, 길들여진 쾌락과 폭력 때문에 어딘가 음침한 범법자와 같다.

민우는 채 한 그릇을 먹지 못하고 도망치듯 음식점을 나섰다.

땀을 몹시 흘렸으므로 목이 말랐다. 그러나 물을 마시고 싶은 갈증과는 다른 갈증이었다. 그는 차라리 독한 술이라도 한 잔 마시고 싶은 공허감을 느꼈다.

한 잔쯤 마시면 갈증이 가실 것이다. 용기가 날 것이다. 부끄럽지도 않고 낙천적인 생각이 떠오를 것이다. 내 침울한 얼굴엔 밝은 미소가 떠오르겠지. 소년처럼.

오후의 교정은 생각보다 조용했다. 민우는 약해지려는 마음에 쉴 새 없이 채찍질을 하면서 캠퍼스를 거슬러 올라갔다.

게시판에 공고문과 선언문이 가득했다. 운동장에서는 체육시간이라도 되는지 제각각 옷을 입은 학생들이 소리를 지르며 엉터리 축구를 하고 있었다.

민우는 도서관 앞 분숫가에서 잠시 걸음을 멈추었다. 분수의 물은 힘차게 솟아올랐고, 오랜만에 보는 인어 아가씨가 솟아오르는 물속에 다소곳이 앉아서 민우를 마주보았다.

모든 것이 예전 그대로였다.

분수의 물도, 인어 아가씨도, 등나무 덩굴도, 벤치도. 민우는 벤치에 앉아서 담배를 피워 물었다.

민우는 그 자리에 앉아서 행복했던 지난날들을 두서없이 떠올려보았다. 아직 아버지가 살아 있었던 그 지난날들의 기억을 떠올려보았다. 이 자리에서 다혜를 처음으로 만났던 지난날을 회상해보았다. 마음속에서 분수가 솟아오르고 환희가 물보라가 되어 흩날렸다.

목련꽃 그늘 아래서
베르테르의 편지를 읽노라.
구름꽃 피는 언덕에서 피리를 부노라.
아아, 지금은 떠나온
이름 모를 항구에서 배를 타노라.
돌아온 사월은
생명의 등불을 밝혀준다.
빛나는 꿈의 계절아,
아름다운 무지개 계절아—

민우는 그 언젠가 다혜의 수첩에 적혀 있던 시의 구절을 떠올렸다. 그 노래를 떠올린 순간 민우는 소년처럼 용기를 얻었다.

그는 이제 아무것도 무섭지 않고 두렵지 않았다.

그는 문과대학 건물로 다가갔다. 벽 게시판에서 문과대학의 각 과별 시간표를 훑어보았다.

마침 불문과 4학년의 강의가 지금 진행되고 있었다. 벽에 걸린 시계를 보니 강의가 끝나려면 삼십 분가량이 남았다.

민우는 강의실을 찾아 지하실로 내려갔다.

다혜는 강의를 빼먹지 않을 것이다. 틀림없이 강의실에 있을 것이다. 민우는 주머니에 손을 찌르고 복도 끝에서부터 끝까지 걸었다.

삼십 분이라는 긴 시간을 메우기 위해서 민우는 교대를 기다리는 근위 보초병처럼 복도를 끝에서부터 끝까지 걸어다녔다.

나는 피하지 않을 것이다. 당당하게 다혜를 맞을 것이다.

더 이상 나아갈 수 없는 복도 끝 벽에 부딪혀 되돌아 걸어갈 때면 민우는 맹세하듯 소리내 중얼거렸다.

강의가 끝났음을 알리는 소란스러움이 일었다. 동시에 강의실에서 학생들이 쏟아져나오기 시작했다. 민우는 계단 턱에 버티고 서서 다혜를 기다렸다.

한 떼의 학생들이 밀려간 뒤에 드문드문 사람들이 걸어나왔다. 맨 뒤에서 웬 여학생이 혼자 걸어오고 있었다. 민우는 그 여학생을 보았다.

다혜였다.

다혜의 모습을 본 순간 민우는 얼어붙은 듯 제자리에 멈춰섰다. 벼락을 맞은 피뢰침처럼 온몸으로 전류가 흘러들었다.

다혜도 뒤늦게 학생들을 따라 강의실 복도를 내려오다가 무심코 우뚝 서 있는 민우의 모습을 발견한 순간 민우와 마찬가지로 그 자리에 멈춰섰다. 두 사람은 거의 동시에 서로를 발견했으며, 보았으며, 그리고 얼어붙었다.

"……안녕하세요?"

먼저 입을 연 것은 민우였다. 그는 짧지만 영원처럼 느껴지는 긴 침묵 끝에 간신히 입을 열었다.

"……오랜만이에요."

민우가 웃었다.

"……그렇지요. 아주 오랜만이지요?"

"……웬일이세요?"

그제야 눈을 동그랗게 뜨고 다혜가 길게 한숨을 쉬었다.

"이곳에 웬일로 서 계세요?"

"다혜 씨를 만나러 왔어요."

민우가 머리를 긁으면서 쑥스럽게 웃었다.

"보구 싶어서 왔어요. 안녕하세요."

민우가 낯을 붉히면서 주머니 속에서 손을 뺐다. 그는 쭈뼛거리면서 다혜에게 손을 내밀었다. 다혜는 그의 손을 잡았다. 그의 손은 땀과 열기로 갓 구운 빵처럼 뜨겁게 익어 있었다.

"……믿어지지 않아요. 도대체 어떻게 된 거예요? 요술이라도 부리는 건가요? 그동안 어디서 뭘 하셨어요?"

"……우주선을 타고 외계를 다녀왔지요."

민우가 흰 이를 보이면서 웃었다.

"해왕성, 명왕성, 천왕성…… 먼 별나라를 다녀왔어요. 방금 우주선을 타고 지구로 돌아오는 길입니다."

그들은 벌서는 사람들처럼 강의실 복도에서 서로를 마주보고 서 있었다.

오후의 강의실 복도는 수업이 시작되어 조용했다. 지하에 자리잡은 강의실이었으므로 채광 상태가 나빠서 어둡고 을씨년스러웠다.

"강의실로 들어가요. 여기에 우두커니 서 있지 말고요."

다혜가 방금 나온 빈 강의실을 가리켰다.

두 사람은 빈 강의실 안으로 들어갔다. 지하 강의실 높은 벽에 위치한 창문에서 오후의 햇살이 스며들어왔다.

방금 강의를 끝마치고 나간 학생들 때문에 의자들은 제멋대로 비뚤거렸고 바닥에는 찢어진 종이와 구겨진 노트 조각이 널려서 지저분했다. 칠판에는 어지럽게 강의 내용이 쓰여 있었다.

두 사람은 햇볕이 들어오는 창가에 나란히 앉았다.

다혜는 말없이 민우의 모습을 쳐다보았다. 그녀는 본능적으로 이상한 느낌을 받았다. 예전과 다름없는 얼굴, 예전과 다름없는 모습이었지만 어딘가에 평소의 그가 가진 이미지와 다른 분위기가 느껴졌다.

왜 그럴까. 왜 그가 변한 것처럼 느껴질까.

민우는 주머니에서 담배를 꺼내 피워 물었다. 푸른 담배연기가 그의 입에서 뿜어져나와 오후의 햇살 속에 녹아 흘러갔다.

"그동안 어디서 뭘 한 거예요? 현태 씨가 얼마나 찾아다녔는 줄 아세요? 현태 씨 하숙집에서 나간 그때부터 행방을 감추었잖아요. 지난가을이었으니까 벌써 일 년이 지났어요."

"육 개월하구 그리고 사 일이 지났습니다."

웃으면서 민우가 다혜를 돌아보았다.

"제가 어디서 무얼 했는가 그것이 그렇게 궁금해요?"

민우가 장난스레 손가락을 펼쳐들고 자신의 가슴을 가리켰다.

"솔직히 말하지요. 나는 그동안 아프리카에서 다이아몬드를 캐내고 있었어요."

민우는 고개를 돌려 강의실 칠판을 바라보았다. 마치 노트 필기를 위해서 열심히 칠판을 쳐다보는 학생처럼.

"그럼 보석 좀 캐셨어요?"

다혜가 웃음 띤 얼굴로 민우를 바라보았다.

"길거리에 구르는 돌처럼 수많은 다이아몬드를 캐냈습니다."

"그럼 아주 부자가 되었겠네요?"

"그, 그렇습니다."

민우가 대답했다.

"아주 부자가 되었지요."

두 사람은 입을 다물었다. 어디서부터 어떤 말을 꺼내야 할지 긴 이별의 공백이 두 사람을 머뭇거리게 만들었다.

공연히 입을 열어 쓸데없는 말장난으로 마음에도 없는 대화를 나누는 것은 부질없다는 생각이 들어 두 사람은 약속이나 한 듯 입을 다물었다.

"부자가 되어서 그렇게 멋진 양복을 입으셨나요?"

긴 침묵 끝에 다혜가 민우를 보면서 입을 열었다.

"민우 씨의 양복 입은 모습은 처음 보는데요. 넥타이를 맨 모습도요. 그렇게 입으니까, 학생이라기보다는 무슨 회사원처럼 보이는데요. 유능한 회사원. 참, 현태 씨가 회사에 취직된 건 알고 계세요?"

막 생각난 듯이 다혜가 말꼬리를 이었다.

"……모릅니다."

"현태 씨를 만나고 오는 길이 아닌가요?"

"아닙니다. 다혜 씨한테 직접 오는 길입니다. 현태가 취직이 되었던가요?"

"예. A그룹에요. 졸업도 하기 전에 벌써 출근부터 하는 모양이던데요. 요전번에 만났더니 신사복에 넥타이를 매고 있었어요. 지금의 민우 씨처럼요. 머리도 단정하게 깎고, 눈부신 흰 와이셔츠를 입었어요. 현태 씨를 만나세요. 현태 씨가 민우 씨를 굉장히 열심히 찾아다녔어요. 민우 씨를 만나면 현태 씨는 굉장히 반가워할 거예요. 민우 씨를 찾아서 지구 끝까지도 가겠다고 그랬는데 이렇게 제 발로 걸어온 것을 보면 굉장히 기뻐할 거예요……."

"그 녀석은 아주 훌륭한 사업가가 될 거예요."

밑도 끝도 없는 말을 툭 뱉으면서 민우는 다시 담배를 피워 물었다. 성냥을 긋는 그의 손이 눈에 띌 정도로 떨렸다.

"그 녀석은 강하고 또 실력이 있으니까요."

다혜는 순간 민우의 얼굴에 잠시 어두운 그림자가 스쳐 지나가는 것을 보았다. 다혜는 그가 겉으로는 태연한 척하지만 어딘가 몹시 아프고 고통스런 상처로 신음하는지도 모른다는 느낌을 받았다.

"……어디 아프세요?"

다혜가 민우의 얼굴을 살피면서 조심스럽게 물었다.

"……아, 아닙니다."

다혜의 질문에 움찔한 민우가 당황한 목소리로 황급히 머리를 흔들었다.

"……제가 어디 아파 보입니까? 제가 무슨 환자처럼 보이나요? 그렇지 않아요. 전보다 더 건강합니다. 자, 일어서요. 일어서서 나가요. 오후에 강의가 한 시간 남아 있더군요. 시간표에서 봤어요. 하지만 오늘만큼은 빼먹을 수 있겠지요? 모처럼 만났으니까요. 손님이 왔으니까요. 자, 일어서세요."

민우가 먼저 일어섰다.

두 사람은 의자 사이를 걸어 복도로 나섰다. 복도는 어둡고 컴컴했다. 밝은 데서 갑자기 어두운 곳으로 들어선 길이라 어둠에 눈이 익지 않았다.

겨우 계단을 올라가려는데 앞서 걷던 민우가 갑자기 돌아서서 다혜 앞을 가로막았다.

"정말 보고 싶었어요, 다혜 씨."

오랜 망설임 끝에 민우는 마치 억울하고 분한 사람처럼 불쑥 말을 뱉었다.

그는 두 손을 다혜의 어깨 위에 얹었다. 그리고 다혜의 몸을 차디찬 강의실 벽으로 가만히 몰아붙였다. 다혜의 키가 작았으므로 민우는 무릎을 낮춰서 다혜의 얼굴을 들여다보았다.

복도의 어두운 그늘이 그의 용기를 북돋워주는 셈이었다. 민우는 마치 덫에 짐승을 가두듯 두 손으로 양쪽 벽을 짚어 다혜를 팔 속에 가둬놓았다.

누군가 계단을 내려오는 발소리가 아득히 들려왔다. 그런데도 민우는 망설이지 않고 다혜의 머리카락을 두 손으로 움켜쥐었다. 그의 얼굴이 벌서는 사람처럼 벽에 붙어서 있는 다혜의 얼굴로 다가갔다.

입술이 다혜의 입술에 부딪쳤다. 그것은 환상이 아니었다. 민우는 눈을 떠 너무나 가까이 있는, 사랑하는 여자의 얼굴을 들여다보았다.

이것이 꿈인가 민우는 생각했다. 내 앞에 있는 여자가 분명 내가 그처럼 갈망하고 사랑하던 여자의 실체가 틀림없는가 민우는 자신에게 물어보았다.

아무래도 믿어지지 않아서 민우는 다시 다혜의 얼굴을 두 손으로 받쳐들었다. 그리고 그녀의 향기를 맡고 그녀의 입술을 다시 찾았다. 그 언제였던가, 설악산 백담계곡에서 첫키스를 나눌 때의 그 향기가 날선 칼이 되어 민우의 뇌리를 날카롭게 베어냈다.

민우는 다혜의 감은 두 눈에서 떨리는 긴 속눈썹을 쳐다보았다. 가쁜 숨을 가누기 위해서 파도처럼 물결치는 가슴을 보았다. 터질 듯 방망이질하는 심장의 고동 소리를 들었다.

이 여자가 내 여자란 느낌이 민우의 가슴에 폭풍우를 몰고 왔다.

내가 이 여자만을 생각했듯 이 여자 역시 나를 사랑의 이름으로 간절히 소망하고 간절히 기다렸다는 확신이 민우의 가슴에 용기를 불어넣었다.

민우는 자랑스럽고 그리고 기뻤다.

그녀 역시 나를 사랑하고 있다는 자부심으로 민우는 손가락을 세워 다혜의 속눈썹을 건드렸다. 다혜의 두 눈이 번쩍 뜨였다. 두 눈에 맑은 물이 스며들어 있었다.

"……어젯밤에 서울에 왔어요. 밤에 다혜 씨 집을 찾아갔어요. 오자마자 다혜 씨를 만나러 갔었어요."

"몇 시쯤에요?"

"밤 열한 시쯤이었어요. 문 앞에서 한 삼십 분 서 있었지요."

"그럼 왜 나를 부르지 않았어요?"

"……밤이 늦은 걸요. 어떻게 오랜만에 나타나서 불쑥 초인종을 눌러요. 밤이 늦었는데. 밤 열한 시가 넘었는데……."

"……그럼 전화라도 걸지요. 제 집 전화번호를 잊어버렸어요?"

"잊어버리긴."

민우가 웃으면서 다혜의 뺨을 부드럽게 때렸다.

"어떻게 내가 잊어버려요? 내 주민등록번호는 잊어버려두 다혜 씨의 집 주소와 전화번호를 잊어버릴 리는 없어요. 하루에도 수십 번씩 상상의 전화를 걸었는데요."

"……그럼 편지라도 쓸 수 있었잖아요?"

다혜가 웃으면서 말했다. 그녀의 두 뺨이 가늘게 떨렸다.

"얼마나 편지를 기다렸는지 알아요? 하루에도 서너 번씩 우체함 속을 들여다보곤 했다니까요."

"……미안해요."

민우가 조용한 목소리로 대답했다.

"하지만 우린 지금 같이 있잖아요."

"바보같이 그만한 용기가 없어요? 전화를 걸었으면 내가 뛰어나갔을 거예요. 어젯밤에……."

"전화를 두어 번 걸어보기도 했죠. 그러다가 신호가 가면 끊어버리고 말았어요."

"왜요?"

"무서웠어요. 다혜 씨가 직접 전화를 받을까봐 무서웠어요."

"이제 보니 민우 씬 겁쟁이로군요. 난 겁쟁인 줄 몰랐는데."

다혜가 핀잔을 주었다.

"난 그저 집 앞에 서 있기만 했어요. 하지만 다혜 씨를 보았어요. 어젯밤 못 본 것은 아니에요."

"나를 보았다구요? 어젯밤에요?"

"유리창 너머로 어른거리는 그림자를 보았어요. 커튼 사이로 다혜 씨의 그림자가 어른거렸죠."

"그럼 언제 집 앞을 떠났어요?"

"불이 꺼진 후. 열한 시 반쯤 불이 꺼지더군요."

민우가 흰 이를 보이면서 미소지었다.

"다혜 씨의 그림자만 본 것이 아니에요. 난 다혜 씨의 노랫소리도 들은 걸요."

"……난 노래를 부르지 않았어요."

"어젯밤에 부른 노래가 아니에요. 난 다혜 씨의 집 앞에서 오래전에 들었던 다혜 씨의 노랫소리를 떠올렸죠. 〈보리수〉 노래 있잖아요. 난 그 노랫소리를 들었어요."

이때 갑자기 왁자지껄한 소리가 복도에 울려퍼졌다. 강의가 끝난 모양이었다. 두 사람은 깜짝 놀라서 서로 떨어졌다. 그러나 열리는 문은 없었다. 지하의 강의실은 모두 텅 비어 있었다.

"나가요, 우리."

다혜가 민우를 쳐다보았다. 두 사람은 나란히 계단을 올랐다.

입맞춤이 두 사람의 마음을 부드럽게 하고 긴 이별 뒤의 만남을 자연스럽게 녹였다. 서로 다정한 연인이라는 확인이 두 사람의 몸을 밀착시켰다.

오후의 햇살이 조락(凋落)의 나뭇잎처럼 황금빛으로 물든 교정 위에 떨어졌다.

다혜는 민우의 팔에 자신의 팔을 살며시 끼워넣었으며 민우는 그녀와 보조를 맞추기 위해서 천천히 걸었다.

"이젠 집으로 돌아온 거예요?"

교문을 향해 뻗어내려간 길을 따라 걸으면서 다혜가 물었다.

"현태 씨가 민우 씨 없는 사이에 민우 씨의 집을 찾았대요. 집에서 민우 씨를 기다리고 있대요. 현태 씨를 만나면 집을 가르쳐줄 거예요. 현태 씨를 만나러 가요. 하숙집은 아직 그대로니까요."

"난 아직 현태를 만나고 싶지 않아요."

머리를 흔들면서 민우는 분명히 대답했다.

"오늘은 다혜 씨만 생각하고 싶어요. 난 집에도 가고 싶지 않고 현태도 그 누구도 만나고 싶지 않고 생각하고 싶지 않아요."

"현태 씨는 민우 씨가 있는 곳을 자신의 손으로 찾아내고야

말겠다고 말했어요."

"녀석은 나를 찾아낼 수 없어요."

쓴웃음을 지으면서 민우가 대답했다.

"그것은 불가능한 일이에요."

"현태 씨는 찾을 수 있다고 말했어요. 현태 씨는 민우 씨에게 정신적인 빚이 있다고 말했어요. 그 빚을 갚기 전에는 물러서지 않겠다고 했어요. 현태 씨는 자신의 힘으로 민우 씨를 다시 학생으로 만들겠다고 했어요. 민우 씨가 아니었더라면 자신은 학교를 졸업할 수 없었다고 고백했어요. 그래서 그 빚을 갚겠다구요."

"미친 녀석."

갑자기 자조적인 말투로 민우가 말을 뱉었다.

"그 녀석이 아니더라도 난 내 힘으로 학비를 낼 수 있어요. 난 거지가 아니에요. 난, 난……"

민우가 자신의 주머니를 가리켰다.

"난 엄청난 부자예요. 내 주머니 속엔 바윗덩어리 같은 다이아몬드가 가득가득 들어 있어요. 그뿐인 줄 아세요. 내 주머니 속엔 마술 램프도 들어 있어요. 무엇이든 원하는 것만 말하면 마술 램프 속의 거인이 원하는 물건을 갖다줄 거예요. 좋아요, 다혜 씨."

민우가 갑자기 걸음을 멈춰섰다. 교문 밖 로터리였다. 거리에는 사람들이 파도처럼 밀려가고 밀려왔다.

"무엇이든 말하세요. 무엇이든 갖고 싶은 것을 말하세요. 내가 해드릴게요. 내 주머니 속의 마술 램프로 해결해드릴게요."

다혜는 장난스레 눈을 깜박였다. 그녀는 무엇이든 원하는 물건을 떠올리려고 해보았지만 아무것도 생각나는 것이 없었다.

"……아무것도 없어요."

웃으면서 다혜가 말했다.

"난 아무것도 갖고 싶지 않아요."

"안 돼요."

정색을 하고 민우가 말을 받았다.

"이건 농담이 아니에요. 난 해주고 싶어요. 무엇이든, 다혜 씨가 원하는 물건이면 무엇이든 해주고 싶어요. 내겐 그만한 힘과 능력이 있어요. 나를 무시해선 안 돼요. 그러면 난 몹시 화를 낼 겁니다."

"좋아요. 간절히 바라는 게 있는데……."

다혜가 비로소 생각났다는 듯 쾌활하게 말을 던졌다.

"뭔데요?"

"배가 많이 고파요. 밥 좀 사주세요."

"겨우 그거예요?"

민우가 진심으로 화가 난 표정으로 다혜를 노려보았다.

"다혜 씨는 아무래도 내 힘과 능력을 무시하는 것 같은데, 좋습니다. 우선 작은 욕망부터 채우기 시작합시다."

민우는 손을 들어 지나가는 빈 택시를 세웠다. 두 사람은 택시를 탔다. 민우는 시내로 달려달라고 하고는 이렇게 덧붙였다.

"아저씨, 저 시끄러운 음악을 꺼주신다면 내릴 때 미터 요금의 두 배를 드리겠습니다."

민우는 약속을 지켰다. 운전사는 음악을 껐고 민우는 약속대로 미터기에 나온 요금의 두 배를 주었다.

민우는 주춤하는 다혜를 반 강제로, 최고급 호텔로 이끌었다.

"도대체 뭘 하러 가는 거예요?"

"배가 고프다고 하지 않았어요? 밥을 먹으러 가는 거지."

민우는 레스토랑으로 다혜를 끌고 갔다. 두 사람은 창가에 앉았다.

유리창 너머로 황혼의 서울 거리가 까마득히 멀리 내려다보였다. 아무래도 학생 신분에는 어울리지 않는 고급 레스토랑이었다.

다혜는 딱딱한 표정으로 긴장해서 앉아 있었다. 음식을 주문하고 나올 때까지 다혜는 아무런 말도 하지 않았다. 서너 명으로 이루어진 소규모 악단이 가벼운 실내악을 연주하고 있었다. 어딘지 어색한 분위기 속에서 고기를 썰고 밥을 먹던 민우가 불쑥 다혜를 쳐다보았다.

"좋아하는 노래가 뭐지, 다혜 씨가? 지금 듣고 싶은 노래 있어요?"

"……생각나지 않아요."

"아, 〈보리수〉가 있었지. 이봐요."

민우는 정장을 하고 손님의 부름을 기다리는 웨이터를 손으로 불렀다. 그가 앞으로 오자 민우가 낮은 소리로 명령했다.

"악단에 〈보리수〉를 연주해달라고 그러세요."

민우는 주머니에서 빳빳한 고액권을 꺼내 그에게 주었다. 그는 허리를 굽혀 그것을 받고 사라졌다. 잠시 후 〈보리수〉 음악 소리가 흘러나오기 시작했다.

"도대체……."

다혜가 화난 표정으로 민우를 노려보았다.

"왜 이런 식으로……."

"쉬잇."

민우가 입에 손가락을 대면서 말했다.

"음악이 나오잖아요. 조용히 감상하세요."

음악이 끝날 때까지 민우는 음식을 먹지도 씹지도 않고 우두커니 앉아 있었다. 음악이 끝나자 민우는 입을 열었다.

"우리가 식사를 끝내고 갈 때까지 계속 저 음악을 연주하라고 할까요?"

"제발 억지 좀 부리지 마세요……."

"천만에."

진지한 얼굴로 민우가 대답했다.

"우리에겐 당당히 그럴 권리가 있어요. 돈을 벌기 위해서 밤새도록 벌거벗고 춤을 추는 여자도 있어요. 그녀에겐 옷을 벗는 것이 돈을 버는 유일한 무기요, 하나를 더 벗을 때마다 벌 수 있는 돈의 단위가 달라지니까……. 저들에겐 손님을 위해 음악을 연주할 의무가 있는 거예요."

"어쨌든 여긴 우리 같은 학생에겐 어울리지 않는 곳이에요. 나가서 소화제를 먹어야겠어요. 체할 것만 같아요."

"그렇군."

갑자기 민우가 정색을 하고 다혜를 쳐다보았다.

"이제야 생각났어요. 내가 무엇을 다혜 씨에게 해주고 싶은가 그 선물이 생각났어요. 나가요, 우리."

두 사람은 서둘러 레스토랑에서 나왔다. 식사를 하는 동안 거리에는 어둠이 내렸다. 동시에 화려한 네온이 불을 밝혀 거리는 오히려 환해진 셈이었다.

"내가 시키는 대로만 하세요. 좋아요, 내가 다혜 씨의 소원을 들어주었으니 이제는 다혜 씨가 내 소원을 들어줄 차례예요."

민우가 다혜의 손이 들어갈 만큼 팔을 벌려 보였다. 그 사이로 다혜는 손을 밀어넣어 팔짱을 꼈다. 두 사람은 화려한 도시의 야경 속으로 미끄러져 들어갔다.

"내가 시키는 대로 하세요. 절대 도망치거나, 물러서지 마세요. 내가 하자는 대로 따라가는 거예요."

"도대체 무슨 꿍꿍이를 꾸미는 거예요? 난 은근히 겁이 나는데요."

"난 다혜 씨를 학생의 신분에서 숙녀의 신분으로 만들어주고 싶은 것뿐이에요. 난 요술 지팡이를 갖고 있거든요. 한 가지 묻겠는데, 굽 높은 구두를 신어본 적 있어요?"

"아뇨."

다혜가 머리를 흔들었다.

"키가 작은 아가씨가 왜 언제나 굽이 낮은 구두만 신고 다녀요? 굽이 높은 뾰족구두는 신지 못하세요?"

"굽이 높은 구두는 아무래도 학생의 신분으로는……."

"또 학생 타령이에요? 대학 졸업반의 숙녀가? 내가 이제부터 마술을 부려 보이겠는데요, 우선 구두부터 사기로 합시다."

민우는 걸음을 멈췄다. 그가 선 곳은 수많은 구두들이 가득가득 진열된 쇼윈도 앞이었다.

"자, 들어가요. 들어가서 굽 높은 유리구두를 하나 사기로 합시다. 유리구두를 신어야만 무도회에 초대받을 수 있으니까요. 들어가요, 신데렐라 아가씨."

민우는 다혜를 꼼짝 못 하게 윽박지르면서 가게 안으로 떠다밀었다. 두 사람은 구두점 안으로 들어섰다. 가게 안에는 수많은 구두가 산더미처럼 진열되어 있었다.

"골라보세요, 마음에 드는 구두로."

민우가 큰 몸짓으로 마치 구둣방의 점원처럼 말했다.

"가까운 사람에겐 구두를 선물하는 게 아니래요."

다혜가 마지못해 눈으로 구두들을 훑어내리면서 중얼거렸다.

"구두를 선물하면 그 구두를 신고 도망가버린대요. 선물로 받은 구두를 신고 어디론가 떠나버린대요."

"그건 무섭지 않아요."

민우가 웃으면서 대답했다.

"어디론가 도망가버린다 해도 내가 워낙 걸음이 빨라서 금방 따라잡을 수 있으니까요. 가만, 저 구두가 어때요?"

민우가 큰 거울 앞에 진열된 굽이 높은 구두를 가리켰다.

"이것을 신으세요. 잘 어울릴 거예요."

다혜는 민우가 가리킨 구두를 신어보았다. 구두는 미리 맞춘 것처럼 꼭 맞았다.

"됐어요. 잘 어울려요. 그냥 그대로 이 구두를 신고 가세요. 헌 구두는 상자에 넣어 가구요."

민우가 구두값을 치르고 두 사람은 다시 거리로 나섰다. 갑자기 높은 굽의 구두를 신은 참이라 다혜는 아무래도 걸음이 편치 않았다.

"천천히 걸어요."

비명을 지르면서 다혜가 말했다.

"발목이 부러질 것 같아요."

"하지만 키가 훨씬 커 보이는데요."

민우는 작은 다혜의 키가 훨씬 커져서 자기 어깨 위까지 그녀의 머리가 올라온 것을 손으로 가리키면서 웃었다.

"하룻밤 사이에 훨씬 자라버린 나팔꽃처럼요."

"넘어질 것 같아요. 걸음이 불안해요."

"그러니까 구두를 선물해도 멀리 도망가지 못할 게 아니에요."

민우는 걸음을 늦추지 않았다. 그는 뚜렷한 목적이 있는 듯 서둘러 걸었다. 두 사람은 번화가로 다가갔다.

그곳에는 수많은 옷이 진열된 상가들이 길게 줄을 이었다. 쇼윈도마다 마네킹들이 앉거나 서서 최신 유행의 옷들을 입고 오가는 사람들을 유혹하고 있었다.

"내 말을 잘 들으세요."

갑자기 민우가 걸음을 멈추고 다혜를 쳐다보았다.

"이번엔 다혜 씨에게 옷을 선물하고 싶어요. 그러니까 마음에 드는 옷을 골라보세요."

"뭐라구요?"

어리둥절한 얼굴로 다혜가 비명을 질렀다.

"왜요? 왜 내게 옷을 선물하려는 거예요? 내가 그처럼 촌스럽게 보이나요? 내가 그렇게 볼썽사납게 보이나요? 자꾸 이러면 화낼 거예요."

"……내 말을 들어요."

정색을 하고 민우가 말을 받았다.

"제발 내 말을 들어요. 난 이렇게 하고 싶으니까. 내 기쁨이니까."

민우가 담배를 피워 물었다.

"잠깐 머물렀다 다시 떠날 사람이에요. 우주선이 잠시 지구에 들렀다가 떠날 무렵이면 나도 다시 먼 우주로 떠나야 해요. 내 말을 알아듣겠어요? 이번에는 아주 먼 별나라로 떠날 거예요. 천왕성, 명왕성을 지나 저 안드로메다의 먼 별나라까지 떠나야 해요. 어쩌면 다시는 돌아오지 못할지도 몰라요. 다혜 씨, 내 말 알아듣겠어요?"

연기를 빨아들일 때마다 명멸하는 담배의 빨간 불빛이 민우의 얼굴에 숯불처럼 번져들었다.

"난 시간이 없어요, 다혜 씨. 얼마 후면 떠나야 해요. 제발 내 말을 들으세요."

다혜는 민우의 얼굴을 가만히 응시했다. 거리의 네온이 그의 얼굴에서 깜박였다. 그러나 눈은 깊은 음영으로 가려져 있었다.

왜 그럴까. 왜 그의 얼굴이 슬퍼 보이는 것일까, 허세를 부리면서도.

나는 안다. 나는 이 사람이 마음의 공허를 이런 식으로 감추려는 것임을 안다.

이러지 않아도 되는데, 이 사람은 허세로 자신의 허점을 덮으려 하는 것이다. 그렇다면 기쁘게 받아들이자. 그를 기쁘게 하기 위해서.

"좋아요."

말간 얼굴로 다혜가 고개를 끄덕였다.

"하지만 각오하세요. 저 옷들은 무지무지하게 비싸요. 우리 같은 사람은 엄두도 못 내는 옷들이에요. 자신이 있으세요?"

"얼마든지."

민우가 비로소 가슴을 펴고 선선히 대답했다.

"우리 같은 학생에게는 과분한 옷들이에요. 난 알아요. 이 근처에 엄마의 가게가 있거든요. 그래서 고등학교 시절부터 이 근처를 오갈 때마다 수없이 쇼윈도 안을 들여다보면서 생각했다구요. 이 옷을 입어보면 어떨까. 저 옷을 입어보면 어떨까. 상상으로 쇼윈도마다 걸려 있는 옷들을 입어보는 일이 얼마나 근사하고 즐거운지 알아요?"

"이젠 더 이상 상상하지 않아도 돼요. 이젠 현실 속에서 옷을 입을 수가 있어요. 자, 골라봐요."

민우는 손을 지휘봉처럼 세워들고 화려한 쇼윈도를 가리켰다. 두 사람은 나란히 번화가를 걸었다.

두 사람은 하나하나 마네킹이 입은 옷들을 품평하기 시작했다. 이 옷이 어떨까, 잘 어울릴까, 입으면 어떤 이미지를 줄까, 색상은 잘 받을까, 옷의 디자인은 어떨까, 하는 문제로 의견을 나누었다. 어떤 때는 의견이 달라서 툭탁거리기도 했다.

마침내 두 사람은 거리의 한 모퉁이에 걸린 푸른 물방울 무늬의 원피스로 의견의 일치를 보았다. 그 옷은 화려한 색상은 아니었지만 세련되어 보였으며 지나치게 요란한 디자인도 아니었다. 민우는 양장점 밖에 서 있고 다혜가 혼자 들어가기로 했다.

다행히 상점 안은 조명이 밝아서 거리에서도 수족관처럼 투명하게 비쳐 보였다.

밤늦은 시간이었으므로 손님을 맞을 생각 없이 앉아서 텔레비전을 보던 여점원이 다혜를 보자 벌떡 일어섰다. 다혜는 손을 들어 마네킹이 입은 푸른 물방울 무늬의 원피스를 가리켰다.

두 사람은 상점 안쪽으로 들어섰다. 쇼윈도에 걸린 옷들과 마네킹 사이로 두 사람의 모습이 보이다 말다 했다.

민우는 손수건으로 이마에 흐르는 땀을 닦았다. 낮에는 참을 만했지만 밤이 되자 온몸에 통증이 몰려왔다. 참을 수 없는 고통이었다. 방심하고 있다가는 무심코 비명이 나올 만큼 강렬한 통증이 온몸을 쑤셨다.

민우는 언뜻 등 뒤를 돌아보았다. 그곳엔 약국 간판이 불을 밝히고 있었다. 다혜가 상점 안에서 옷을 갈아입으려면 꽤 많은 시간이 필요할 것이다. 약을 사먹을 시간은 충분할 것이다. 민우는 약국 안으로 들어갔다. 진통제를 두 알 사서 한 입에 삼켰다.

그리고 다시 약국에서 나와 전주에 기대어 섰다. 밤하늘은 흐리고 별도 보이지 않았다.

한여름의 열기가 밤거리를 감쌌다. 비라도 내릴 듯이 눅눅한 날씨였다. 옷 속으로는 땀이 배어나와 끈적였다. 한꺼번에 두 알씩이나 먹은 진통제의 약기운이 빨리 몸속으로 배어들어 온몸의 고통을 마비시켜주었으면 하고 민우는 생각했다.

쇼윈도 안으로 다혜의 모습이 또렷이 보였다. 그새 옷을 갈아입은 모양이었다.

새옷을 입은 그녀의 전신상은 보이지 않았지만 얼굴은 분명히 보였다. 점원과 무어라고 이야기를 나누며 웃고 있었다. 그녀의 얼굴을 민우는 숨어서 훔쳐보듯 물끄러미 바라보았다.

나는 저 여인에게 고백할 수 있을까. 내 모든 것을 바쳐 사랑하는 저 여인에게 내 타락한 영혼의 죄악을 고백할 수 있을까.

내가 그동안 한 여자와 동거생활을 하고 동정의 순결함을 버렸으며, 그뿐 아니라 이제는 쾌락에도 눈을 떴음을 고백할 수 있을까.

고백하지 않는다면 그녀를 속이는 것이다. 그녀에게 고백하고 용서를 받지 않는다면 그녀를 기만하는 것이다.

나는 더러운 녀석이다.

나는 때묻고 추악한 녀석이다. 사람을 칼로 찔렀으며 두 사람을 쓰러뜨렸다. 사회에서 범죄로 여기는 밀수 조직의 행동대원이며 지금 수배를 받고 있다.

나는 떳떳한 놈이 아니고 도망자다. 나는 사회의 독버섯과 같은 독소이다.

이 모든 것을 고백할 수 있을까. 그녀에게, 다혜에게.

고백해서 용서를 받을 수 있다면, 그땐 그녀를 통해 죄의 사함을 받을 수 있으리라.

그때였다.

다혜가 양장점 입구에 나타났다. 그녀는 새옷을 입고 있었다.

"……어디 있어요?"

그녀는 어두운 밖을 내다보면서 소리 질렀다. 민우가 성큼 나서면서 웃었다.

"여기 있습니다, 마님. 가마를 대령하였사옵니다."

민우는 그제야 양장점 안으로 들어섰다. 그는 점원이 말하는 값을 치렀다.

헌옷과 구두가 든 백을 한꺼번에 합쳐서 민우가 들고 두 사람은 양장점에서 나와 나란히 거리를 걸어갔다.

"……어때요?"

쑥스러운 웃음을 띠면서 다혜가 물었다.

"아주 예뻐요. 마님, 마님의 모습은 오늘따라 선녀로 보입니다."

왜 통증이 사라지지 않을까. 진통제를 두 알이나 먹었는데도 왜 견딜 수 없는 통증이 여전히 괴롭히는 것일까.

"더 갖고 싶은 게 있으면 말해요."

민우가 진지한 목소리로 말을 이었다.

"난 무엇이든 할 수 있어요, 오늘밤만은. 오늘밤만은 내 주머니 속에 마술 램프가 들어 있어요. 원하는 것은 무엇이든 얻을 수 있어요."

"내일이면요?"

"내일이면 신통력이 없어지죠."

"난 이제 아무것도 필요없어요. 그 대신 이젠 내 차례가 왔어요."

다혜가 걸음을 멈추어 섰다. 민우도 따라 섰다.

"지금까진 내가 민우 씨가 하자는 대로 했어요. 하지만 이젠 내 차례예요. 이젠 내가 하자는 대로 무엇이든 해야 해요. 약속하겠지요?"

다혜가 민우에게 새끼손가락을 내밀었다.

"물론입니다."

"말로 하지 말고 손가락을 거세요. 약속은 신성한 것이니까요."

민우는 다혜와 새끼손가락을 걸고 맹세를 했다.

"여기서 백 미터도 안 되는 곳에 우리 엄마 가게가 있어요. 아직 엄마는 가게에 있을 거예요. 이제 거의 가게 문을 닫을 시간이니까 우리 함께 엄마한테 가요. 가서 인사를 해요. 난 언젠가 엄마에게 민우 씨를 소개시켜드리기로 약속을 했거든요. 엄마는 이미 민우 씨에 대해 모든 것을 아세요. 민우 씨의 이름도, 뭘 하는 사람인가 하는 것도 다 아세요. 언젠가 설악산에 가서 하룻밤 잠을 자고 왔을 때, 그때 사실은 엄마에게 이야기하지 않고 도망쳐서 여행을 떠났거든요. 그때 돌아와서 엄마한테 얼마나 혼이 났는지 아세요? 여자에게 하룻밤의 외출은 무서운 일이니까요. 난 처음엔 친구 집에서 자고 왔다고 속일 셈이었죠. 그러나 엄마는 제 눈빛을 보자마자 금방 알아차렸어요. 그때 엄마는……."

다혜는 말을 계속하려다가 입을 다물었다.

그때 엄마는 얼마나 집요하게 추궁했던가. 그와 하룻밤을 지내면서 무슨 일이 없었는가를 얼마만큼 집요하게 묻고 또 캐물었던가. 그리고 얼마나 열심히 말했던가. 그 민우라는 사내를 데리고 오라고 말했던가. 다혜는 차마 그 이야기를 계속 이어내려갈 수 없어서 말을 흐렸다.

"……민우 씨를 한번 만나게 해달라고 하셨어요. 나는 그러겠다고 약속을 했지요. 하지만 그 약속을 지킬 수가 없었어요. 왜냐하면 민우 씨가 우리 곁에서 사라졌기 때문이지요. 가요. 가서 엄마를 만나요. 엄마도 틀림없이 민우 씨를 좋아하게 될 거예요. 민우 씨도 엄마를 좋아하게 될 거예요. 언젠가 내가 민우 씨의 아버지를 만났던 것처럼."

순간 민우의 얼굴에 그늘이 생겼다. 아차, 하는 낭패한 표정으로 다혜가 말을 이었다.

"미안해요, 아버님 얘기를 해서. 그럴 생각은 아니었는데……."

"아닙니다."

민우가 머리를 흔들었다.

"가요, 가서 다혜 씨의 어머니를 만납시다. 인사를 드리지요."

두 사람은 잠시 멈췄던 걸음을 옮겼다. 이제는 굽 높은 구두가 어느 정도 익숙해졌는지 다혜는 또박또박 걸음을 떼어놓았다.

"엄마는 깜짝 놀랄 거예요."

명랑한 목소리로 다혜가 종알거렸다.

"……민우 씨가 나타나면 깜짝 놀랄 거예요. 엄마는 어쩌면 질투할지도 몰라요. 그건 민우 씨가 너무 잘났기 때문이에요."

민우는 묵묵히 입을 다물고 듣기만 했다.

"그보다 엄마는 제 옷차림을 보고 더 놀랄 거예요. 생각만 해도 신이 나요. 엄마를 깜짝 놀라게 할 수 있다는 게 난 재미있어요. 내 구두를 보면 어쩌면 기절해서 넘어질지도 몰라요. 다 왔어요."

다혜가 민우를 쳐다보면서 웃었다.

"요 모퉁이만 돌아가면 돼요. 왜 그렇게 표정이 굳어 있어요? 무서우세요? 겁나세요?"

"아, 아닙니다."

"무서우면 지금이라도 도망가세요."

"……아닙니다, 마님."

민우는 이마에 흐르는 땀을 손등으로 닦았다.

두 사람은 거리의 모퉁이를 돌았다. 그곳은 같은 번화가이면서도 조금은 한적해 보이는 거리였다. 이미 불이 꺼진 상점도 있고 막 철제 셔터를 내리는 상점도 보였다.

"저기 보이는 것이 엄마의 상점이에요. 조그만 가게예요."

다혜는 불을 밝히고 있는 양품점을 가리켰다.

"이것저것 잡동사니를 파는 양품점이에요."

두 사람은 셔터가 내려진 건물 쪽에 서서 불 밝힌 양품점 안을 들여다보았다. 웬 나이 든 여자의 모습이 쇼윈도 안에서 비쳐 보였다.

"……엄마예요."

공연히 쑥스러워 킬킬거리면서 다혜가 어린아이처럼 웃었다.

"우리 엄마 뚱뚱하죠?"

"아닌데요. 아주 미인이세요."

"내가 어렸을 땐 지금처럼 공연히 밤늦게 이곳까지 나와서 엄마를 훔쳐보곤 했어요. 가게에 손님으로 오는 남자들과 이야기를 하면 막 울고불고 했어요. 물론 혼자서 말이에요. 왜냐하면 그 남자 손님들이 우리 엄마 빼앗아갈 것 같아서 그것이 늘 불안하고 겁이 났더랬어요. 하지만 이제는 달라요. 저 가게가요, 비록 손바닥만큼 작고 형편없지만요, 엄마는요, 저 가게를 지키면서 우리를 키우셨거든요."

"아주 훌륭한 분입니다."

"정말 재미있어요."

다혜는 연방 키득키득 웃었다.

"우리가 훔쳐보고 있었다는 걸 알면 엄마는 막 화를 낼 거예요. 엄마는 요즈음 하루에 두 끼만 잡숫고 있거든요. 하루에 세 끼 다 먹으면 살이 찐다구요. 하지만 엄마는 우리 앞에서만 두 끼를 드시구 우리가 안 보이는 때는 세 끼도, 네 끼도 막 드세요. 초콜릿두 드시고 아이스크림도 드시구요. 우리 엄마 뚱뚱하죠?"

"아닙니다. 날씬한데요."

민우가 웃으면서 머리를 흔들었다.

"됐어요, 이젠 됐어요."

다혜가 자신 있게 말했다.

"그 말이면 됐어요. 지금의 그 표정으로 엄마한테 말하세요. 틀림없이 우리 엄마는 물어볼 거예요. 우리 엄마는 조금 어린애 같은 데가 있으니까 얘기 도중에 물어볼 거예요. 어때요, 내가 뚱뚱하죠? 그럼 아까의 표정으로 대답하세요. 아닙니다. 날씬하신데요. 그러면 엄마는 입이 찢어질 만큼 기뻐하실 거예요. 제 말 알아듣겠어요? 자, 다시 한 번 해보세요. 아까의 그 표정처럼."

민우는 국어책을 낭독하는 초등학교 어린이처럼 일부러 또박 또박 말했다.

"아닙니다. 나알씨인하신데요."

"……됐어요."

손뼉을 치면서 다혜가 말했다.

"이젠 됐어요. 가요."

다혜가 민우의 팔을 잡아끌었다. 그러나 민우는 망설이면서 제자리에 섰다.

"……내일 뵙시다, 다혜 씨."

민우가 말을 불쑥 내뱉었다.

"……오늘은 용기가 나지 않아요. 오늘은 그만 돌아가요. 미안합니다."

"아니."

의아한 표정으로 다혜가 민우를 쳐다보았다.

"바보처럼 왜 이러시는 거예요? 아까 새끼손가락을 걸어 약속을 했잖아요?"

"하지만 용기가 없어졌어요. 난 자신이 없어요, 다혜 씨. 다혜 씨의 어머님은 아직 나를 대학생으로 알고 계실 거예요. 그렇지요? 다혜 씨 어머님은 아직 나를 의과대학 졸업반으로 알고 계시겠지요. 지금의 나를 알지 못하실 거예요."

"……그럼 민우 씨는 학생이 아니던가요?"

"……지금의 나는 아닙니다. 지금의 나는 더러운 놈입니다. 나는 더러운 놈이에요, 다혜 씨."

민우의 얼굴에서 땀이 비 오듯 흘렀다. 그는 몹시 아파 보였다. 그의 얼굴이 창백하게 질려 있었다.

"다혜 씨는 내가 어떤 놈인지 모릅니다. 다혜 씨는 내 겉면만을 보고 있어요. 다혜 씨, 난 예전의 내가 아닙니다. 난 변했어요. 난 달라졌어요."

그의 얼굴이 부들부들 경련하고 있었다. 민우는 두 손으로 자신의 머리칼을 움켜쥐었다. 그는 몹시 고통스러운 듯했다.

"내 말에 속지 마세요, 다혜 씨. 내 달콤한 말을 믿지 마세요. 난 사기꾼입니다. 난 도둑놈입니다. 난 무서운 놈입니다."

"……미안해요."

오랜 망설임 끝에 다혜가 민우의 두 손을 잡으면서 말했다.

"괴롭힐 생각은 없었어요. 미안해요. 민우 씨, 아무래도 어디 아파 보여요. 난 알 수 있어요. 내 눈은 정확해요. 어디 아픈 게 아니에요?"

"……아닙니다."

민우는 머리를 흔들었다.

"아프지 않습니다."

"그럼 됐어요. 우리 다른 곳으로 가요. 이담에 용기가 생기면 그때 엄마를 만나러 가요. 가을에 다시 학생으로 복학하면 그때 엄마를 만나러 가요. 그럼 됐죠? 자, 가요. 이곳을 떠나요."

강제로 다혜가 민우를 떠다밀었다. 밤거리는 점점 어두워졌다. 상점의 불빛들은 하나씩 둘씩 꺼져갔다. 거리에 취객들의 발소리가 어지럽게 흔들렸다.

"……술 한잔 마시고 싶어요."

민우는 침울한 목소리로 말했다.

"어디 가서 함께 술을 마셔요."

밤 깊은 호텔 술집은 거의 텅 비어 있었다.

늦은 시간이었으므로 술집에는 드문드문 외국 사람들만 앉아 있을 뿐이었다. 술집 한구석에 마련된 피아노 앞에서 정장을 한 사람이 낯익은 노래들을 연주하고 있었다. 달콤하고 감미로운 피아노 소리가 들려왔지만 아무도 그 소리를 듣지 않았다.

창밖으로 거리의 불빛이 내려다보였다. 서둘러 사라지는 차량들의 불빛이 줄을 이었다.

다혜는 민우를 바라보았다. 탁자에 놓인 촛불이 민우의 얼굴에 붉은 음영을 드리웠다.

그는 말없이 창밖을 바라보았다. 벌써부터 내린 비로 유리창에는 빗방울이 점점이 맺혀 있었다. 꺼져가는 거리의 불빛이 그

물방울마다 보석처럼 알알이 박혔다. 이제 막 바람에 날려와 창가에 맺힌 물방울들은 제 무게를 못 이기고 다른 물방울과 합쳐져서 통곡하는 눈물처럼 주룩주룩 유리창에 흘러내려 알 수 없는 그림을 만들어냈다.

다혜는 깊은 침묵 속에 묵묵히 앉아 있는 민우를 부를 수 없었다. 그는 깊은 잠에 빠진 사람처럼 보였다.

그러나 이젠 가야 할 시간이었다. 다혜는 시계를 들여다보고 말했다.

"……가야겠어요."

다혜는 마시던 주스잔을 들어 탁자를 가볍게 때렸다. 마치 곤히 잠든 그를 깨우려는 듯.

"밤이 너무 늦었어요."

민우는 고개를 돌려 다혜를 보았다. 그는 이미 정신을 가눌 수 없을 정도로 취해 있었다. 그는 마치 술에 걸신 들린 사람처럼 마셨다. 이 술집으로 들어와서부터 그는 마치 술 마시기 내기에 나선 술꾼처럼 빠른 속도로 술을 들이켰다.

"……몇 시예요?"

민우가 우울한 목소리로 입을 열었다.

"밤 열한 시가 넘었어요."

"여기서 집까지 오 분이면 갈 수 있잖아요? 아주 가까운 거리잖아요? 내가 바래다드릴게요."

민우가 웃으면서 말했다.

"……조금만 함께 있어요. 조금이면 돼요."

민우는 단숨에 남은 술을 들이켜고 탁자 위에 놓인 촛불을 들어 흔들었다. 그 신호에 재빠르게 반응이 왔다.

"한 잔 더 주세요, 더블로."

곁에 다가온 웨이터에게 민우가 말했다.

웨이터가 술을 가져와서 탁자 위에 놓았다. 민우는 버릇처럼 술잔을 들어 흔들었다. 술잔 속에 들어 있는 얼음덩어리가 잔과 부딪쳐서 챙그랑 챙그랑 소리를 냈다.

"오늘밤은 어디에서 잘 거예요?"

"……여기서."

민우는 탁자 위를 가리켰다.

"……이곳에서 자겠어요."

"하지만 여긴 술집이잖아요?"

"밤새 술을 마실 테니까요."

민우가 웃으면서 술잔을 들었다. 갑자기 손에서 힘이 빠지는지 그는 술잔을 떨어뜨렸다.

술잔은 탁자 위에 굴러떨어져서 깨어졌다. 날카로운 유리 파편이 여기저기 튀었다. 웨이터가 달려왔다.

"……미안해요."

민우가 손으로 유리 조각을 들어올리면서 중얼거렸다.

"위험해요. 내버려두세요."

다혜가 소리 질렀다.

"이젠 술 좀 그만 마셔요. 민우 씬 취했어요."

"천만에, 여기 다시 술 줘요. 먼저 술은 마시지도 않고 엎질렀으니까."

서둘러 웨이터가 깨진 술잔을 치우고 사라졌다. 다혜는 시계를 들여다보았다. 더 이상 머무를 시간이 없었다. 이젠 정말 일어서야 할 시간이었다.

"난 가야겠어요. 시간이 없어요."

"조금만, 조금만."

민우가 머리를 흔들었다.

"오 분이면 돼요. 우린 아직 아무런 이야기도 나누지 못했잖아요."

"그건 내 책임이 아니에요. 민우 씨 때문이에요. 민우 씬 이곳에 들어와서 줄곧 술만 마셨어요."

다혜는 웃었다.

"그동안 먼 우주 속에서 술만 마시다 술꾼이 되어서 돌아온 셈인가요? 이젠 됐어요. 오 분이 지났어요."

"……아니에요. 아직 일 분도 지나지 않았어요."

"도대체 왜 이러는 거예요? 내일 얼마든지 또 만날 수 있잖아요. 원할 때면 언제나 만날 수 있잖아요."

"아직 할 말이 남아 있어요."

민우가 새로운 술잔을 들어올렸다.

"다혜 씨에게 고백할 말들이 아직 많아요."

"나머지 말은 내일 나누기로 해요."

"내 곁을 떠나려 하지 마세요. 난 다혜 씨와 함께 있었으면 해요. 다혜 씨가 밤새도록 내 옆에 있었으면 해요. 설악산의 계곡에서처럼. 가지 말아요, 다혜 씨."

민우가 다혜의 얼굴을 바라보았다.

다혜는 그의 눈을 마주보았다. 그의 얼굴은 술기운에 창백하게 질렸고 눈의 초점은 풀렸지만, 표정은 진지하게 가라앉았다. 그는 어둠이 무서워서 혼자 있기를 두려워하는 어린아이처럼 보였다.

"오늘밤 우리 함께 있어요. 아직 할 말이 많이 남아 있어요."

그가 원한다면 그의 곁에 있을 것이다.

"나와 함께 있어주세요, 다혜 씨. 내 곁을 떠나려 하지 마세요. 딱 하룻밤뿐입니다. 내일이면 난 이곳을 떠나야 합니다."

"도대체 어디로 간단 말이에요? 또 우주선을 타고 외계로 나가나요?"

농담처럼 물으며 다혜가 민우를 쳐다보았다. 순간 민우가 다혜를 마주보았다.

"난 쫓기고 있어요, 다혜 씨."

그의 입에서 공허한 말이 흘러나왔다. 그의 얼굴은 영혼이 빠져 달아난 사람처럼 허망해 보였다.

"난 무서운 죄를 저질렀습니다."

민우가 떨리는 손으로 탁자 위에 놓인 술잔을 집어들었다.

"난 지금 도망쳐다니고 있습니다."

"왜요? 무슨 일을 저질렀는데요?"

"폭행을 했습니다."

순간 다혜는 입을 다물었다. 믿을 수가 없었다. 믿어지지 않았다. 어째서 이토록 무서운 말이 그의 입에서 흘러나오는 것일까.

거짓말을 하는 것이 아닐까. 그는 취했다. 그는 정상이라고 말할 수 없을 정도로 술을 많이 마셨다.

그래서 그는 마음에도 없는 말을 하는 건지도 모른다. 작년에도 그는 폭력을 휘둘러 그 일 때문에 학교를 쉬지 않았던가.

"두 사람입니다. 이번엔 두 사람을 향해 폭력을 휘둘렀습니다. 하지만 그렇게 하지 않았다면 난 그들에게 맞아 죽었을 것입니다. 난 그렇게 하지 않을 수 없었어요. 다혜 씨. 내가 살기 위해서는, 내가 살아남기 위해서는 그들에게 칼을 휘두를 수밖에 없었어요."

비 내리는 시청 앞 광장은 점점 캄캄해졌다.

통행금지 시간이 임박해갈수록 분주히 오가던 차량의 불빛도 거짓말처럼 사라져버리고 거리의 불빛도 마치 등화관제 방공 연습을 하듯 꺼져갔다.

빗방울이 점점 굵어졌다. 그래서 시계탑의 시곗바늘이 분명히 보이지 않았다.

"칼로 사람을 찔렀어요, 다혜 씨. 이 손으로 말입니다."

"언제 그랬나요?"

"어젯밤입니다."

"……도대체 어디서요?"

"그건, 그건……."

민우는 머리를 흔들었다. 그는 다시 탁자 위에서 술잔을 들었다. 그러나 그는 또 마시지 않았다.

"그것은 말할 수 없어요."

"왜요? 왜 내게 숨기죠? 모든 사실을 말하겠다고 하면서 왜 중요한 부분은 숨기는 거죠? 난 알고 싶어요. 난 그동안 민우 씨가 어디서 뭘 했는가 알고 싶어요. 그래야만 우린 서로에게 비밀이 없는 거예요."

민우는 다시 술잔을 들었다.

"마시세요."

냉정한 목소리로 다혜가 말을 뱉었다.

"망설이지 말아요, 민우 씨. 그것을 마셔요. 아직도 용기가 나지 않는다면."

민우는 물끄러미 다혜의 얼굴을 보았다. 그녀의 얼굴은 납빛으로 창백하게 질려 있었다.

"그동안 민우 씬 달라졌어요. 민우 씬 술꾼이 되었어요. 겁쟁이가 되었어요. 어딘가 이상해졌어요."

"……그럴 수밖에 없었어. 다혜."

짧은 침묵을 깨고 음울한 목소리로 민우가 입을 열었다.

"변하지 않았으면 난 미치고 말았을 거야."

민우는 말없이 술잔을 입에 댔다. 그는 약을 먹듯이 술을 들이켰다. 그리고 탁자 위에 놓인 촛불을 들었다. 웨이터가 다가오자 그는 목 쉰 소리로 말했다.

"한 잔 더 주시오."

"이젠 문을 닫을 시간입니다."

침착한 목소리로 웨이터가 말했다.

"마지막이오, 마지막으로 딱 한 잔만 더."

"……알겠습니다."

사내가 사라지자 민우는 담배를 피워 물었다.

담배를 입에 물고 고개를 숙여 촛불에 담배를 들이댔다. 그러나 불은 댕겨지지 않았다. 담배를 거꾸로 물어 필터 부분을 촛불에 댔기 때문이었다.

"그동안 난 미친 짓을 했어. 다혜가 상상할 수 없는 곳에서 상상할 수 없는 일들을 했어."

"그곳이 어딘가요?"

"……지옥."

짧게 민우가 말을 뱉었다.

민우는 잔에 남은 술을 모두 들이켰다.

다혜는 아무런 말도 할 수 없었다. 술에 취해 불확실한 말투로 웅얼대는 그의 고백을 듣는 동안 다혜의 마음은 슬픔으로 갈가리 찢겼다.

너무 불쌍했으므로 그만하라고 그의 입을 손으로 막고 싶었다. 그러나 결국엔 그가 하고 싶은 대로 내버려두는 것이 그를 위하는 최선의 방법임을 알았으므로, 그저 가만히 그의 고백을 듣는 수밖에 없었다.

그것은 슬픈 일이었다. 사랑하는 그를 위해 아무것도 할 수 없다는 사실은 슬픈 일이었다.

아무도 없이 단 두 사람만 남아 있는 홀을 지키다가 아무래도 안 되겠는지 웨이터가 다가왔다.

"이젠 문을 닫아야겠습니다."

민우는 물끄러미 그의 얼굴을 올려다보았다.

"밤 한 시면 우리는 문을 닫습니다."

민우는 비틀거리면서 일어섰다. 그는 몹시 취해 있었다. 계산을 하고 두 사람은 복도로 나섰다.

창밖은 어둡고 유령의 도시처럼 텅 비었지만 호텔 내부는 사람들로 들끓었다. 이미 시간이 늦어 돌아갈 시간이 지났지만 다혜는 불안하거나 초조하지 않았다.

그의 곁을 떠날 수가 없었으므로, 사랑하는 그의 곁에 있어 행복했으므로, 그가 간절히 그것을 원했으므로, 자신이 없으면 쓰러질 정도로 부축이 필요했으므로.

"여기서 기다리세요. 내가 방을 구해가지고 올게요."

다혜를 소파에 앉히고 민우는 비틀거리면서 프런트로 다가갔다.

다혜는 어두운 창밖을 내다보았다.

바깥이 어두웠으므로 소파에 앉은 자신의 모습이 어렴풋이 떠올랐다. 새옷을 입은 다혜의 모습은 거세게 쏟아져 유리창에 맺히는 빗방울로 얼룩졌다.

새옷의 순결을 그 빗방울이 더럽히는 불길한 예감으로 다혜는 머리를 흔들었다. 잠시 후 민우는 방 열쇠를 들고 나타났다. 그는 쓰러질 것처럼 위태롭게 보였다. 그러나 용케도 쓰러지지 않고 몸의 균형을 유지하고 있었다.

두 사람은 엘리베이터를 타고 방으로 올라갔다. 복도에서 쓰러질 것처럼 휘청거리는 민우를 다혜가 부축했다. 그러자 민우가 말했다.

"바보처럼 내가 쓰러질 것처럼 보여요? 다혜 씨가 부축한다고 해서 내가 넘어질 걸 다시 일어설 것처럼 보여요? 다혜 씨도 함께 넘어져버릴 텐데."

문 앞에 서서 민우는 문을 열려고 열쇠 쥔 손을 내밀었다. 그러나 그는 좀처럼 열쇠구멍에 열쇠를 집어넣지 못했다. 다혜가 열쇠를 밀어넣어 비틀자 문이 열렸다. 두 사람은 방 안으로 들어섰다.

낯선 방, 낯선 침대가 주는 생경함으로 다혜는 다소 충격을 받았다. 모든 것이 깨끗이 정돈된 방엔 물주전자 하나가 새앙쥐처럼 빤히 두 사람을 노려보고 있었다.

민우는 휘청거리면서 걸어가 의자에 앉았다. 그는 몹시 고통스러워 보였다.

"십 년 뒤에 우린 어디에 있을까?"

스탠드의 불빛이 그의 얼굴을 정면으로 비추었다. 그는 밑도 끝도 없는 불확실한 질문을 던지고 난 뒤 고개를 젖혀 허공을 보았다.

"이런 노랫말이 생각나요. '사랑의 노래 들려온다. 옛날을 말하는가, 기쁜 우리 젊은 날.' 오늘 우리의 만남도 오늘 우리의 고통도 괴로움도 십 년 뒤에는 옛날이야기가 되겠지요. 사랑의 노래로 들리겠지요. 기쁜 우리 젊은 날의 아름답던 이야기로 들리겠지요. 십 년 뒤에는 이렇게 말하겠지요. 참 아름답던 젊은 날의 기억이 있다구요. 더러는 잊혀도 지겠지요. 더러는 생각도 나겠지요."

민우는 웃으면서 다혜에게 팔을 벌렸다.

"이리로 와요."

다혜는 그의 두 손 안으로 들어섰다. 그러나 그의 두 손이 그녀를 결박지었다. 술 냄새 나는 그의 입술이 다혜의 입술을 부싯돌처럼 힘차게 그었다.

그의 몸이 균형을 유지하지 못하고 침대 위에 쓰러졌다. 다혜가 재빠르게 몸을 일으켜서 침대 위에 앉자 민우는 그녀의 무릎을 베고 누웠다. 그는 다혜의 무릎을 베고 어린아이처럼 다혜를 올려다보았다. 그는 몹시 편안해 보였다.

"……노래를 불러봐요."

일부러 떼를 쓰듯 민우가 눈을 감고 말했다.

"여기서요?"

다혜가 그의 얼굴을 두 손으로 감싸쥐었다.

"나는 가수가 아니에요."

"그러니깐 부르라는 거지."

"듣는 사람도 없는데요?"

"나 혼자면 됐지. 다른 사람 앞에선 노래 부르지 마."

"자장가를 부를까요?"

"그럼 잠이 들 텐데. 난 아직 잠들고 싶지 않아."

"노래 듣는 사람이 뭐가 그리 까다로워요?"

"다혜 맘대로 해. 뭐든, 무슨 노래든."

"박수 치세요."

민우가 눈을 감은 채 두 손을 부딪쳤다. 그는 몹시 몸이 무거워 보였다. 다혜는 낮은 목소리로 노래를 부르기 시작했다.

성문 앞 샘물 곁에 서 있는 보리수.
나는 그 그늘 아래 단꿈을 보았네.
가지에 희망의 말 새겨놓고서.
기쁘나 슬플 때나 찾아온 나무 밑. 찾아온 나무 밑.

다혜의 낮고 부드러운 노랫소리에 민우는 휘파람으로 노래를 맞춰 불렀다. 그러나 그의 휘파람 소리는 오래 이어지지 못했다. 그의 휘파람 소리는 곧 가늘게 숨이 끊어지고 그의 오므린 입술은 금세 다물어졌다. 그는 곧 깊은 잠에 빠져들어갔다. 그의 숨소리가 거칠게 흔들렸다. 거친 숨소리에도 불구하고 다혜는 꼼짝도 하지 않았다. 조금이라도 몸을 흔들면 그가 깰 것 같아서 그의 머리를 무릎 위에 받쳐놓은 채 다혜는 오랫동안 앉아 있었다.

거칠던 숨소리가 곧 평화롭게 잦아들었다. 울며 온 동리를 굶고 헤매다 돌아와 잠든 철부지 어린아이처럼 그의 얼굴은 간신히 찾은 안도감으로 평온을 유지하고 있었다.

다혜는 물끄러미 잠든 민우의 얼굴을 내려다보았다. 이제는 죽음과 같은 잠에 빠졌으므로 다혜는 자연스럽게 눈과 입을 만지고 꼬집어보았다. 그는 얼굴을 찡그리기만 했을 뿐 여전히 깊

은 잠에 빠져 있었다.

"일어나요, 이 바보야."

다혜는 일부러 소리를 내어 중얼거려보았다.

"얼마나 민우 씨가 보고 싶었는 줄 알아요? 민우 씨는 바보 멍텅구리예요."

다혜는 잠든 그의 얼굴에 가까이 입을 대고 중얼거렸다.

"여기에 잠만 자러 왔어요? 잠꾸러기, 내 말이 들려요?"

민우는 아무런 대답도 하지 않았다. 그의 얼굴이 너무 무표정하고 창백하게 질려서 다혜는 갑자기 겁이 나서 그의 가슴에 손을 얹어보았다.

분명 심장이 뛰고 가슴이 파도처럼 물결쳤다. 그가 죽은 것이 아니라 살아 있었으므로, 단지 잠이 들어 의식을 잃은 것에 불과했으므로 다혜는 안심을 하고 다시 중얼거렸다.

"난 아까 말이에요, 뭐라고 말을 하고 싶었지만요, 참기만 했어요. 민우 씨는 아무것도 변한 것이 없다고 말해주고 싶었어요. 난 민우 씨와 결혼하고 싶어요. 그런데 말이에요……."

다혜는 입을 다물었다. 차마 다음의 말들은 입 밖으로 꺼내지 않았다. 그래서 다혜는 마음속으로 중얼거렸다.

─왠지 평탄하지 않을 것만 같아서 그것이 무섭고 두려워요. 무서워할 이유는 하나도 없는데, 왠지 가끔 우리가 서로 사랑한 만큼 맺어지지 못할 것만 같은 느낌이 들어요. 십 년 뒤에 어디에 있을까, 아까 내게 물었지요. 난 그때 가슴이 철렁했어요. 왠지 우리가 십 년 뒤에는 함께 있지 못할 것 같은 느낌이 들었으

니까요.

다혜의 가슴은 무섭게 고동쳤다. 그녀는 무섭고 두려웠다. 다혜는 그의 머리를 무릎에서 떼어놓았다. 그는 시체처럼 침대 위에 누웠다. 그는 영혼이 빠져 달아난 허수아비처럼 보였다.

다혜는 침대에서 일어나 의자에 앉아서 민우의 잠든 모습을 바라보았다. 다혜는 그를 깨울 수 있는 방법을 몰라 속수무책으로 앉아 있었다. 민우는 독약을 먹은 사람처럼 누워 있었다.

다혜를 만나기 위해서 새로 사 입었다는 옷들은 구겨지고 더러워졌다. 새옷이라 더러워졌다는 느낌이 더욱 강조되었다. 넥타이는 구겨지고 흰 와이셔츠 칼라는 땀으로 얼룩졌다.

그 모습은 부자연스럽고 어딘지 억지로 꾸민 것 같은 가식적인 데가 있었다. 두 사람은 모두 자신의 정체를 감추기 위해서 가면을 쓰고 무도회에 참석한 손님들처럼 보였다.

이 무도회가 끝나면 오히려 자신들의 참모습에 부끄러워할지도 모른다는 생각에 다혜는 조바심이 났다.

그를 깨울 수 있다면, 그를 깨워 그의 곁에서 잠들 수 있다면, 차라리 육체로써 서로의 약속을 확인할 수 있다면, 그것으로 움직일 수 없는 계약을 맺을 수 있다면.

유리창을 바람에 실린 빗줄기가 거세게 때렸다. 그래서 창밖의 풍경은 전혀 내다보이지 않았다.

언뜻언뜻 드러나는 빈틈 사이로 가로등의 불빛이 비에 찢겼고 가로수의 잎새들이 모진 광풍에 머리칼을 풀어헤쳤다.

절박하고 누군가에게 몹시 쫓기는 꿈에서 언뜻 깨어난 순간 민우는 본능적으로 몸을 벌떡 일으켰다. 그는 여기가 어디일까 현실감이 들지 않았다.

그는 고개를 돌려 방 안을 훑어보았다. 새벽빛이 머무른 방 안에 다혜가 앉아 있었다. 다혜의 모습을 본 순간 민우는 그제 야 간밤의 일들을 떠올렸다.

다혜는 의자에 앉은 채 아주 부자연스럽게 잠들어 있었다. 민 우는 조심스럽게 몸을 일으켜 욕실로 갔다. 찬물을 틀어 벌컥벌 컥 들이켜고는 다시 방으로 돌아왔다.

머리가 쪼개질 듯 아팠고 몸이 휘청거렸다. 헛구역질이 치받 아 올라서 금방이라도 토할 것만 같았다.

아주 곤히 잠들었다는 느낌이 들었지만 그것은 피로 탓이 아 니라 술기운 탓이었으므로 몸은 천근처럼 무거웠다.

다혜는 정물처럼 잠들어 있었다. 의자의 등받이 부분에 머리 를 기대고 위태위태하게 잠들었다.

그녀의 그 모습으로 보아 자신이 잠든 후에도 한참을 앉아 있 다 앉은 자세에서 그대로 잠이 든 모양이었다.

예민하고 섬세한 다혜의 성격으로 보아 그녀를 편하게 재우 기 위해서 침대 위로 옮겨놓으려 한다면 오히려 잠을 깨우는 결 과가 된다는 것을 잘 알고 있었으므로 민우는 차라리 가만 내버 려두는 편이 현명하다고 생각했다. 그래서 그냥 내버려두기로 했다.

민우는 자신이 간밤에 무엇을 했던가 가만히 더듬어보았다. 어느 부분은 연결이 되지 않고 어느 부분은 지워져 있었지만 그러나 대부분의 기억들은 떠올랐다.

그는 왜 자신이 간밤에 다혜를 집에 돌려보내지 않았던가 순간적으로 후회를 했다. 자신이 떼를 써서, 어떻게 해서라도 다혜를 조금이라도 더 자신의 곁에 두고 싶어서 억지를 부렸음을 민우는 순간적으로 반성했다.

다혜를 괴롭혔다.

민우는 머리를 흔들었다.

그녀를 집으로 돌려보내지 않았다. 내 이기심으로 그녀를 묶어두었다. 막상 함께 밤을 새우려 했을 때는 먼저 술에 취해 잠이 들었으면서.

새벽빛이 방 안에 물처럼 스며들었다.

간밤에 억수로 비가 왔다는 느낌이 그제야 들었다. 날은 화창하게 개지는 않았지만 비는 그쳐 있었다. 부자연스런 모습이었지만 곤히 잠든 다혜의 모습을 점점 밝아오는 새벽빛이 어루만졌다.

민우는 물끄러미 다혜의 잠든 모습을 보았다.

그렇다.

그녀를 편히 잠들게 하기 위해서라 할지라도, 그녀를 침대 위에 옮기기 위해서라 할지라도 너는 그녀에게 손 하나 댈 수 없다. 네 손은 더러운 손이다.

너는 그녀에게 모든 사실을 고백한 것 같지만 실은 그녀를 속였다. 왜 너는 그 사실을 말하지 않았던가.

은영이라는 여자와의 일들을 왜 너는 말하지 않았던가.

그녀와 밤마다 살을 맞대고 육체를 나누고 쾌락에 신음했다는 사실을 왜 너는 고백하지 못했던가. 밤이면 붉은 불빛 아래서 너는 은영의 벌거벗은 육체에 입을 맞추고 혀를 들이대곤 했다.

그녀와 단 둘이 거행한 결혼식에 대해 너는 왜 고백하지 않았던가.

그것이 다만 거짓이며 잠시 꾸민 연극이라는 사실을 핑계로 도망치려 해서는 안 된다. 너는 어쨌든 그녀와 함께 팔짱을 끼고 결혼식을 올렸으며 그녀는 네 옆에서 흰 드레스를 입고 신부로서 서약을 했다.

그것이야말로 네가 고백해야 할 가장 중요한 부분이다. 그것을 고백하지 않고서는 너는 스스로 정죄될 수 없는 것이다.

깨워라. 잠든 다혜를 깨우고 그녀의 발 아래 무릎 꿇고 고백하라.

민우는 다혜의 곁으로 다가갔다.

망설이지 마라. 깨워라. 다혜를 깨워서 모든 일들을 고백하라. 술의 힘을 빌리지 말고 맑은 정신으로 말하라.

그러나 민우는 감히 잠든 다혜의 몸에 손 하나 댈 수 없을 것 같은 두려움을 느꼈다.

그녀의 몸은 신성(神聖)이다. 순결이다. 천사의 성의(聖衣)이다.

어떻게 네 손으로 그녀의 꿈을 깨울 수 있다는 말인가. 이제 무엇을 다시 시작하려 함인가. 네 그 더러운 손으로 피를 묻힌 죄악의 손으로.

그녀가 깊이 잠들어 있도록 내버려둘 일이다. 그리고 그녀의 곁을 네 스스로 떠날 일이다. 그것이 그녀를 위하는 일이다.

네가 그녀 곁에 머무른다면 그만큼 그녀는 잠에서 깨어 있을 것이며, 너의 타락한 영혼으로 그녀를 헐벗고 굶주리게 만들 것이다. 떠나라. 이 더러운 놈아. 뭘 망설이는가. 그녀가 잠든 새에 떠나라.

민우는 서둘러 구두를 신었다. 마음이 급해서 구두에 발이 들어가지 않았다. 그는 구두를 꺾어 신은 채 방문을 열고 복도로 뛰듯이 걸어나왔다.

금방이라도 다혜가 자신의 발소리에 잠이 깨어 뛰어나올 것만 같아 민우는 엘리베이터 쪽으로 달려갔다.

그는 미친 듯이 엘리베이터의 단추를 눌렀다. 위잉— 승강기가 작동하는 철제 벽면에 머리를 부딪치면서 울었다.

잘 있어, 다혜. 잘 있어. 잘 있어, 다혜.

1층으로 내려가는 승강기의 속도는 너무 빨랐다.

민우는 비틀거리면서 로비를 가로질렀다. 아무도 그를 보는 사람은 없었다. 그러나 민우는 회전문을 밀고 새벽의 거리로 나설 때까지 눈물을 참았다.

거리로 나서자 눈물이 쏟아졌다. 거리의 인도를 따라 작은 화단이 만들어져 있었다. 간밤의 모진 광풍에도 아랑곳없이 화단에는 아름다운 꽃들이 다투어서 피어났다.

민우는 그 화단에 쪼그리고 앉아서 울었다. 다시는 다혜를 못 만나리라는 예감으로 민우는 머리를 화단에 처박고 울었다. 단 하루의 만남으로 우리는 다시 만나지 못할지도 모른다.

잘 있어, 다혜. 잘 있어, 다혜. 잘 있어, 다혜.

아직 완전히 사라지지 않은 빗방울이 후두두 덜 마른 하늘에서 떨어져내려 민우의 얼굴을 때렸다. 민우는 비틀거리면서 일어나 발길이 닿는 대로 걸었다. 그는 더 이상 살고 싶지 않았다. 그는 갑자기 죽음을 생각했다. 아아, 지금 이 순간 내가 산 사람이 아니라 죽은 목숨이었으면 하는 절박한 비애가 그를 사로잡았다.

민우는 거리를 걸었다.

조금씩 조금씩 통행량이 많아지는 차들을 정리하기 위해서 교통순경 하나가 비 갠 도로 위에서 지나는 차를 노려보고 서 있었다. 그를 본 순간 민우는 자신이 취할 행동이 무엇인가를 떠올렸다. 그는 망설이지 않았다.

민우는 비틀거리면서 그의 곁으로 다가갔다. 정복을 입은 순경은 교통정리를 하다 말고 자신의 곁으로 다가오는 낯선 사내를 의아한 눈빛으로 쳐다보았다.

"······안녕하세요."

민우는 웃으면서 그를 보았다.

"아, 안녕하세요."

어눌한 목소리로 순경이 인사를 받았다.

"무슨 일이세요, 길을 잃으셨나요?"

"아, 아닙니다."

민우가 머리를 흔들었다.

"저를 잡아가시기 바랍니다. 저는 지금 수배당하고 있는 범죄

자입니다. 지금 저를 체포하지 않는다면 마음이 변할지도 모릅니다. 저를 잡아가주세요."

순경은 어리둥절한 눈으로 민우를 보았다. 민우는 그의 어리둥절한 눈빛을 향해 으르렁거리면서 소리 질렀다.

"날 미친놈 취급하지는 말아주세요. 난 자수하러 왔단 말입니다. 아시겠어요? 알았으면 내 손에 수갑을 채우세요."

마지막 희망

　일요일 한낮의 기지촌 거리는 평일의 거리보다 한산했다. 대부분의 술집들은 일요일에 문을 열지 않았으므로 접대부들은 멀리 외출을 하거나 가게 문을 닫고 일찌감치 휴점을 했다.

　날씨는 살인적으로 더웠다.

　이제는 한여름이 기울어 곧 신선한 바람이 불 초가을 무렵이었지만 날씨는 마지막 발악을 하듯 끓어올랐다.

　거리마다 가게 앞에 기다란 나무 의자들을 내다놓고 따로 갈 데가 없는 여자들은 짧은 치마를 입고 앉아서 하릴없이 지나가는 사람들을 놀리기라도 하듯 휘파람을 불기도 했다.

　등에 이상한 무늬의 그림을 그려넣거나 호랑이를 그린 셔츠를 입은 흑인들이 이따금 춤추는 듯한 걸음걸이로 지나갈 뿐 날씨가 더워서인지 거리엔 인적이 드물었다.

길모퉁이에서 두 마리의 개가 서로 교미를 하다가 여자들이 질겁을 하고 양동이에 물을 퍼담아 뿌리는 바람에 비명을 지르고 도망쳐버린 이래로 한낮의 거리는 폐허처럼 조용했다.

 그 거리를 한 사내가 기웃거리면서 걸어내려오고 있었다. 그는 양복에 반팔 셔츠를 얌전하게 받쳐 입었고 머리도 단정했다. 이따금 손에 든 메모지를 확인하면서 거리의 상점 이름들을 훑어보는 것으로 보아 누군가를 찾아온 이방인임에 틀림이 없었다.

 사내는 거리의 끝 무렵에서 마침내 찾고 있던 상점의 이름을 발견했는지 걸음을 멈추었다.

 평소 같으면 거리에 앉아서 지나가는 사람들을 일일이 트집 잡고 놀려대기 좋아하는 여자들도 더위에 지쳐 나자빠졌는지 그대로 그늘에 앉아서 내기 화투만을 칠 뿐 낯선 이방인에게 시선을 돌리는 사람은 아무도 없었다.

 사내는 마침내 확인했다는 듯 망설이다가 가게 앞으로 다가섰다.

 그곳은 술집 나이아가라였다. 사내는 가게 안을 들여다보았다. 가게 안엔 웬 사내가 목침대를 내다놓고 누워 있었다.

 대형 선풍기를 바람이 잘 불어오도록 방향을 틀어잡고서 사내는 웃통을 벗어던진 채 누워 여자들이 보다가 버린 외설 잡지를 들여다보고 있었다.

 그는 실오라기 하나 걸치지 않은 외국 여자의 나체를 핥듯이 바라보았다. 마시던 맥주 캔이 목침대 곁에 놓여 있었다.

 "실례합니다."

사내는 술집 안으로 들어서면서 입을 열었다.

그러자 누워 있던 사내가 아니꼽다는 듯 눈을 치켜뜨면서 한 가로운 오후의 휴식을 방해하는 낯선 사내를 노려보았다. 그는 전혀 모르는 사내였다.

"누구요?"

"여기가 나이아가라 술집이 맞습니까?"

"보면 모르슈?"

누워 있던 사내는 퉁명스럽게 대답했다.

"그래 누굴 찾아왔소?"

"혹시 저 이 집에 친구가 있을까 해서 왔는데요. 혹시 이 집에 민우라는 사람이 살고 있지 않은가 해서요."

"그런 사람 없어, 친구."

사내는 캔맥주를 벌컥벌컥 들이켜고는 한마디로 잘라서 말을 뱉었다.

"딴 동네 가서 알아보슈."

"분명히 여기 있을 텐데요. 민우라구요."

순간 사내는 보던 외설 잡지를 내던지면서 상반신을 일으켰다.

"민우라면, 가만있자, 예쁘장하게 생긴 그 친구 말이오? 그 친구 성이 뭐였더라?"

"한입니다. 한민우."

"맞았어, 한민우."

허버트는 그제야 새삼스런 호기심을 갖고 낯선 사내의 얼굴을 정면으로 마주보았다.

"그 친구의 이름이 한민우였어."

허버트는 상반신을 일으켜세우고 사내의 얼굴을 노려보았다. 일순, 그의 얼굴이 험악하게 일그러지고 그러지 않아도 작고 매서운 두 눈이 뱀의 눈처럼 날카롭게 빛났다.

"그런데 당신은 누구요?"

"……전 민우의 친구입니다."

"민우의 친구?"

아무래도 믿을 수 없다는 듯 경계를 풀지 않고 허버트는 따져 묻듯이 사내의 말을 잘랐다.

"그 친구에게서 친구가 있다는 말은 듣지 못했는데…… 당신 이러지 말어. 당신 도대체 누구야?"

허버트가 위협하듯 손에 들린 잭나이프의 단추를 눌렀다. 예리한 칼날이 바람을 가르고 튕겨나왔다.

"당신 어디서 온 거야? 이봐, 서투른 수작하지 말어. 무슨 냄새를 맡으러 온 모양인데, 어림없는 수작이지. 당신 누구야? 어디서 왔어?"

"전 민우의 친굽니다."

허버트의 완강한 위협에도 별로 동요하는 기색 없이 사내는 웃으면서 두 손을 저었다.

"제 이름은 현태입니다. 민우가 이 근처에 있다면 제 이름을 전해주십시오. 그럼 그 친구는 금방 달려올 것입니다. 전 민우의 단 하나밖에 없는 친구입니다."

"……현태."

혼잣말처럼 허버트는 현태의 이름을 받아 되뇌었다.

그리고 다시 한 번 날카로운 시선으로 현태를 노려보았다. 최초의 수상쩍은 느낌은 사라져버리고 어느 정도 상대방을 믿어도 좋을 것 같다는 느낌이 든 모양이었다.

"민우는 어디 있습니까?"

현태는 더위 때문에 상의를 벗어 어깨에 걸었다. 그는 손등으로 이마에 밴 땀을 닦아내렸다.

"……그 친구는 없소."

딱 잘라서 허버트는 대답했다.

"……없다니요?"

현태가 의아하다는 목소리로 되물었다.

"……그럴 리가 없을 텐데요. 절 우롱하지 마세요. 전 민우의 친구입니다. 어렵게 어렵게 이곳까지 찾아왔습니다. 민우가 이곳에 있다는 것을 알아내기까지 꼬박 육 개월이 걸린 셈입니다. 난 곧 그를 만나야 합니다. 며칠밖에 시간이 없습니다. 이 시기를 놓치면 아주 어려운 일이 벌어집니다. 난 꼭 민우를 만나야 합니다. 민우를 만나게 해주세요."

"그 친구는 여기에 없소."

허버트가 현태의 시선을 피하면서 힘없이 말을 흐렸다.

"한때는 우연히 여기에 있었소. 당신은 그러니까 잘못 찾아온 것은 아니오. 그러나 지금은 여기에 없소."

"그럼 어디로 갔습니까?"

"그건 나도 모르오. 그 친구는 작년 가을부터 올봄까지 이곳에 있었소. 나하고 가장 친했지. 그런데 지난봄 이곳을 떠나버렸소. 하룻밤 사이에 간다온다 말도 없이, 어디로 간다온다 말도 없이 도망쳐버렸소."

"……도망치다니요?"

현태가 허버트의 말꼬리를 붙잡았다.

"그게 무슨 소립니까? 민우가 무슨 나쁜 짓이라도 저질렀단 말입니까?"

순간 허버트가 침을 뱉으며 말을 받았다.

"왜 이렇게 꼬치꼬치 캐물어? 벌써 오래전 일이야. 씨팔, 내가 알게 뭐야. 그 친구는 사람을 찔렀어. 허벅지를 칼로 쑤셔서 불고기감을 만들었다고. 그러니 토끼지 않을 재간이 있겠냐구, 안 그래, 친구."

허버트는 담배를 입에 물고 성냥을 벽에 그었다. 딱 소리와 함께 불꽃이 일었다.

"한 사람이 아니야. 둘이나 그 지경으로 만들었지. 그러니 토끼지 않고 어떻게 배기겠어. 그러니까 날라버린 거야. 행방을 감춘 거라구. 그러니 우린들 어떻게 행방을 알겠어? 이봐, 친구. 경찰에 쫓기는 신세에 어디로 간다온다 말하고 도망다니는 사람 봤어?"

순간 현태의 얼굴에 낭패의 표정이 스쳤다. 현태는 맥없이 빈 의자에 주저앉았다.

"전 민우를 찾아내야 합니다. 며칠 내에 찾아내지 않으면 큰일납니다. 일부러 휴일을 이용해서 그를 찾아나선 셈입니다."

현태는 주머니에서 명함을 꺼내 허버트에게 내밀었다. 허버트는 명함을 받아들고 흘긋 현태를 보았다.

"좋은 회사에 있군. 그 친구에게 당신과 같은 훌륭한 직업을 가진 친구가 있다는 것은 웃기는 일이야. 난 그 친구가 어디서 뭘 하던 놈인지 그게 늘 궁금했어. 이봐, 친구, 도대체 그 민우란 놈은 어디서 뭘 하던 놈이었어? 주먹 쓰는 솜씨 하난 기가 차던데. 난 그래서 생각했지. 얼굴이 곱상하지만 주먹 솜씨가 날랜 것으로 보아 무교동 같은 데서 계집깨나 등쳐먹고 살던 기둥서방쯤이라고 생각했는데⋯⋯."

"혹 민우에게서 연락이 오면 제게 소식을 주시겠습니까?"

현태는 함부로 뱉어대는 허버트의 말에 복잡한 표정을 지으면서 일어섰다.

"물론. 하지만⋯⋯."

허버트가 머리를 흔들었다.

"그 친구는 다시 이곳에 오지 않을 거야. 지금쯤 사람의 눈을 피해 섬에 가서 고기를 잡거나 광산촌으로 숨어들어 석탄이라도 캐는지 모르지. 이곳에 오면 그 친구는 당장 경찰에 붙들려서 콩밥을 먹게 될 테니까⋯⋯."

"⋯⋯가겠습니다."

현태가 맥없이 말을 뱉었다.

"어떤 소식이라도 오면 제게 연락해주세요."

"갈 거요?"

"가야지요."

"어디서 왔소? 서울이오?"

"그, 그렇습니다."

"서울로 다시 돌아갈 거요?"

"그렇습니다."

"그럼 잠깐만 기다리슈."

허버트가 손을 저으면서 일어섰다.

"당신뿐 아니라 우리 역시 민우를 기다리고 있소. 온 김에 그 친구 이모를 만나고 가시오. 그 이모가 좋아할 거요."

"저도 민우의 이모님이 이곳에 있다는 말을 듣고 왔습니다."

"잠깐만 기다리슈."

허버트는 신발을 꺾어 신고 일어섰다.

"전화를 걸고 오겠소. 지금쯤 집에 있을 거요. 십 분이면 이 가게에 올 것이오."

허버트는 안채로 들어갔다.

현태는 물끄러미 눈부신 햇살이 내리쬐는 기지촌의 거리를 바라보았다.

휴일의 거리는 낮잠에 빠진 것처럼 한적했다. 푸른 하늘로 헬리콥터 한 대가 프로펠러 소리를 내면서 떠가고 있었다. 안채에서 소리를 지르면서 전화를 거는 사내의 목소리가 들려왔다.

현태는 기대했던 희망이 무너졌으므로 온몸에서 힘이 빠져 달아남을 느꼈다. 가을학기 등록까지는 일주일밖에 남아 있지 않다. 이 일주일 사이에 그를 찾아내지 못하면 그는 또다시 복학할 수 있는 기회를 놓쳐버리고 다시 일 년의 휴학 기간을 보낼 수밖에 없다.

이것은 마지막 기회다. 이번에도 민우가 기회를 놓쳐버린다면 그는 영영 학생의 신분을 포기하게 될 것이다.

그때였다.

전화를 걸기 위해서 사라졌던 사내가 돌아오면서 말했다.

"잠깐 기다리슈. 그 친구의 이모가 곧 이리로 달려올 테니까. 당신을 꼼짝 못 하게 붙들어두라고만 하더군. 자, 안녕하슈. 우리 인사나 나눕시다. 때늦은 인사긴 하지만 난 이 집의 관리인이오. 보통 사람들은 나를 허버트라고 부르고 있소."

허버트가 현태를 향해 손을 내밀었다.

두 사람은 때늦은 인사를 나누었다. 허버트가 얼음을 넣은 콜라를 현태에게 가져다주었다. 그리고 그제야 자신을 향해 틀어놓았던 선풍기의 방향을 바꿔 현태 쪽으로 바람이 불어가도록 신경을 썼다.

"한때 난 그 친구와 사이가 좋았지. 그 친구에게 나는 단 하나밖에 없는 친구였어. 우린 도대체 그 친구가 어디서 왔는지 뭘 하던 녀석인지 알 수가 없었지. 그 친구는 내 생명의 은인이기두 해. 그 친구가 아니었다면 내가 죽을 뻔했으니까. 뭐, 다 지난 이야기야. 이제 와서 새삼스럽게 주둥아릴 열어 니가 잘났니 내가 잘났니 떠들 필요는 없겠지."

차 한 대가 먼지를 날리면서 술집 앞 공터에 급정거를 했다. 그리고 곧 한 여자가 차에서 뛰어내렸다. 그녀의 모습을 보자 허버트가 반사적으로 자리에서 일어섰다.

"누님 오시우."

여자는 선글라스를 쓴 채 술집 안으로 들어섰다.

"민우의 친구인가요?"

여자의 눈은 전혀 보이지 않았다. 짙은 빛깔의 선글라스 너머로 그녀의 두 눈은 완강하게 가려져 있었다.

"그, 그렇습니다."

"난 민우의 이모예요."

"알고 있습니다."

"……들어오세요."

여자는 앞장서서 홀을 가로질러 안쪽으로 들어섰다.

캄캄한 복도 끝에 작은 밀실이 있었다. 그녀는 밀실 안으로 들어서자마자 스위치를 올리고 에어컨을 작동시켰다. 위잉 하고 기계가 돌아가는 소리가 났다.

"앉으세요."

여자는 손짓으로 빈 소파를 가리켰다. 현태는 자리에 앉았다. 곧 시원한 바람이 에어컨의 통풍구를 통해 흘러나왔다.

"민우의 친구라면서요?"

"그렇습니다. 전 민우의 단 하나밖에 없는 친구입니다."

"그렇다면 내게 민우가 어디서 뭘 하던 놈인지 얘기해줘요. 난 그애에 대해서 전혀 모르니까. 그 아인 자신에 대해서 전혀 말하려 하지 않았어요. 그 아인 도대체 뭘 하다가 내게로 왔나요?"

"민우는 학생이었습니다."

현태는 침착하게 말을 받았다.

여자는 믿을 수 없다는 듯 킬킬 웃으면서 현태를 바라보았다.

"학생이라니, 초등학교 학생?"

"아닙니다. 대학생이었습니다."

"대학생?"

여자는 담배를 피워 물었다. 일부러 놀리기라도 하는 것처럼 담배연기를 현태의 얼굴에 뿜어내렸다. 여자의 얼굴에 냉소적인 미소가 떠올랐다.

"이봐요, 농담하지 말아요. 민우 그놈이 대학생이었다구?"

"그렇습니다."

"대학에서 뭘 배우던 놈이었는데?"

"의과대 학생이었습니다. 일 년만 더 공부하면 졸업할 수 있던 의대생이었습니다."

"의과대학이라면 뭐 그런 것을 배우는 학교인가. 말하자면 성형 수술하구 배 속에서 애를 꺼내는 의사를 키우는 학교란 말이지?"

"그, 그렇습니다."

"머리가 좋은 아이들이 들어가는 데 아닌가?"

"그렇습니다. 민우는 머리가 좋은 학생이었습니다."

"그런데."

여자는 도저히 이해가 가지 않는 듯한 얼굴로 현태를 노려보았다.

"그 자식은 왜 졸업도 하지 않고 내게 온 거야? 어떻게 된 거야?"

"민우의 집이 망했습니다. 민우는 귀공자처럼 자랐습니다. 민우의 집은 아주 훌륭한 집이었습니다."

"이봐, 젊은이, 난 어려운 말을 잘 몰라. 쉬운 말로 얘기해봐. 귀공자라니?"

"난 민우가 아니었더라면 대학을 졸업할 수 없었을 겁니다. 그 친구가 내 등록금을 대주었죠. 민우의 아버님은 아주 훌륭한 분이셨습니다."

"부자였나?"

"예, 그렇습니다."

"그렇다면 집도 컸겠네?"

"서울 번화가에 아주 커다란 빌딩도 있었지요."

"그런데 왜 그렇게 부자였으면서도 그 녀석이 내 곁으로 올 수밖에 없었나?"

"아버님이 돌아가시면서 집이 망해버렸기 때문입니다."

"아버지가 죽어도 갈 곳은 많을 텐데. 하필이면 왜 지금까지 한 번도 보지 못했던 이 무식한 이모를 찾아온 거지?"

"그건, 그건……."

현태가 말을 더듬었다. 현태의 눈시울이 붉게 물들었다.

"민우가 따로 갈 데가 없었기 때문일 겁니다. 외로웠기 때문일 것입니다. 민우는 내게 가끔 죽은 어머니에 대해서 말하곤 했습니다."

"그애의 에민 내 동생이었어."

"알고 있습니다."

"그래 내 동생에 대해서 그앤 뭐라고 말을 했지?"

"민우는 자기를 낳자마자 자살한 자신의 어머니가 천사일 거라고 했습니다. 돌아가신 어머니는 민우의 유일한 아름다운 꿈이었습니다."

"착각하는 것은 자유야. 누구든 제 새끼 안 예뻐하는 에미 없겠고 제 에미 예뻐하지 않는 새끼 없겠지. 향숙인 내 동생이었지. 그년이나 나나 뭐 남들과 다른 게 쥐뿔도 없었어. 그년이 나보다 인물 하난 좀 나았지. 그년이 나보다 먼저 고아원에서 도망쳤어. 그뿐이야. 그년이라고 중뿔난 재주야 없을 테니까, 뻔할 뻔자지. 부둣가 니나노집에 있었거나 아니면 아랫도리를 벌려서 먹구살았겠지. 내가 양키를 상대로 몸을 팔았다면 지년은 뱃놈들 상대로 몸을 팔았겠지. 다 그렇구 그런 시절이었어. 먹구살기 힘든 세월이었으니까."

갑자기 담배연기가 눈으로 들어갔는지 여자는 손등으로 눈을 비벼댔다.

"내 입이 험악하다고 욕하지 말아요. 워낙 이따위 짓으로 살아왔으니까. 향숙이가 어쩌다 좋은 사람을 만나서 호강하다가 민우를 낳은 모양이로구면. 그러다가 사랑하던 남자에게 본마누라가 있다는 것을 알고는 죽어버린 모양이로구면. 미친년, 미친 계집년. 그년은 어릴 때부터 그런 싹수가 있었지. 어릴 때부터 유난히 고집이 센 년이었으니까. 그땐 형제건 자매건 애비건 에미건 먹고사는 게 더 중요하던 시절이었으니까. 난 전혀 몰랐지. 민우란 놈이 통 입을 열지 않았으니까. 나도 또 새삼스레 묻고 싶은 마음이 없었고. 어느 날 불쑥 얼굴이 예쁘장하게 생긴 녀석이 나타나서 오래전 잊어버린 내 동생의 이름을 대고 자기가 그애의 아들이라고 말하길래, 난 더 이상 묻지도 않고 내 새끼처럼 받아들인 것뿐이야. 더 이상 뭘 더 캐묻고 더 이상 뭘 묻겠소. 오다가다 만난 것도 인연인데. 하기야 나도 그 새끼가 아주 형편없는 놈이라고 생각지는 않았어. 손이 예쁘고 얼굴도 예뻐서 어디서 유부녀 등쳐먹던 건달이 아닌가 생각한 정도였지. 하기야, 이따금 이 동네 아이들 성병 걸려 빌빌거릴 때면 마이신 주사 놓는 법을 배웠나보다 생각하기도 했어. 그래, 왜 날 찾아왔소? 내게 오면 민우를 만날 수 있을 것 같아 찾아왔소?"

"그렇습니다."

"……무슨 일인데?"

"아주 급한 일입니다."

현태가 다급한 목소리로 말을 이었다.

"일주일 뒤면 가을학기가 시작됩니다. 민우는 피치 못할 사정으로 일 년간 학교를 쉴 수밖에 없었습니다. 이제 일주일 안에 학교로 돌아와야만 학생이 될 수 있습니다. 이때를 놓치면 민우는 다시 일 년 동안 학생이 될 수 없습니다. 아니, 영원히 되지 못할지도 모릅니다."

"꼭 의사가 될 필요는 없어."

갑자기 사나운 목소리로 여자가 말을 잘랐다. 그녀는 목 쉰 소리로 앙칼지게 말을 이었다.

"의사가 안 되더라도 더 잘 먹고 잘 살 수 있어. 대학을 나와야만 훌륭한 사람이 되는 것은 아니야."

"물론 그렇습니다만……."

"나두 몰라."

밑도 끝도 없는 말로 여자는 결론을 내렸다.

"나두 지금 그 녀석이 어디에 있는지 몰라. 지난봄 그 녀석은 사고를 저질렀어. 그리고 도망쳤어. 도망치지 않을 수 없었어. 도망치지 않았으면 붙들려 콩밥을 먹을 수밖에 없었으니까. 그것뿐이야."

"……난 민우를 만나야 합니다."

현태가 간절한 목소리로 입을 열었다.

"이것이 마지막 기회입니다."

"……마지막 기회?"

여자는 눈빛을 번득이면서 현태를 노려보았다.

"반드시 그 녀석은 내 곁으로 돌아올 거야. 그러나 일주일 뒤는 아니야."

여자는 벽에 붙은 스위치를 눌렀다. 재빠르게 허버트가 문을 열고 들어섰다.

"부르셨습니까, 누님?"

"너 가서 은영이 좀 오라구 해. 집에 있을 거야. 이리로 데리고 와."

"알겠습니다, 누님."

사내는 문을 닫고 사라졌다.

"내가 보여주지. 왜 민우 녀석이 내 곁으로 돌아올 수밖에 없는가를 보여주겠어. 젊은이, 사람은 대학을 나와야만 훌륭한 사람이 되는 것은 아니야."

여자는 갑자기 목 쉰 소리로 킬킬 웃기 시작했다. 그녀는 차라리 즐거운 표정이었다.

"이제 와서 뭐 말라죽은 학교인가? 학교 가서 뭘 배우겠다는 수작이야? 공부를 하고 의사가 되어서 도대체 뭘 하겠다고? 의사가 되어 청진기를 대고 환자를 진찰한다고 해서 행복한 사람이 된단 말인가? 내가 보기에 젊은이는 대학을 나와서 이제 갓 취직이 된 모양인데……."

"……그, 그렇습니다."

"행복해, 젊은이?"

현태는 묵묵히 침묵을 지켰다. 짧은 침묵 끝에 현태가 대답했다.

"……행복합니다."

"행복이란 먼 데 있는 게 아니야. 행복이란 가까운 데 있는 법이야, 젊은이. 난 그애를 다시 그 골치 아픈 대학으로 보내지는 않을 거야. 그애는 대학에 들어가지 않더라도 행복해. 의사가 되지 않더라도 그앤 행복하다구. 여긴 돈도 있고, 술도 있고, 그리고 그 녀석의 계집도 있는 곳이니까."

현태가 둔기로 한 대 얻어맞은 것처럼 혼란에 빠져버렸다. 그는 피우던 담배를 눌러 껐다.

"내가 곧 민우의 여편네를 보여주지."

이때였다. 반쯤 열린 문 밖으로 인기척이 나고 발소리가 가까워졌다. 곧 문이 열렸다.

키 작은 여자 하나가 방 안으로 들어왔다. 여자의 몸은 한눈에도 임신 중이라는 사실을 알 수 있을 만큼 배가 불렀다.

"인사해라, 은영아. 이 사람은 네 서방의 친구분이다."

현태는 눈을 들어 여자의 모습을 쳐다보았다.

그곳에는 초라하고 볼품없는 여자가 서 있었다. 이제 막 아이가 튀어나올 것 같은 커다란 배를 하고서 여자는 빤히 현태를 마주보았다. 임신 말기의 피로로 옷차림과 옷매무새에는 전혀 신경쓰지 않은 모습이었다.

"안, 안녕하세요?"

여자는 현태를 보고 고개를 숙여 인사했다.

"안녕하십니까?"

현태 역시 고개를 숙여 그녀의 인사를 받았다.

"이 아인 민우의 여편네지. 그러니까 내 조카며느리가 되는 셈인가? 아이구, 뭐가 되든 상관없어. 난 골치 아픈 촌수는 모르니까. 어쨌든 저 배 속에 민우의 아이가 자라고 있다는 것만 알아둬요. 그것으로 충분하지 않소. 이번 달이 산달이오. 오늘내일 하는 판이오. 저 배 속에서 고추가 나올지, 조개가 나올지 아무도 모르지만, 어쨌든 민우의 새끼인 것만은 분명하지. 자, 젊은이 이제 뭣 때문에 민우가 이곳을 떠나 학생이 되어야겠소? 그럴 이유가 어디 있겠어? 더 이상 뭘 바라겠어? 집과 여편네와 새끼가 있는데 뭘 바라겠어?"

이 여자의 표정은 무엇을 말하는 것인가.

현태는 충격을 받아, 여자의 얼굴 위로 떠오르는 야릇한 미소를 이해할 수 없었다.

"그분이 지금 어디 있는지 아세요?"

은영이 빤한 시선으로 현태를 보았다.

"아, 아닙니다."

현태가 당황하며 서둘러 말을 받았다.

"저도 모릅니다. 그래서 이곳에 있을까 하고 찾아왔습니다."

그는 물끄러미 자신의 유일한 친구였던 민우의 아이를 밴 여자의 모습을 바라보았다. 여자의 배는 몹시 불렀으며 그래서 이제라도 곧 아이를 낳을 것처럼 보였다.

"그이를 우리가 먼저 만나게 된다면 그땐 제가 말씀드리겠어요. 친구분이 찾아왔었다구요."

"……감사합니다."

현태는 일어섰다.

"……가겠습니다."

"먼 길을 오셨는데 식사라도 하지 않구요."

은영이 뒤뚱거리면서 현태를 막아섰다.

"여기서 제 집이 멀지 않아요. 집에 가시면 제가 식사를 대접할게요. 금방 돼요. 그래도 먼 길을 온 손님인데……."

"……괜찮습니다."

현태가 머리를 흔들었다.

"그만 일어서겠습니다. 안녕히 계십시오."

현태는 이모에게 머리를 숙여 인사했다. 이모는 앉은 자리에서 몸을 일으키지 않았다.

"은영이 네가 문 밖까지 바래다드려라."

"……나오실 필요 없습니다."

"바래다드려, 이년아. 니 서방의 친구분이시다."

현태는 방문을 열고 홀로 나왔다. 허버트가 문간에 앉아서 캔 맥주를 마시고 있다가 일어섰다.

"가겠소, 친구?"

"……가겠습니다."

"잘 가시오, 친구. 민우가 돌아오면 내가 연락을 해드리리다. 명함은 내가 갖고 있으니 염려 마시우. 잘 가슈, 친구."

"안녕히 계십시오."

거리는 오후의 햇살로 갓 빨아 넌 빨래처럼 눈이 부시도록 희었다.

현태는 주머니에 손을 찌르고 천천히 걸었다. 어디선가 확성기에서 흘러간 외국 노래가 느린 속도로 흘러나오고 있었다.

"그이는 내가 아이를 가진 것을 몰라요. 그이가 이곳을 떠날 때에 난 벌써 아이를 가졌는데 우린 둘 다 그 사실을 몰랐어요."

느릿느릿 걷는 현태의 곁을 부지런히 따라오면서 은영은 재빠르게 말을 이었다.

그녀는 배가 몹시 불렀으므로 불편해 보였다. 현태가 가능한 한 천천히 걷는데도 그녀는 무거운 몸을 뛰듯이 움직여서 현태의 곁을 어렵게 쫓아왔다. 마치 그를 놓치면 다시는 민우를 만날 수 없다는 듯이.

"그이가 사람을 둘이나 찌르고 밤새 어디론가 사라져버린 뒤에야 전 아기를 가졌다는 사실을 알게 되었어요. 처음엔 눈앞이 캄캄했어요. 왜냐하면 난 그이가 다시는 이곳으로 돌아오지 않을 거라고 생각했으니까요."

빈 택시가 먼지를 일으키며 다가왔다. 두 사람이 별 기색을 보이지 않자 택시는 다시 먼지를 일으키면서 사라졌다.

오후의 햇살을 받고 극장 간판이 번쩍번쩍 빛났다. 치졸한 색상과 유치한 그림이 그려진 극장 간판에는 머리를 푼 유령이 벌건 피를 뚝뚝 흘리면서 웃고 있었다.

"다음 주가 산달이에요. 다음 주면 배 속에서 아이가 나와요. 무서워요. 돌아오지 않을지도 모르는 사람의 아기를 나 혼자 낳을 생각을 하면 무서워서 견딜 수가 없어요. 그 사람은 지금 어디에 있을까요?"

"……모릅니다. 그래서 제가 이리로 온 겁니다."

맥없이 웃으면서 현태가 말을 받았다.

"어디선가 붙들려 혹시 감옥에 있는 것은 아닐까요?"

"……아기를 낳으면……."

현태가 주머니를 뒤져 명함을 꺼냈다.

"……제게 연락을 주십시오."

은영은 현태가 내민 명함을 받아 주머니 속에 집어넣었다.

"버스 터미널까지 택시를 타고 가겠습니다."

"만약, 만약에 말이에요. 혹시 그이가 선생님 곁에 나타난다면 말이에요. 그땐 제가 보구 싶어한다고 전해주세요."

"……알겠습니다."

빈 택시가 거리 끝에서 나타났다. 현태가 손을 흔들자 택시는 미친 듯한 기세로 달려와서 섰다. 현태가 문을 열고 올라탔다.

은영의 얼굴이 반쯤 열린 차창 곁으로 다가왔다. 그녀의 얼굴은 까맣게 찌들어 있었다. 윤기 없는 머리칼은 시든 풀잎처럼 이마 위를 덮었고 얼굴엔 검은 기미가 독버섯처럼 돋아나 있었다.

"그저 제가 보구 싶어하더란 말만 전해주세요. 다른 말씀은 마시구요."

"……알겠습니다."

차가 앞으로 달려가려고 멈칫거렸다. 은영은 앞으로 달려나가려는 차의 차창을 완강하게 움켜쥐고 있었다.

"제가 아이를 낳았다는 말씀은 하지 마시구요."

"……알겠습니다."

차가 힘을 주었다. 그러자 완강하게 움켜쥐었던 은영의 손이 창가에서 떨어졌다. 차는 먼지를 날리면서 달려나갔다.

그제야 캄캄한 절망 같은 것이 현태의 눈앞을 가로막았다. 현태는 신음 소리를 내면서 중얼거렸다.

"아아, 어쩌면 좋단 말인가. 이 일을 어떻게 하면 좋단 말인가."

현태는 두 손으로 머리를 움켜쥐었다.

현태는 일주일 전에야 민우가 있을 만한 장소를 알아낼 수 있었다. 민우의 먼 친척으로, 오래전부터 무슨 일이든 집안일을 맡아 해주던 강씨 아저씨를 만난 것이 그 장소를 알아내는 실마리였다.

처음에 강씨 아저씨는 모른다고 딱 잡아떼었다. 그러나 현태는 만만하게 물러서지 않았다. 집안일에 관한 한 강씨 아저씨가 모르는 일이 있을 수가 없다는 것을 현태는 잘 알았으므로.

현태의 끈덕진 공세에 마침내 강씨 아저씨는 무릎을 꿇었다. 그는 고백했다.

오래전 민우 형님의 부탁으로 인천의 고아원에서 민우의 생모에게 친언니가 있다는 사실을 알아냈다는 것. 그 언니가 입양된 집을 찾아내 추적한 결과 지금은 의정부 기지촌에서 술집을 경영하고 있다는 것. 그것을 민우의 형님에게 전해주었다는 것. 민우의 형님은 미국으로 떠나기 전에 그 사실을 민우에게 가르쳐주었다는 것. 현태는 강씨 아저씨에게서 어렵게 민우의 이모 집 주소를 알아낸 순간, 민우가 그곳에 있으리라는 것을 추호도 의심치 않았다.

언젠가 민우가 술을 잔뜩 마시고 자신을 찾아와 나는 오늘 지옥을 보았다고 고백했던 것은 바로 그가 이모를 만나고 돌아왔다는 의미가 아니었던가.

그렇다. 그는 지금 그곳에 있다. 그는 달리 갈 곳이 없잖은가.

그는 민우를 떠밀어서라도 데려오리라 결심했다. 곧 가을학기가 시작된다. 그는 일 년 동안 낭인처럼 지내왔다. 지금 학교에 돌아가지 않으면 그땐 다시 학업을 계속하는 것이 어려워진다.

그의 등록금은 자신이 대신 내줄 것이다. 그를 학교 근처 하숙집에 머물게 하고, 오로지 공부 이외의 것은 생각지 않도록 보살펴줄 것이다.

그러나 그의 계획은 수포로 돌아갔다. 그는 육 개월 전에 이미 그 거리를 떠났다.

칼로 두 사람을 찌르고서, 도대체 그는 어디로 사라졌단 말인가. 일주일 안에 그를 찾아낸다는 것은 불가능하다.

아니다. 그것이 아니다.

그가 다시 학업을 계속하지 못하다 한들 그것이 무슨 문제가 있겠는가. 그가 졸업을 하지 못하고, 그래서 의사가 되지 못한다 하여 무슨 문제가 있겠는가. 문제는 그것이 아니다. 내 눈으로 보았잖은가.

한 여자가 그의 아이를 배고 있다.

한 여자가 이제 며칠 후면 그의 아이를 낳는다.

그의 씨앗이 그녀의 배 속에서 튀어나온다.

오오, 이럴 수가 있는가.

현태의 눈앞에 잠시 다혜의 환상이 선명하게 떠올랐다. 다혜의 얼굴에 조금 전에 본 까맣게 찌든 여자의 얼굴이 포개져 흔들렸다.

다혜를 어쩌란 말인가.

아아, 민우가 그토록 사랑하는 다혜, 민우를 그토록 사랑하는 다혜를 어떻게 하란 말이냐. 두 사람의 사랑은 어쩌란 말이냐. 두 사람의 사랑은 어떻게 하고 어디에 두고 민우의 아이는 태어나야 할 것이냐.

불행이다. 이것은 불행이다. 가혹한 운명의 장난이다.

현태는 가없어서, 다혜의 환영이 가없어서, 다혜가 가없어서 머리를 떨구었다.

"다 왔습니다, 손님."

이미 차는 터미널 앞에 멈춰서 있었다.

현태는 셈을 치르고 황황히 택시에서 내렸다. 거리를 돌아오는 바람 한 자락이 휙 먼지와 더불어 휴지 조각을 허공으로 떠올리면서 현태의 얼굴을 세차게 후려쳤다.

크리스마스를 앞둔 거리는 사람들을 유혹하기 위해서 화려하게 들끓고 있었다. 여기저기서 번득이는 네온의 불빛이 명멸했으며 찬란한 빛깔의 상품들을 진열해놓은 쇼윈도에는 색색 금종이들이 치장되어 있었다.

백화점 부근의 번화가에서는 대형 크리스마스트리가 번득이는 색전구를 몸에 두르고 쉴 새 없이 빛났다.

거리는 사람들의 물결로 흘러넘쳤다. 서로서로에게 선물할 물건을 사는 사람들로 초저녁 백화점은 발 디딜 틈이 없을 정도로 붐볐다. 모든 사람들이 거리로 쏟아져나온 모양이었다.

사람들은 웃고, 떠들며, 그리고 끊임없이 걸어다녔다. 지난 며칠간의 맹추위가 오랜만에 푸근한 날씨로 변했다. 오후부터 하늘은 눈이라도 쏟아낼 것처럼 흐렸지만, 어둑어둑 땅거미가 내릴 때까지도 눈은 오지 않았다.

한 사람이 그 사람들의 파도 속을 천천히 걸어가고 있었다.

그는 지하로 내려가는 계단을 밟고 지하상가로 천천히 걸어갔다. 마치 화려한 지상의 불빛들을 감당할 수 없어서 물 아래로 깊숙이 잠수해 들어가는 잠수부처럼.

지하도와 연결된 지하철 구내로 수많은 사람들이 바쁘게 걸어갔다. 사내는 뚜렷이 가야 할 목적지가 없는 듯 천천히 지하상가를 따라 걸어나갔다.

이따금 상가의 쇼윈도를 흘긋흘긋 쳐다보았지만 뭔가 골똘한 상념에 사로잡혀 주위의 풍경은 눈에 들어오지 않는 모양이었다.

그는 몹시 구겨지고, 더러운 신사복을 입고 있었다.

겨울 날씨와는 어울리지 않는, 얇은 홑겹의 양복이었다. 그는 지하철을 타는 사람들을 상대로 간단한 음식을 파는 작은 식당 앞에 서서 오랫동안 망설였다.

그는 몹시 배가 고팠지만 먹는 방법을 잊어버린 사람처럼 음식 모형들을 물끄러미 들여다보기만 했다. 마침내 그중의 한 음식이 마음에 들었다는 듯 사내는 식당 안으로 들어갔다.

그는 스탠드에 앉아서 김밥과 따뜻한 김이 솟아오르는 오뎅을 한 그릇 시켰다. 기다리는 동안 그는 먼저 앉았던 손님이 남기고 간 신문을 가만히 펼쳐 보았다.

12월 22일.

오늘 날짜가 신문 윗부분에 명기되어 있었다. 날짜를 본 순간 사내의 눈이 붉게 충혈되었다. 까마득히 잊어버렸던 날짜와 시간의 개념이 순간 그의 녹슨 의식에 강한 충격을 주었다.

그는 자기가 최후로 기억하는 날짜가 언제인가 더듬어보았다. 자신의 내부에서 째깍째깍거리며 움직이던 육체의 시곗바늘은 3월 8일에서 멎어 있었다.

그 이후로 시간은 정지되었으며 세월은 한 치도 흘러가지 않았다. 그러나 바깥 세상은 거의 일 년에 가까운 세월을 달음질쳤다.

실로 일 년 만에 맞는 자유의 풍경이었다.

그는 신문지를 구겨서 쓰레기통에 처넣었다. 그는 느닷없이 잠에서 깨어난 사람처럼 주위를 둘러보았다.

교복을 입은 여학생들이 볼이 터지도록 우동을 먹고 있었다. 그는 그 소녀들의 맹렬한 식욕을 이해할 수 없었다. 사람들의 화려한 옷차림, 울긋불긋한 채색, 지하 역 구내의 화려한 빛깔 광고판들을 이해할 수 없었다.

그가 지금까지 보고 들은 것은 회색 벽, 푸른 죄수복, 철컹철컹 닫히고 열리는 녹슨 빗장 소리와 무거운 발소리, 잠든 죄수들의 입에서 흘러나오는 가위에 눌린 비명 소리 같은 것뿐이었다.

한꺼번에 터져흐르는 엄청난 소리의 홍수와 엄청난 빛깔의 난무를 그는 이해할 수 없었다. 그는 꿈을 꾸는 느낌이었다.

한 여자가 그를 이상한 눈으로 바라보았다. 어째서 한참 전에 시킨 김밥과 오뎅을 다 식어버릴 때까지 먹지 않고 그저 물끄러미 허공을 바라보고만 있는지 이해할 수 없다는 눈빛으로.

사내는 검은 김밥을 손으로 집어 우물우물 삼켰다. 목이 메었으므로 따뜻한 오뎅 국물을 함께 마셨다.

김밥은 전혀 맛이 없었다. 그것은 먹는 음식이라기보다는 어떤 쇠붙이 같은 느낌이었다. 그래서 그는 몇 조각의 김밥을 억지로 먹고는 일어섰다.

그는 주머니를 뒤져서 한 뭉치의 돈을 꺼내 세었다. 우연히 그의 곁에 앉아 있던 사람들은 이 초라한 사내가 어째서 갑자기 많은 돈을 한 손에 쥐어 꺼내는지 이상한 눈으로 쳐다보았다.

음식점 주인이 받아야 할 금액을 말했지만 사내는 그에 합당한 돈을 골라내지 못했다. 그는 돈의 개념을 잊어버린 사람처럼 보였다.

음식점 주인 여자가 자신에게 알맞은 금액을 빼냈으며, 그리고 잔돈을 건네주었다. 사내는 거스름돈을 받고 음식점을 나왔다. 다시 그는 천천히 걸어나갔다.

화려한 상가의 한복판에 산타클로스 복장을 한 사람이 지나는 꼬마들에게 풍선을 나눠주고 있었다. 서둘러 받던 소년이 그만 풍선을 놓쳐버리자 풍선은 지하도의 허공을 날아갔다.

그는 몹시 피로해 보였다. 금방이라도 쓰러질 것 같았다. 모퉁이 상점에서 담배를 사 종이를 뜯고 한 개비를 피워 물었으나 서너 모금도 피우지 못하고 휴지통에 던져버렸다.

순간 그의 눈앞에 그리운 얼굴 하나가 떠올랐다.

"다혜."

그는 그 얼굴을 향해 소리를 내어 중얼거렸다.

시간은 그녀를 마지막으로 만난 지난봄의 하룻밤에 정지되어 있었다.

그에게 세월은 정지된 톱니바퀴 같은 것이었다. 바깥의 세월은 빠르게 달리며, 뛰며 멀어졌지만 그의 시간은 다혜와 보낸 그 마지막 밤에 머물러 있었다.

아직도 생생하게 기억할 수 있었다.

침대 곁에 부자연스러운 모습으로 잠들어 있던 다혜의 모습을.

커튼 사이로 새벽 여명이 스며들고 있었다. 잠든 숨소리가 너무나 조용해서 바람을 가르기만 해도 그녀의 잠을 깨뜨려버리고 말 것 같았다.

그녀의 잠을 깨우지 않기 위해서 발끝으로만 걸어 방에서 나와 바로 엘리베이터를 타고 호텔을 빠져나왔다. 울면서. 그 길로 교통정리를 하던 순경을 찾아가서 자수를 했다.

그것이 끝이었다. 그러고는 그에게 세월은 정지되어버렸다. 모든 것은 그날 그 순간에 정지되었다. 마치 어느 순간 공주에게 찾아온 백 년간의 잠처럼.

아직도 다혜는 그 방 그 의자에 잠들어 있을 것이다. 내가 다혜의 잠을 깨우지 않았으므로. 그녀는 아직도 곤히 잠들어 있을 것이다.

아아. 그녀를 만나러 그 방, 그 의자를 찾아갈 것이다.

순간 민우의 마음속에는 다혜를 만나고 싶다는 욕망이 가득 차올랐다.

나는 이제 내 죄를 씻었다. 나는 이제 아무것도 망설일 필요가 없다. 나는 죄에 대한 값을 치렀으며, 이제부터 새로 시작할 수 있다.

그래.

민우는 빠르게 걸었다.

이젠 거리낄 것이 없다. 무엇을 망설이랴. 무엇을 두려워하랴. 다혜를 만나자. 그녀의 집은 이곳에서 가깝지 않은가. 걸어서 십 분이면 이를 수 있는 가까운 거리가 아닌가.

민우는 생기를 찾았다. 허수아비 같던 그의 몸에 생생한 기쁨이 가득 차올랐다. 감옥에 들어가기 전에 주머니에 들어 있던 많은 돈이 영치금으로 고스란히 남아 있었다.

나는 아직 부자다. 내 주머니 가득 돈이 들어 있다. 이 돈으로 무엇이든 살 수가 있다. 다혜를 위해 무엇이든 선물할 수 있다.

민우는 지하도 계단을 뛰어올라갔다. 거리는 완전히 어두워졌다. 그러나 사람들은 더욱더 쏟아져나와 거리는 발 디딜 틈 없는 무도장 같아 보였다.

민우는 백화점으로 뛰듯이 걸어들어갔다.

백화점 안은 사람들로 들끓었다. 대목을 맞아 조금이라도 더 팔려는 상술로 매장 안은 상품으로 가득가득 넘쳐났다.

민우는 다혜에게 줄 선물을 사기 위해 1층 매장을 한 바퀴 돌았다. 그는 모든 상품을 보았다. 화장품, 일용품, 구두, 가죽 제품들.

그는 1층 매장을 한 바퀴 돌고 2층 매장으로 올라갔다. 그는 2층과 3층의 모든 매장을 둘러보았다.

그는 어떤 영감이 떠올라 자신의 갈팡질팡하는 마음을 결정지어주기를 바랐다. 그는 물건을 선택하는 이성이 마비되어버린 것 같았다.

마침내 민우는 다시 1층 매장을 둘러보다가 한구석에서 비로소 마음에 드는 물건을 발견했다. 금은보석을 파는 귀금속점에서였다.

유리로 만든 진열장 안에서 수많은 보석들이 불빛을 받으며 반짝였다. 보석과 반지, 팔찌, 목걸이들이 가지런히 진열되어 있었다. 자신들의 금액을 알리는 가격표를 몸에 걸고서.

목걸이 하나가 민우의 눈을 찔렀다. 금으로 세공한 가는 목걸이였다.

민우는 그 목걸이의 가격을 확인해보았다. 값도 적당했다. 너무 값이 비싸서 물건을 받는 다혜에게 마음의 부담을 안겨줄 만큼 사치품은 아니었다. 목걸이는 아름다웠다. 세공은 정교했으며, 품위가 있었다. 벌써 그 목걸이가 사랑하는 다혜의 목에 걸려 있는 듯 기쁨을 느끼며 민우는 손가락으로 목걸이를 가리키고는 점원에게 사겠다고 소리를 질렀다.

"예쁘게 싸주세요."

민우는 웃으면서 말했다.

"선물할 거니까요."

민우는 다혜에게 줄 목걸이가 든 상자를 주머니에 찔러넣고 거리로 나왔다. 오후부터 잔뜩 흐린 하늘에서 비듬 같은 눈이 흩날리기 시작했다.

민우는 뛰듯이 걸었다. 다혜를 보고 싶다는 마음의 충동이 자칫 시간을 끌거나 망설이다가는 퇴색되어버릴 것 같아 민우는 급히 한길을 건너고 육교를 건넜다.

민우는 얼굴에 함박꽃 같은 미소를 띠워올렸다.

―모든 것을 다시 시작하리라.

조금씩 흩날리던 눈발이 차차 굵어졌다. 금세 온 천지는 은색의 탄환으로 무차별 공격을 당했다. 민우는 번화가를 가로질러 낯익은 골목으로 접어들었다.

골목 어귀에 예전 그대로의 구멍가게가 불을 밝히고 있었다. 달라진 것이라면 한겨울이었으므로 문을 닫고 있다는 점이었다. 봄이나 여름이면 골목길까지 목판을 내놓고 과일을 팔던 구멍가게는 날이 추웠기 때문에 좌판을 거둬들인 모양이었다.

민우는 어두운 골목길을 걸어올라갔다. 예전 그대로 가로등이 전신주 위에서 빛났다. 가로등의 불빛 주위로 알이 굵어진 눈발이 하얗게 엉겨붙는 것이 보였다.

날이 몹시 포근했으므로 눈은 내리자마자 녹았지만 워낙 녹는 속도보다 빨리 눈이 쏟아졌으므로 조금씩 조금씩 골목길에는 눈이 쌓였다. 골목길은 다니는 사람이 없었으므로 곧 흰 눈의 융단이 되었다.

민우는 다혜의 집 앞에 서서 발돋움해보았다. 키 낮은 담 너머로 예전 그대로의 칙칙한 향나무가 마침 내리는 흰 눈의 신의 (新衣)를 갈아입고 서 있었다. 향나무 가지 사이로 목조식 건물의 2층 방이 간신히 엿보였다.

그곳은 다혜의 방이었다. 그러나 그 방 창문은 불이 꺼져 어둠에 묻혀 있었다.

향나무 가지 사이로 다혜의 창문이 완전히 어둠에 묻힌 것을 보는 순간 민우의 가슴은 덜컹 내려앉았다.

지난봄 밤늦은 시간에 이곳을 방문했을 때도 다혜의 창문에는 불이 켜져 있었다. 그 닫힌 창문에 다혜의 그림자가 밤이 늦도록 어른거렸다. 마치 용기를 내지 못하고 집 밖에서 망설이며 서성이는 민우의 마음을 읽고 그의 마음을 위로라도 해주는 듯이.

언제였던가.

꽃피는 봄의 3월. 그녀의 집을 처음 찾아왔을 때 나는 다혜의 노랫소리를 들었다. 키 낮은 담 너머로 흰 목련꽃들이 이제 막 꽃망울을 터뜨리고 서 있었지.

아아, 기억난다.

한낮은 많이 기울어지고 전신주에 매달린 가로등의 불빛이 희미하게 정체를 드러내기 시작했지. 그래서 골목 안은 산사(山寺)의 뜰과도 같았지. 그때 향나무로 가려진 2층 창문에 반짝 불이 켜졌다.

그리고 뭔가 망설이듯 잠시 머뭇거리더니 믿을 수 없을 만큼 또렷하고 맑은 노랫소리가 흘러나왔지. 다혜의 노랫소리가.

민우는 순간 고개를 들어 어둠의 나뭇가지를 보았다. 그가 없는 사이에도 무성히 자란 밤의 나뭇가지와 보리수의 나무 밑동을. 그리고 그 나뭇가지에 새겨진 희망의 말을. 그리고 바람에 흔들리면서 전하는 나뭇가지의 말을 들었다.

—그대여 이곳에 와서 안식을 찾아라.

민우는 미친 듯이 문 앞으로 다가갔다.

그는 문 위에 붙은 초인종을 눌렀다. 그리고 기다렸다. 안에
서 인기척이 없자 민우는 다시 초인종을 눌렀다. 곧 문 안쪽에
서 인기척이 났다. 민우는 긴장으로 쓰러질 것만 같았다. 그는
헛기침을 하면서 몸을 세웠다. 곧 문이 열렸다.

"……누구세요?"

반쯤 열린 문으로 한 소녀의 얼굴이 나타났다.

"저어, 저어."

민우는 헛기침을 하면서 말을 더듬었다.

"밤늦게 미안합니다. 이 집에 다혜 씨라구 있지요?"

"……누구요?"

어리둥절한 얼굴로 소녀가 말을 받았다.

"다혜 씨라구요."

"다혜요? 그런 사람 없는데요."

호기심을 갖고 소녀는 빤히 민우의 얼굴을 보았다.

"우린 지난가을에 이사를 왔다구요. 아마도 먼저 이 집에 살
던 사람을 만나러 오셨나보죠."

민우는 말없이 주머니에 손을 찌르고 소녀의 얼굴을 마주보
았다. 소녀의 얼굴은 장난기와 호기심으로 반짝였다. 민우는 순
간 소녀의 그 얼굴을 비틀어버리고 싶은 충동을 느꼈다.

순간 민우의 머릿속에 까마득히 오래전의 기억이 떠올랐다.
지난가을 첫 번째 출옥을 해서 찾아간 집에서도 똑같은 일이 벌
어졌다.

그가 감옥에 들어가 있는 사이 가족은 어디론가 이사를 가버

렸다. 그가 돌아갈 곳이 없어지고 증발해버린 셈이었다.

그것이 민우를 방황케 했던 중요한 이유였다. 이제 똑같은 일이 벌어졌다. 그는 두 번째 출옥을 했다. 그리고 첫 번째로 다혜의 집을 찾아온 것이다. 그녀에게 줄 선물을 사가지고. 그러나 그녀는 그가 없는 사이에 이사를 가버렸다.

다혜, 그녀는 없어졌다. 내 곁을 떠났다. 어디론가 가버렸다. 다혜. 내가 가진 유일한 희망. 그녀를 위해 준비한 목걸이는 어떻게 해야 할 것인가.

반쯤 열린 철문 저편에서 소녀가 새앙쥐 같은 눈을 뜨고 민우를 노려보았다.

"안녕히 가세요, 아저씨……."

비틀거리면서 민우는 돌아섰다. 그제야 등 뒤에서 철문이 닫히는 육중한 쇳소리가 들려왔다.

골목길은 미끄럽고 어두웠다. 민우는 미끄러지지 않기 위해서 조심스럽게 걸었다. 얇은 가죽 구두에서 올라오는 한기가 그를 얼어붙게 만들었다. 그는 이를 맞부딪칠 만큼 떨면서 천천히 골목길을 돌아나왔다.

"다혜가 이사를 갔다. 다혜가 이사를 갔다."

민우는 골목에서 나와 번화한 거리를 따라 걸으면서 넋 나간 사람처럼 소리를 내어 중얼거렸다.

"다혜가 이사를 갔다. 다혜가 어디론가 가버렸다."

그녀를 어디에서 찾을 것인가. 아, 다혜를 어디에서 만날 수 있을 것인가. 밤마다 꿈속에 다혜가 보였다. 잠에서 깨면 눈가에 눈물이 맺혀 있었다. 다혜. 내가 안식을 찾을 또 하나의 희망.

그녀를 만나기 위해 어디로 가야 할 것인가.

문득 민우의 머릿속에 현태의 이름이 떠올랐다. 그의 하숙집을 찾아가면 어쩌면 다혜가 있는 곳을 알게 될지도 모른다.

그러나.

민우는 머리를 흔들었다. 현태를 만나러 간다 해도 그는 그곳에 없을 것이다. 그는 하숙을 옮겼을 것이다.

지난봄 다혜가 말하지 않았던가. 현태는 졸업 전에 이미 A회사에 취직되어 출근한다고 하지 않았던가. 회사에 출근하는 이상 그는 더 이상 학교 앞 하숙집을 고집할 필요는 없을 것이다. 아니 그가 아직 그 하숙집에 있다손 치더라도 나는 그를 만나러 가지 않을 것이다. 그렇게 되면 옛날의 그 기억을 고스란히 답습하는 결과가 된다.

나는 현태 녀석을 만나지 않을 것이다. 그는 당당히 학교를 졸업한 직장인이다. 그는 나를 동정하려 하겠지. 난 그의 동정은 받고 싶지 않다.

무엇이 다른가.

다혜도 마찬가지일 것이다.

다혜와 현태가 무엇이 다를 것인가.

다혜 역시 너를 만나면 동정심으로 너를 맞아줄 것이다.

네가 불쌍하므로. 사랑해서가 아니다, 한민우.

무엇을 어떻게 새로 시작할 것인가. 너는 두 번이나 폭력을 휘두른 전과자다. 다혜에게 선물을 줘 무엇을 하겠다는 것이냐. 그것은 오히려 그녀에게 부담을 주는 일이다.

민우는 미친 듯이 거리를 쏘다녔다. 밤이 깊어갈수록 더 많은 사람들이 거리로 몰려나와 홍수를 이루었다. 험한 기세로 내리던 눈이 멎자 거리는 더욱더 지저분하고 더러워 보였다.

그는 타는 갈증을 느꼈다.

어디 가서 독한 술을 한잔 마시고 싶다는 생각에 그는 거리를 둘러보았다. 그러나 곧 머리를 흔들었다. 술로 이성을 마비시켜서는 안 된다. 지금은 맑은 정신으로 냉정하게 분석하고 냉철하게 사고해야 한다. 그는 맨 처음 눈에 띈 찻집으로 들어가 커피를 주문했다.

그래.

내가 돌아갈 곳은 단 한 곳뿐이다.

그렇다. 그곳만이 내 고향이다. 다혜가 있는 곳이 내 갈 곳이 아니며, 현태를 찾아 어머니가 있는 곳을 알아낼 수 있다 하더라도 이미 모든 것은 틀렸다.

이미 모든 것은 늦었다. 다시는 돌아갈 수 없는 먼 과거의 일이 아닌가. 민우는 떨리는 손으로 막 가져다놓은 커피잔을 들어 단숨에 커피를 비웠다.

은영.

순간 잊혀진 이름 하나가 날카로운 바늘이 되어 민우의 머릿속을 찔렀다. 그녀의 이름을 떠올리자 갑자기 다정한 냄새와 다정한 기억들이 용솟음치면서 흔들렸다. 그들은 기다리고 있을 것이다.

로라 이모. 나이아가라의 술집. 그 낯익은 접대부들의 얼굴. 깊은 밤의 스트립쇼. 흑인 병사들의 휘파람 소리. 잠 안 오는 밤 피우던 마리화나의 연기 냄새. 그리고 원하면 언제든 마실 수 있던 위스키의 달콤한 냄새. 밤마다 기다리던 은영의 핑크빛 잠옷. 친구, 오랜만일세. 허버트의 목소리. 어둠 속에서 부둥켜안고 춤을 추던 미군 병사들.

"가야지."

민우는 중얼거리면서 일어섰다.

"더 늦기 전에."

눈길을 헤치고 택시 한 대가 달려오더니 급정거를 했다. 민우는 셈을 치르고 차에서 내렸다.

크리스마스를 앞둔 기지촌은 온통 울긋불긋한 치장과 장식으로 치졸하게 꾸며져 있었다. 문은 굳게 닫혔지만 창문에서 비쳐 나오는 붉고 푸른 조명등이 눈 내린 한길 위로 넘쳐흘렀다. 일 년 중 가장 바쁘고 가장 신나는 계절이었다.

술집마다 대형 크리스마스트리를 만들어놓았고 술 취한 미군 병사들은 길거리에서 눈을 뭉쳐 저희들끼리 눈싸움을 했다.

민우는 차에서 내려 물끄러미 나이아가라의 술집 간판을 쳐다보았다. 일정한 시간에 따라 켜졌다 깜박이는 나이아가라의 네온은 드문드문 전구의 필라멘트가 꺼져버렸는지 이가 빠져 있었다. 그래도 그 네온의 불빛은 끊임없이 나이아가라만을 깜박이고 있었다.

술집 안에서 흘러나오는 강렬한 재즈 음악이 길거리까지 번져나오고 있었다.

술 취한 병사 하나가 벌써 눈이 맞았는지 여자 하나를 옆구리에 끼고 술집 문을 박차고 걸어나왔다.

사내는 계단 위에서 넘어졌고 여자는 손뼉을 치며 웃었다. 사내는 옷에 묻은 눈을 털면서 '갓뎀'을 연발했다.

민우는 계단을 올라 술집 문을 가만히 안으로 밀었다. 낯익은 냄새가 코를 찔렀다.

술 냄새와 담배연기, 구석진 자리에서 몰래 피우는 대마초 연기가 섞인 기묘한 냄새, 외국 병사들의 몸에서 나는 이상한 체취 같은 것이 섞인 낯익은 냄새가 반쯤 열린 문에서부터 풍겨나왔다.

민우는 술집 안으로 들어섰다.

마침 디스코 시간인 모양이었다. 인근 마을에서 급조한 젊은 밴드들이 서투른 솜씨로 템포 빠른 노래들을 연주하고 있었고, 넓은 플로어는 자리에서 뛰어나와 몸을 흔드는 사람들로 발 디딜 틈도 없이 붐볐다.

번쩍번쩍 조명등이 천장에서 번득였다. 여기저기서 땀을 흘리면서 춤을 추는 흑인들의 얼굴이 청동 동상처럼 번쩍였고 여자들은 깔깔거리면서 교성을 질렀다.

민우가 무심코 복도를 걸어가자 누군가 민우를 막아섰다.

"어딜 가?"

민우는 자신의 앞을 막아선 사내의 얼굴을 쳐다보았다. 전혀 모르는 얼굴이었다.

"여긴 엽전들이 들어오는 곳이 아냐, 친구. 돌아가, 친구."

민우는 물끄러미 그의 얼굴을 보았다. 짧게 머리를 깎은 사내는 껌을 질겅질겅 씹으면서 이죽거렸다. 민우는 대답 대신 서너 걸음 더 앞으로 나갔다.

"이 친구가 귀가 멀었나, 내 말이 안 들려?"

"허버트 어디 있어?"

민우는 낮게 말을 뱉었다. 사내는 민우의 입에서 허버트의 이름이 나오자 적이 놀란 표정이 되었다.

"이 자식아, 니가 뭔데 함부로 형님 이름을 불러?"

민우의 눈에서 불꽃이 튀었다. 민우의 강한 눈빛에 찔끔 물러서면서 사내가 대답했다.

"그건 알아서 뭐 해?"

"불러와. 내가 좀 보잔다고 해."

민우가 짧게 말을 끊었다. 사내가 뒤로 물러서며 허점을 보였다. 민우는 우두커니 서 있었다.

템포 빠른 음악이 끝나고 부드럽고 감미로운, 느린 음악이 흘러나왔다. 밝았던 조명이 일제히 어두워지고 떨어졌던 사람들은 다시 찰싹 달라붙었다.

그때였다.

플로어 쪽에서 웬 사내 하나가 거친 기세로 다가왔다. 허버트였다.

"뭐야. 누구야?"

가죽점퍼를 입은 허버트가 성난 기세로 민우 앞으로 다가왔다.

"당신 누구야, 누군데 시비를 걸구 있어? 당신이 날 찾았다며?"

허버트는 꺼진 조명 속에 우두커니 서 있는 민우의 얼굴을 가만히 들여다보았다.

"가만있어봐. 이게 누구야?"

허버트가 주머니에서 라이터를 꺼냈다. 그 라이터는 낯이 익었다. 아무리 바람이 불어도 꺼지지 않는다고 자랑하던 라이터였기 때문이었다.

허버트는 라이터의 불을 켰다. 그리고 그 불을 민우의 얼굴에 정면으로 비추었다.

"아니, 이 친구 민우 아냐. 이봐, 어떻게 된 거야?"

"돌아왔습니다."

"아니, 이 친구, 죽진 않았군. 언제 왔어?"

"……방금 왔습니다."

"……누구세요?"

아무래도 기분이 언짢다는 듯 가죽 장갑을 낀 사내가 껌을 질경질경 씹으면서 한마디 거들었다.

"형님하구 아는 사이요?"

"미친놈."

허버트가 사내의 목덜미를 후려쳤다.

"이 술집의 지배인이시다. 인사드려."

"……형님 미안하우. 내가 눈이 나빠서 사람 좀 잘못 봤수. 형님, 아니 지, 지배인님 앞으로 잘 좀 봐주슈."

"넌 저리 가 있어. 어른들 말씀하는데 끼어들지 말구."

허버트가 주머니에서 담배를 꺼냈다. 그는 민우에게 담배를 권하고 자신도 피워 물었다.

"어디서 오는 길이야?"

"빵깐에서……."

무표정한 얼굴로 민우가 대답했다. 흠칫 놀라면서 허버트가 민우를 쳐다봤다.

"언제 풀려나왔어?"

"오늘 낮."

"그렇게 되었군. 난 그래도 자네가 용케 어디선가 붙잡히지 않구 숨어다니는 줄 알았는데, 마마상과 나는 자네가 어디 가서 머리 깎구 중이 됐는지 알어. 사실 여긴 생각보다 수습이 빨리 되었어. 자네가 이렇게 오래 나타나지 않아도 괜찮을 정도로 빨리 수습됐지."

하버트가 머리를 끄덕였다.

"난 사실 은근히 불안했어. 하루하루가 불안했어……. 어떻든 고생 많았어, 친구. 반가워. 이렇게 돌아와서 반가워. 한잔 해야지. 한잔 하고 몸도 풀어야지."

"……이모님 어디 있습니까?"

"아참, 내 정신 봐."

허버트는 깜박 잊었다는 듯 소리를 질렀다.

"마마상은 내실에 있어. 가세. 친구를 보면 무척 반가워하실 거야."

허버트가 앞장섰다. 민우는 천천히 복도를 따라 내실로 다가섰다. 그는 타는 듯한 갈증을 느꼈다. 허버트는 노크와 동시에 문을 열었다.

"누님, 안녕하슈."

"왜 이래? 왜 이렇게 호들갑을 떨어? 애 떨어지겠다."

"누님, 깜짝 놀랄 일이 생겼습니다. 반가운 손님이 왔습니다."

"누군데 이래?"

이모는 소파에 앉아서 담배를 피워 물었다.

"들어와, 친구."

민우는 낯익은 방 안으로 들어섰다.

"안녕하세요, 이모님."

이모는 물끄러미 민우를 쳐다보았다.

"이게 누구야? 귀신이냐? 유령이냐? 귀신이라면 소금 뿌려라. 어디 좀 보자. 발 달린 유령은 처음 보는구나."

"유령이 아닙니다. 저 민우예요."

"아니 니 새끼가 웬일이냐? 갑자기."

"빵깐에서 방금 나오는 길이랍니다, 누님."

허버트가 옆에서 한마디 거들었다.

"빵깐에서?"

이모의 얼굴에 당황한 빛이 머물렀다.

"아니 빵깐엔 왜?"

"붙잡혔답니다. 제 발로 자수해서 제 발로 빵깐에 들어갔답니다."

"미친 자식."

이모의 입에서 서슴지 않고 욕설이 튀어나왔다.

"……그래, 얼마나 콩밥을 먹었느냐?"

"구 개월가량 있었습니다."

"그런데도 연락이 없었더란 말이냐?"

"연락해봤자 이모님이 걱정하실 것 같아서요."

"난 니가 어디 가서 쥐도 새도 모르게 뒈져버린 줄 알았다. 어쨌든 잘 왔다. 니가 오니 내가 살 것 같구나."

이모가 손을 내밀었다.

"어디 쌍판 좀 보자. 얼굴이 몹시 수척해졌구나. 하기야 그럴 테지. 몸에 기름기란 기름기는 다 빠졌을 테니까. 두부는 좀 먹었느냐?"

"……못 먹었습니다."

"제가 가서 사올게요, 누님."

허버트가 일어서면서 말했다.

"그럴 필요없다. 너 아니더라도 두부 줄 사람은 많아……. 은영이 소식은 들었느냐?"

"……못 들었습니다."

"그럼 그애 집에도 들르지 않고 여기부터 들렀더란 말이냐?"

"……그, 그렇습니다."

"그럼 순서가 틀렸구나. 그 집부터 들렀어야 했는데. 가봐라. 그앤 아직도 그 집에서 널 기다리고 있다."

"누님, 저 은영이는……."

뭔가 한마디 하려고 허버트가 말을 가로막고 나섰다. 그의 몸짓을 로라 이모가 눈으로 막아세웠다.

로라 이모가 눈을 깜박거리자 그제야 눈치를 챘다는 듯 허버트가 입을 다물었다.

"그럼 가서 쉬거라. 피로하겠구나."

"잠을 자고 싶습니다."

"잠이야 색시 옆에서 자는 게 아니냐. 가봐라. 가서 만나보거라. 우리 얘기야 앞으로 얼마든 할 수 있지 않느냐. 시간도 많이 있고."

"알, 알겠습니다."

민우가 엉거주춤 일어섰다.

"설마 은영이의 집을 잊어버리지는 않았겠지?"

"……그럴 리가 있겠습니까, 누님."

허버트가 고래 소리처럼 기운찬 목소리로 말을 받았다.

"가봐라."

민우는 방을 나섰다. 민우의 뒤를 따라 나서려는 허버트를 날카로운 목소리로 로라 이모가 불러세웠다.

"문 닫어."

민우가 사라지자 로라 이모가 짧게 명령했다. 허버트는 겸연쩍은 미소를 띠고 문을 닫았다. 홀에서부터 들려오던 음악 소리가 문을 닫자 일시에 차단되었다.

"이봐, 넌 왜 그렇게 눈치가 없냐? 이 새대가리야."

"뭘 말씀입니까? 누님."

"너 혹시 은영이 일을 민우에게 벌써 이야기하진 않았겠지?"

"아이구 누님두, 제 입에서 먼저 튀어나오려는 것을 누님이 막아주었잖습니까. 저도 눈치 하나는 빠른 놈입니다. 척하면 삼천리 아닙니까."

"내가 아니었으면 넌 필시 그 주둥이로 먼저 얘기했을 게 아니냐?"

로라 이모가 핀잔을 주었다. 허버트는 뒤통수를 긁으면서 멋쩍게 웃었다.

"그러게 제 입이 촉새가 아닙니까요."

"은영이가 민우 없는 사이에 아들을 낳았다는 사실을 미리 알려줄 필요가 어디 있겠느냐? 미리 전해 듣는 것보다 제 발로 걸어가 제 눈으로 처음 알게 되면 얼마나 기쁘겠느냐?"

"……물론 그렇겠지요."

허버트가 맞장구를 쳤다.

"아들도 잘생긴 아들이다. 난 그렇게 예쁘게 생긴 아이는 본 적이 없다. 제 애비를 빼다박은 듯이 닮았지?"

"……정말 귀엽게 생긴 녀석입니다."

"이젠 그애에게 이름이 생기겠지. 애비가 왔으니까. 하기야 백일이 될 때까지 이름이 없었던 게 우리 책임은 아니지. 그건 애비가 없었기 때문이 아니냐?"

"……그, 그렇죠."

"놀랄 것이다."

로라 이모는 생각만 해도 흐뭇하다는 듯 빙그레 웃으면서 입에 가득 물었던 담배연기를 허공에 내뿜었다.

"깜짝 놀랄 것이다."

"그럴 겁니다, 누님."

"그러구 참."

깜박 잊었다는 듯 로라 이모가 허버트를 쳐다보았다.

"내가 몇 가지 더 너에게 일러줄 게 있어."

"뭡니까?"

"지난 초가을 민우 친구가 우리 가게에 찾아왔던 거 기억하지?"

허버트는 기억을 더듬었다. 그는 좀 늦게야 기억이 떠올랐다. 민우가 찾아오면 연락을 해달라고 그 사내는 명함을 주고 갔다. 그 명함이 지갑 속에 들어 있다.

"……기억납니다. 제게 명함까지 주고 갔지요. 민우가 돌아오면 연락을 해달라구요."

이모가 머리를 끄덕였다.

"내 말은 절대로 민우에게 그 친구가 찾아왔다는 말을 하지 말라는 것이다. 은영이에게도 일러두었다. 혹 네 서방이 나타난다 해도 그 사람이 찾아왔다는 말을 하지 말라고. 너도 내 말 명심해야 한다. 내 말을 잊어서는 안 돼. 절대로 얘기해선 안 된다."

"알았습니다, 누님."

"그럼 가봐. 난 피곤해. 혼자 있고 싶다."

허버트가 일어서서 방을 나가다 말고 멈칫했다.

"한 가지만 물어볼게요, 누님. 만약 제가 그 얘길 민우에게 한다면 어떻게 됩니까?"

"그럼 그앤 우리 곁을 떠나게 될 것이다."

단정적으로 로라 이모가 말을 뱉었다.

골목길로 들어서자 끊겼던 눈발이 다시 흩날리기 시작했다.

대문은 예전처럼 그대로 열려 있었다. 한 집에 서너 가구가 세들어 사는 곳이라 대문은 늘 열어두었다. 나가고 들어오는 사람들이 없었기 때문일까. 한 뼘짜리 마당엔 그대로 눈이 쌓여 있었다. 마당 한구석엔 장독들이 가지런히 늘어섰는데 그 장독 위에도 눈이 소복이 덮여 있었다.

민우는 마당으로 들어섰다. 얼른 본 방 안엔 불이 켜져 있었다. 창호지를 발라 얼기설기 엮은 방문 한구석엔 나뭇잎 하나가 손금을 보듯이 손바닥을 활짝 펴들고 있었다.

헌 창호지를 뜯어내고 새 창호지를 바를 때 은영은 마당에 떨어진 나뭇잎을 주워다가 창호지 사이에 끼워놓곤 했다. 창호지에 붙어 있는 나뭇잎을 본 순간 민우는 마침내 자신이 쉴 곳에 왔다고 느꼈다.

빨랫줄에는 얼어붙은 빨래들이 물속에서 쥐가 나서 죽은 익사체처럼 매달려 있었다.

방문과 맞붙은 툇마루 앞에는 슬리퍼 한 짝이 내리는 눈을 참따랗게 맞고 있었다.

민우는 주머니에 손을 찌른 채 우두커니 서 있었다.

불이 켜진 것으로 보아 방 안에는 분명히 은영이 있을 것이다. 로라 이모의 말을 빌리면 은영은 방에서 자신을 기다릴 것이다. 그러나 이제 그녀를 만나면 무슨 말부터 꺼내야 할 것인가. 그녀를 버리고 다시는 돌아오지 않을 거라고 결심하면서 떠났던 그날 밤의 탈출을 어떻게 무슨 말로 변명할 수 있을 것인가.

그래, 나는 결심했지. 이 거리에서 도망치면서, 다시는 돌아오지 않으리라 맹세했다.

민우는 우두커니 서 있었다. 마당을 돌아나가는 바람이 장독대 위에 덮인 눈을 몰아치면서 민우의 얼굴을 때렸다.

그때였다.

불이 켜진 방 안에서 무슨 새의 울음소리 같은 것이 났다. 민우는 쭈뼛하는 전율과 함께 촉각을 곤두세웠다.

분명히 그 울음소리는 방 안에서 들려왔다. 저것이 무슨 소리인가. 민우는 두어 발짝 더 앞으로 나가보았다.

불이 켜진 방 안에서 일렁이는 그림자가 흔들렸다. 무어라고 달래는 듯한 소리가 들려왔지만 확실치는 않았다. 밤이 깊어갈수록 칼바람이 기세를 올렸기 때문이었다.

끊겼던 울음소리가 다시 이어졌다.

어린아이의 울음소리다.

민우는 순간 온몸에 소름이 돋아오를 만큼 충격을 받았다.

어린아이의 울음소리다. 어린아이가 울고 있다. 무어라고 달래는 여자의 목소리는 분명 은영의 목소리다. 그렇다면 저 어린아이 울음소리는 누구의 것인가.

민우는 맥없이 머리를 떨어뜨렸다.

그렇다면.

민우는 머리를 흔들었다.

저 울음소리는 내 아이의 울음소리란 말인가. 오오, 어린아이. 어린아이. 갓난아이의 울음소리.

그때였다. 방문 쪽에서 날카로운 여자의 외침 소리가 터져나왔다.

"누구세요?"

은영의 목소리였다.

"밖에 누구 있어요?"

민우는 대답 없이 우두커니 서 있었다. 바람에 실린 눈발이 모래처럼 얼굴을 파고들었다.

"바람 소린가?"

밖에서 아무런 대답이 없자 무심코 중얼거리면서 은영의 그림자가 방문 앞으로 다가왔다. 그리고 천천히 방문이 열렸다.

"아니."

방문을 열고 문 앞에 서 있는 낯선 그림자와 마주치자 은영은 비명을 지르며 소스라치게 놀랐다.

"……누, 누구세요?"

민우는 대답 대신 그녀 앞으로 나가려고 발에 힘을 주었다. 그러나 발길이 떨어지지 않았다.

"……누구세요?"

조금 열렸던 방문이 활짝 열렸다.

"아니, 아니, 누구세요?"

"……나야."

민우가 짧게 말했다.

"……내가 왔어."

순간 은영의 몸이 방에서 뛰어나왔다.

"아니 당신이, 당신이 왜 그곳에 서 있어요?"

은영이 슬리퍼를 신었다. 그러나 나머지 한 짝이 보이지 않았다. 그녀는 맨발로 민우의 앞으로 달려왔다.

"……언제 왔어요?"

"한참 됐어."

"그럼, 바보처럼 이곳에 계속 서 있었단 말이에요?"

"……그래."

"들어가요. 여기 서 있지 말구. 어머, 온몸이 온통 젖었네. 감기 걸리겠어요."

은영이 민우의 손을 잡아 이끌었다. 민우는 툇마루에 앉아 신발을 벗었다.

"내가 눈을 털어드릴게요. 머리가 젖었어요. 눈 좀 털어내세요."

방 안으로 뛰어들어간 은영이 수건을 가져와 민우의 어깨와 머리에 앉은 눈을 탁탁 털어내렸다.

"……들어오세요. 방 안이 지저분해요. 참."

순간 은영이 민우의 얼굴을 자랑스레 쳐다보았다.

"……당신 놀라지 마세요."

은영이 깜짝 놀랄 수수께끼라도 내듯 민우의 얼굴을 똑바로 처다보았다.

"그새 우리집에 새 식구가 생겼어요."

민우는 말없이 아랫목을 내려다보았다.

그것은 수수께끼가 아니었다. 아랫목에는 웬 아이가 강보에 싸여서 자고 있었다. 막 배고파 울다가 배를 채우고 금세 잠이 들어버린 것일까.

"우리 아이예요."

젖을 먹이다 일어났는지 가슴이 그대로 드러난 옷차림으로 은영이 옆에서 속삭였다.

"당신의 아이예요. 미안해요. 당신에게 물어보지도 않고 아이를 낳아서요. 하지만 어쩔 수가 없었어요. 당신은 어느 날 밤 갑자기 없어져 내 곁을 떠났구, 누구에게 의논할 수도 없었어요. 사실 당신이 떠날 때 나는 이미 배가 불러 있었어요. 당신이 떠나자마자 배는 점점 더 불러왔어요. 난 무서웠어요. 누구 의논할 사람도 없었어요. 로라 언니가 아이를 낳으라고 했어요. 하지만 난 아이를 낳고 싶지 않았어요. 당신이 다시는 내 곁으로 찾아오지 않을 거라고 믿었으니까요. 난 아빠 없는 아이를 정말 낳고 싶지 않았다구요. 그렇게 되면 난 팔자 조지게 되니까요."

은영은 하고 싶은 말을 단숨에 해야겠다는 듯 종알거렸다.

"그런데도 로라 언니가 아이를 낳으라고 했어요. 그래서 난 결심했어요. 오냐, 그럼 낳겠다. 민우 씨가 돌아오지 않으면 아기는 로라 언니 주고 깜둥이 하나 물어가지고 국제결혼해서 미국으로 들어가버릴까 했어요. 미안해요. 허락을 받지 않고 아이를 낳아서요. 하지만 아기는 잘생겼어요."

"……딸인가?"

"……한번 맞춰보세요."

"……딸처럼 생겼어."

"……틀렸어요."

배시시 웃으면서 은영이 잠든 아기의 기저귀를 벗겨냈다. 두 다리 사이에 작은 버러지가 얌전히 매달려 있는 것이 보였다.

"사내예요. 어찌나 힘이 센지 오줌을 싸면 분수처럼 솟구친다 구요. 난 잘 모르지만 로라 언니가 당신을 닮았대요. 눈썹과 코 가 특히 닮았대요. 난 잘 모르겠지만요. 이제 며칠 있으면 백일 이에요. 정말 잘됐어요. 난 아버지도 없이 어떻게 백일잔치를 치르나 그게 무서웠어요. 당신, 이제 이곳에 아주 살려고 오신 거죠?"

민우는 은영의 얼굴을 보았다.

그녀의 얼굴은 부기가 배어서 부석부석했다. 아직 산후의 증 세가 완전히 가시지 않은 모양이었다. 아기를 키우는 것이 힘든 지 전혀 옷매무새와 몸에는 신경쓰지 않고 있었다.

머리카락은 헝클어졌고 밥알 한 개가 말라서 붙어 있었다. 그 새 살이라도 찐 것일까. 아니면 아직 부기가 빠지지 않은 것일까. 그렇지 않아도 통통히 살찐 은영의 몸은 더욱 비만해 보였다.

"그렇죠? 다시는 이곳을 떠나지 않을 거죠?"

"……그럴 거야."

민우가 머리를 끄덕였다.

"……잘됐네요. 난 아빠 없는 앨 키우는 게 아닌가 하루에도 수십 번씩 걱정했어요. 무서웠다구요. 도대체 어디서 오는 길이에요?"

"……먼 곳에서."

방문 밖에서 빠른 속도로 달려가는 겨울바람 소리가 말굽 소리처럼 들렸다.

"그곳이 어딘데요?"

"아주 먼 곳이야."

대답하기 싫어하는 걸 눈치챈 듯 은영은 슬그머니 물러섰다.

"아기를 안아보지도 않으세요?"

"……안아보고 싶지만 안는 방법을 몰라."

은영이 잠든 아이를 강보째 안아들었다.

"얼마나 순한 아인지 모르겠어요. 그저 젖 먹으면 자구, 배고프면 울어요. 그뿐이에요. 자, 안아보세요."

은영은 아기를 민우에게 내밀었다. 민우는 아기를 두 손으로 받아들었다.

생각보다는 가벼웠다. 막연히 내려다보면서 엄청나게 무거울 거라고 느꼈던 감정은 아기를 안아들자 씻은 듯 사라졌다. 아이는 바람처럼 가벼웠다. 아기가 이처럼 가볍다는 사실이 불안해서 민우는 아기를 흔들어보았다.

"……아기가 이젠 아버지를 갖게 됐어요. 아아, 얼마나 잘됐는지 몰라요. 그리구 또 이번엔 아기가 이름을 갖게 되었네요. 그동안 아인 이름도 갖지 못했다구요. 지어줄 사람이 있어야죠.

나야 무식하니까 좋은 이름을 지을 재주도 없구."

"……그래서 뭐라고 불렀나?"

"그냥 아기야라고만 불렀어요. 아기야, 아기야, 내 아기야, 아기야, 아기야, 내 아기야."

순간 아기가 얼굴을 찡그렸다. 그러더니 고무 인형처럼 빽빽거리면서 울기 시작했다.

"선잠이 깼나봐요. 이리 주세요."

은영은 아기를 받아서 얼른 우는 아이의 입에다 젖을 물려주었다. 아기는 그 젖에 얼굴을 파묻고 칭얼대는 울음을 멈추었다. 아이는 그 조그만 입술을 은영의 젖무덤에 파묻었다.

민우가 바라보고 있는데도 부끄럽지 않은지, 오히려 자랑스런 모습으로 은영은 과일을 떠받치듯 아이를 두 손으로 부둥켜안았다.

"젖이 없어서 얼마나 고생했는지 몰라요. 그래서 난 우유를 먹이고 싶었는데, 아이에게 젖을 빨리면 젖 모양이 망가진다는 말도 있지만 로라 언니가 한사코 젖을 먹이라고 해서 별 수 없이 젖을 먹이기 시작했어요. 하지만 지금은 오히려 잘했다고 생각해요."

민우는 벽에 상반신을 기대고 젖 먹이는 은영을 물끄러미 바라보았다.

방 안은 절절 끓어올랐다. 온몸의 피로가 한꺼번에 몰려와 잠이 쏟아졌다.

"식사는 하셨어요?"

"……했어."

"……어디서요?"

"……모르겠어."

"……얼굴이 많이 상하셨어요. 어디 아픈 건 아니죠?"

"아프진 않아. 몸은 건강해."

"……라면이라두 끓여드릴까요?"

"……생각없어."

칭얼대던 아이는 젖을 빨다가 곧 곯아떨어졌다. 은영은 곤히 잠든 아이를 방바닥에 눕히고 일어섰다. 그녀는 베개를 들고 와서 민우의 옆에 앉았다.

"……피로해 보여요. 주무세요."

민우는 은영이 내미는 베개를 받아 머리에 베었다.

"……옷을 벗겨드릴게요. 그냥 누워 계세요."

은영의 손이 민우의 양말을 벗겨냈다.

민우는 무거운 눈을 떠서 낯익은 천장에 아로새겨진 사방연속 무늬의 유치한 색상을 바라보았다. 눈이 내리고 있기 때문일까. 아득히 먼 철길을 달려가는 기차의 기적 소리가 물기에 젖은 듯 촉촉했다.

"……돌아와줘서 고마워요. 난 이제 보란 듯 거리를 활보할 수 있게 됐어요. 아이에겐 이름도 생기겠지요. 돈을 모아서 조금 떨어진 곳에 과수원이 딸린 작은 집을 사요. 난 이제 이 거리라면 지긋지긋해요. 당신도 마찬가지일 거예요. 우리 힘을 합쳐서 이 거리를 떠나요. 여기에서 조금만 더 나가면 싼 땅이 많아요. 삼팔선이 가까우니까 땅값은 거저나 다름없어요. 내가 알아 봐둔 곳도 있어요. 돈만 조금 벌면 돼요. 물가에 집을 짓고 꿀을 치고 싶어요. 어릴 때 양봉을 해봤어요. 다행히 이곳엔 꽃이 많아서 꿀벌을 키우기 좋을 거예요."

은영의 목소리가 두런두런 리드미컬하게 들려왔다. 그녀의 목소리가 점점 멀어졌다.

그녀의 목소리가 자장가처럼 아득해졌다. 그녀의 말대로 가득히 꽃이 핀 초원이 눈앞에 전개되었다. 그 꽃마다 벌들이 윙 윙 날개 소리를 내면서 날아다니는 모습이 보였다.

"꽃을 따라 이리저리 옮겨다닐 필요는 없어요. 철따라 한 곳에서 벌을 치면 꽤 많은 수입도 올릴 수 있을 거예요. 꿀을 따면 내다 팔기도 하고 우리가 먹기도 하고 아기에게 먹이기도 하고…… 잠들었어요?"

"……아니."

눈꺼풀이 무거운 닻을 내렸지만 이상하게도 잠의 늪으로 빠져들어가진 않았다.

"난 당신이 이 거리에서 밥벌이하는 것은 어울리지 않는다고 생각해요. 술집의 지배인은 당신이 할 일이 아니에요. 또 당신은 자칫하면 로라 언니에게 말려들지도 몰라요. 이번만 해도 혼자서 로라 언니의 죄를 뒤집어쓴 게 아닌가요? 로라 언니는 당신을 이용하고 있는 것뿐이에요. 그래서 난 로라 언니를 미워해요. 처음엔 나를 어떻게든 당신과 어울리게 하느라 애를 써주어서 고마워도 했어요. 그러나 지금은 달라요. 난 로라 언니를 미

위해요. 그 여잔 악질이에요."

은영의 손이 자근자근 민우의 다리를 주무르고 있었다. 그녀
의 손은 일정한 박자로 민우의 피곤하고 지친 다리를 주무르고
압박했다.

"당신이 돌아온 것을 알면 로라 언니는 좋아서 날뛸 거예요.
당신은 로라 언니가 믿을 수 있는 단 하나의 친척이라구요. 로
라 언니는 얼마나 의심이 많은 줄 아세요. 당신은 믿을 수 있으
니까 로라 언니가 계속 붙들어두려는 거예요. 내 말을 잘 들으
세요. 잠들었어요?"

"……아니."

"로라 언니의 말을 고분고분 따라 듣다가는 당신은 이 거리
에서 빠져나가지 못하게 돼요. 그러면 어떻게 되는 줄 아세요.
허버트처럼 별이나 잔뜩 단 건달이 되어버리고 말 거예요. 담배
드려요?"

은영이 머리맡에서 담배를 꺼내서 불을 붙여 민우의 입에 물
려주었다.

"난 담배를 끊었어요. 아이에게 나쁘다고 의사가 그랬어요.
아이에게 나쁘다면 난 무엇이든 끊을 수 있어요."

민우의 머릿속에 문득 주머니에 들어 있는 목걸이가 떠올랐
다. 아까 날이 어두울 무렵 서울 시내의 백화점에서 산 금목걸
이였다.

다혜에게 주기 위해서, 사랑하는 다혜에게 주기 위해서 산 물
건이었다. 한 번도 은영의 얼굴은 떠오르지 않았다. 감옥에 있

을 때도 은영의 얼굴은 전혀 떠오르지 않았다. 오직 다혜의 얼굴만, 그녀의 모습만이 신기루처럼 떠올랐다 사라지곤 했다.

그러나 모처럼 용기를 내 찾아간 그의 앞에 다혜의 모습은 보이지 않았다. 그녀를 이제 영원히 찾을 수 없게 된 셈이었다.

"……은영에게."

민우가 무거운 입을 열었다.

"은영에게 선물을 사왔어."

"……뭐라구요?"

잠에 취한 듯 웅얼거리는 민우의 목소리를 은영은 확실히 알아듣지 못했다.

"선물을 사왔어."

"……선물? 누구에게요?"

"은영에게."

"제게요?"

순간 은영은 뛰어오를 듯이 기뻐했다.

"뭔데요? 무슨 물건인데요?"

"내 주머니에 있어. 포장지로 싼 물건이야."

은영은 벌떡 일어섰다.

그리고 옷걸이에 걸린 저고리의 속주머니를 뒤졌다. 네모 반듯이 정성들여 포장한 물건이 나왔다. 은영의 가슴은 터질 것처럼 부풀어올랐다.

은영은 떨리는 손으로 포장지를 찢었다. 푸른 천으로 둘러싸인 딱딱한 상자가 드러났다. 이것이 무엇일까.

은영은 눈으로 그 푸른 천을 뜯어보다가 가만히 딱딱한 상자의 뚜껑을 벗겨냈다. 상자 안에는 금빛 찬란한 목걸이가 들어 있었다. 은영은 충격으로 하마터면 그 상자를 떨어뜨릴 뻔했다.

목걸이다.

은영은 간신히 소리를 내어 탄식했다.

그이가 내게 선물을 주었다. 목걸이를 주었다.

이 믿을 수 없는 현실을 어떻게 받아들여야 할지 은영은 잠시 정지된 모습으로 몸을 떨었다.

"어머나, 목걸이 아니에요?"

떨리는 목소리로 은영은 소리를 질렀다.

"아니, 웬일이세요? 내게 선물을 다 주시구?"

은영은 목걸이를 들고 거울 앞에 서보았다. 초라하고 뚱뚱한 여자 하나가 헝클어진 모습으로 서 있었다. 화장을 하지 않았으므로 쌍꺼풀 수술한 눈매와 성형 수술한 얼굴의 흔적들이 고스란히 드러나 보였다.

은영은 목걸이를 두르고 고리를 잠갔다. 금빛 찬란한 목걸이가 그녀의 가슴에 대롱대롱 매달려 있었다. 그 빛은 너무나 찬란하고 아름다워서 비현실적인 금환식(金環蝕) 때의 태양띠처럼 보였다.

은영은 자랑스레 돌아섰다.

"어때요, 여보?"

그녀는 칭찬받기 위해 일부러 포즈를 취하듯 두 손을 벌려보았다. 그러나 민우는 대답하지 않았다. 그는 무겁게 입을 다물고 있었다. 얼굴이 너무나 창백하고 피로해 보여서 마치 그는 죽은 사람 같았다.

"……주무세요? 내 말이 들리세요?"

은영은 민우의 곁으로 바짝 다가갔다. 그러나 민우는 미동도 하지 않았다. 그는 깊은 잠에 빠져 있었다.

칭찬과 찬탄의 말을 기대했던 은영은 민우의 죽음과 같은 깊은 잠이 못마땅했지만 곧 다시 새로운 기쁨을 되찾았다.

"상관없는 일이야."

은영은 소리를 내어 중얼거렸다.

그가 내게 선물을 주었다. 오랜만에 내 곁으로 돌아오면서 금으로 만든 목걸이를 주었다.

이것은 무엇을 의미하는 것일까. 우리가 부부라는 것을 의미하는 게 아닐까.

나를 아내로 맞아들이려는 그의 본심을 마침내 드러낸 것이 아닐까. 지금까지 그와 살아오면서 은영은 한 번도 민우를 자기 사람이라고 생각해본 적이 없었다.

민우는 은영에게 과분한 사람이었다. 그래서 은영은 언제나 민우를 자기 곁에 잠시 머물렀다 떠날 사람이라고 생각했다.

그런 그가 내게 선물을 했다. 그것도 금목걸이를. 이것은 무슨 뜻인가. 무슨 정표로서 목걸이를 내게 준 것일까.

밤이 깊어 주위는 적막강산이었다. 아이도 잠들었고 민우도 깊은 잠에 빠져 있었다. 아무런 소리도 들려오지 않았다. 은영은 목걸이를 두른 채 민우 곁에 누웠다. 불을 껐지만 창밖이 훤해서 방 안의 어둠이 기승을 부리지는 못했다.

쉴 새 없이 눈이 내리는 모양이었다. 은영은 바람이 새어들어오지 않게 덧문을 닫으려고 방문을 열었다. 순간 바람에 실린 눈발이 어지럽게 몰아쳐왔다.

은영은 덧문을 닫을 생각은 않고 잠시 멍하니 눈 내리는 밤하늘을 바라보았다. 그새 엄청난 눈이 내려 지붕도, 마당도, 장독대도 눈부신 흰 광채를 띠고 있었다.

"고맙습니다."

밑도 끝도 없는 말 한마디가 떠올라서, 은영은 넋을 잃고 밤하늘을 바라보며 중얼거렸다.

"그이를 내 곁에 돌아오게 해주셔서 고맙습니다."

은영은 덧문을 닫고 방문을 걸었다. 그리고 조용히 민우의 곁에 누웠다. 좁은 방 안은 그새 세 식구로 늘어난 아기의 존재로 발 디딜 틈도 없이 좁았다.

은영은 민우의 곁에 누워서 가만히 그의 가슴에 손을 얹어보았다. 그의 가슴이 격렬하게 고동치고 있었다.

은영은 몸을 일으켜서 잠든 민우의 얼굴을 가만히 들여다보았다. 그리고 절로 입술을 민우의 입에 가져갔다. 입술이 마주쳤다.

잠시 고르던 민우의 숨소리가 흩어지면서 거칠어졌다.

은영은 나쁜 짓을 하다 들킨 사람처럼 황황히 민우의 얼굴에서 입술을 뗐다. 그러자 민우는 돌아누우면서 뭔가 허공을 더듬었다. 꿈을 꾸는 모양이었다.

"어디 있어요?"

그는 잠에 취한 목소리로 잠꼬대를 했다. 뭔가 잡으려는 듯
두 손을 허우적거렸다.

"다혜, 어디 있어? 다혜, 도망가지 마."

봄의 꿈

오후 세 시의 사무실은 이루 말할 수 없이 혼잡했다. 외국에서 걸려온 전화를 받는 고함 소리, 끊임없이 걸려오는 전화벨 소리, 타이프라이터 소리.

아직 봄을 시샘하는 추위가 맹렬하기 때문에 꼭꼭 창문을 여며 닫은 사무실 안은 후텁지근한 열기와 하루 종일 뿜어대는 담배연기로 탁한 어항 속의 물처럼 더러웠다.

직원들은 제정신이 아니었다. 속속 밀려오는 바이어들을 상대로 제품을 설명하고 설득하는 직원들로 사무실은 부산했고, 부하직원의 업무를 채근하는 상사의 독촉은 사무실 안을 전쟁터로 만들었다.

현태는 미국 지사에서 보내온 서류 뭉치를 검토하고 있었다. 오늘 안으로 검토해서 결재를 올려야 하기 때문에 하루 종일 서류에 매달렸다. 그는 자신이 점심을 굶었다는 것마저 잊고 있었다.

"……전화예요."

맞은편에 앉은 여직원이 타이프를 두드리다 말고 현태를 바라보았다. 그러나 일에 정신이 팔린 현태는 그녀의 목소리를 듣지 못했다.

"현태 씨 전화예요."

현태는 고개를 들었다.

"……나 말이에요?"

"그럼 여기에 현태 씨 말고 또 누가 있어요?"

여직원이 뾰로통한 목소리로 쏘아붙였다. 현태는 짜증스런 얼굴로 전화를 받았다.

"전화 바꿨습니다."

"아, 저 전화 받는 사람이 박현태 씨 맞습니까?"

전화선 저편에서 유난히 큰 목소리로 웬 사내가 고함을 질렀다. 현태는 목소리의 주인이 누구인가 순간 머리를 굴렸다. 그러나 도무지 짐작이 가지 않았다. 사내의 목소리는 전혀 낯설었다.

누구일까.

현태는 피우던 담배를 눌러 끄고 전화기를 고쳐 세웠다.

"……맞습니다. 제가 박현탭니다."

"……아, 안녕하슈."

그러자 상대편 사내는 황당한 말투로 말을 받았다.

"내가 누군지 알겠소, 현태 씨?"

현태는 잠시 망설였다. 그러고 나서 대답했다.

"잘 모르겠습니다. 생각이 나지 않습니다. 미안합니다."

혹시 거래선의 중요한 인사라면 결례를 하는 셈이다. 그러나 어쩔 수 없지 않은가. 짐작이 가지 않으니.

"……미안할 것까지는 없지. 기억이 나지 않는 게 당연하니까. 난 말이오, 당신이 작년 여름에 우리가 있는 곳으로 와서 만난 사람이오. 왜 있잖소, 당신이 그때 우리 동네로 민우를 만나러 오지 않았소. 그때 당신과 난 나이아가라란 술집에서 만났지. 그래도 기억나지 않으쇼?"

현태는 번쩍 기억을 떠올렸다.

"아, 기억납니다."

"기억력이 좋으시구먼. 난 당신이 그때 만난 허버트란 친구요. 이제 완전히 기억나시오?"

"물론이죠. 그런데……."

현태는 조심스럽게 물었다.

"웬일이십니까?"

"당신이 그때 내게 명함을 주었잖소. 민우가 나타나면 꼭 당신에게 전화를 걸어달라고 명함을 주지 않았소."

현태는 작년 여름 기지촌에 갔을 때 그 사내에게 명함을 주었던 기억을 떠올렸다. 혹 민우의 소식을 알게 되면 연락을 취해 달라고 부탁했던 기억도 떠올렸다.

"아, 생각납니다."

"그래서 전화를 걸었소, 마침 서울에 볼일이 있어서 나온 길에 전화를 걸었지. 어떻소, 이만하면 성의가 있는 편이지? 친구, 안 그렇소?"

"그럼 민우의 소식을 들으셨단 말입니까?"

"……뭐라구요?"

시끄럽긴 저쪽 편도 마찬가지인 모양이었다. 전화선을 타고 시끄러운 음악 소리가 섞여서 들려왔다. 그래서 사내는 필요 이상으로 목소리를 높이고 있는 모양이었다.

"그럼 민우의 소식을 알게 되셨단 말입니까?"

"여보슈, 그건 만나서 얘기해야지. 전화로 모든 이야기를 끝내잔 말이오?"

"좋습니다. 지금 어디 계십니까?"

"당신네 회사 지하 찻집이오. 지금 당장 내려오겠소?"

"물론입니다."

"얼굴이야 보면 낯이 익겠지만, 혹시 모르니 카운터 바로 앞자리에 가죽점퍼를 입고 앉아 있는 잘생긴 사람을 찾으시오. 그게 바로 나니까."

"알겠습니다. 금방 내려가겠습니다."

현태는 전화를 끊었다.

잠시 자리를 비운다고 해서 문제될 것은 없었다. 현태는 벗었던 신사복 윗도리를 걸쳐입고 뛰듯이 사무실 복도로 나섰다. 그제야 하루 종일 아무것도 먹지 않았다는 느낌이 다가왔다.

민우. 단 하나의 절친했던 친구. 나날의 전쟁과 같은 업무로 친구의 이름조차도 까마득히 잊고 있었다.

지난여름까지만 해도 그를 찾아 미친 듯이 쏘다녔다. 마지막으로 그의 행방을 찾아 기지촌으로 갔지만 최후의 희망마저도 무산되어버리자 그 이상은 속수무책이었었다.

더 이상 민우의 행방을 추적할 수 없었다. 그것으로 끝이었다. 민우는 가을학기에 다시 학교로 돌아올 수 없었으며 모든 것은 절망이었다.

민우의 이름을 떠올리기만 해도 가슴이 답답하고 쓰라린 비애가 스며들곤 했다.

그러나 세월이 지나면 마음의 상처도 아무는 법. 바쁜 일상의 생활 때문에 친구에 대한 기억은 차차 망각으로 퇴색되었으며, 최근에는 민우의 이름조차 한번 떠올리지도 않고 살았다.

현태는 엘리베이터를 타고 지하층으로 내려가면서 가벼운 죄책감에 사로잡혔다. 그런데 죄책감도 잠깐, 갑자기 참을 수 없는 궁금증이 현태를 사로잡았다.

왜 갑자기 그 사내로부터 연락이 온 것일까.

그는 무엇 때문에 나를 만나러 온 것일까. 자신만만한 태도와 말투로 보아서는 뭔가 민우에 관한 확실한 사실을 알아낸 듯 보인다. 그렇지 않고서야 그가 이처럼 오랜 시일이 흐른 뒤에 나를 만나러 직접 회사의 지하 찻집으로 찾아올 리가 없지 않은가.

현태는 지하층에서 엘리베이터를 내렸다. 빌딩의 지하층은 외부 손님으로 들끓었다. 현태는 무의식적으로 카운터 앞자리를 훑어보았다. 카운터 바로 앞자리에 웬 사내가 가죽점퍼를 입고 있었다. 사내와 현태의 눈이 마주쳤다. 낯이 전혀 설지만은 않았다. 그것은 사내 역시 마찬가지였다. 사내는 시선이 마주치자 벌떡 자리에서 일어났다.

"현태 씨, 현태 씨 맞죠?"

"……그렇습니다."

"한눈에 알아봤소. 자, 나갑시다. 어디 조용한 데로 갑시다. 이 찻집은 너무 시끄러워 무슨 도떼기시장 같아."

두 사람은 찻집을 나와서 구석진 레스토랑으로 갔다. 밤에는 주로 술을 파는 레스토랑은 사람이 없어서 조용히 얘기를 나누기에 적당한 장소였다.

두 사람은 밀실로 들어갔다. 현태는 늦은 점심을 시켰고 사내는 맥주를 시켜 마셨다.

"……신수가 훤해졌수다."

허버트가 입가에 묻은 맥주 거품을 손등으로 닦으면서 입을 열었다.

"난 만날 수 있을지 없을지 자신이 없었소. 못 만나더라도 내 죄는 아니라고 생각했지만. 왜냐하면 난 시간이 없으니까."

"왜 어디로 가십니까?"

"난 그 기지촌을 떠났소. 다시는 돌아가지 않을 셈이오. 고향으로 내려가는 길이오. 고향에 내려가서 땅이나 파먹고 살 생각이오. 저녁 차로 내려갑니다. 가기 전에 문득 당신 생각이 났고, 마침 역 앞에 있는 당신 사무실 빌딩을 보는 순간 지갑 속에 넣어둔 명함이 떠올랐소. 뒤져보았더니 아직 명함이 있더군. 그런 의미에서 당신은 운이 좋은 사람이오. 결론부터 이야기하지. 난 당신이 그처럼 애타게 찾던 친구의 행방을 알고 있소."

"민우의 행방을 말입니까?"

"……그렇소."

허버트가 다시 가득 따른 맥주를 단숨에 들이켰다.

"민우는 어디에 있습니까?"

"민우는 다시 그 거리로 돌아왔소."

"돌아왔어요? 언제요?"

"지난겨울이오. 크리스마스 이틀 전이었소. 벌써 두어 달이 지났소. 하지만 내게 뭐라고 따져 말하진 마시오. 내가 그 거리를 떠날 생각이 아니었더라면 십 년 후에라도 당신을 만날 필요는 없었을 테니까. 왜냐하면 내가 그 거리에 있는 한민우의 소식을 당신에게 알려줄 필요가 없었기 때문이오. 당신은 민우를 어떻게든 그 기지촌에서 빼내가려는 사람이고 우리는 민우를 될 수 있는 대로 그 거리에 붙들어두려고 하니까."

"……우리라면?"

현태가 말을 끊었다.

"나와 민우의 이모, 뭐 그런 사람들이지, 참 당신은 모르겠군. 민우를 떠나보내고 싶지 않은 사람은 또 많아. 민우의 여편네, 정식 결혼이야 하지 않았지만 여편네는 여편네지, 아이를 낳았으니까."

순간 현태는 놀란 얼굴로 사내를 쳐다보았다.

"벌써 백일이 지났소. 아들을 낳았지. 아주 잘생긴 녀석이야.

한눈에 보아도 지 애비를 닮았소.”

현태는 반쯤 먹던 음식 접시를 곁으로 밀어놓았다. 식욕이 더 이상 일지 않았다.

“……그렇다면 민우는 그동안 어디에 있었단 말입니까?”

“빵깐에.”

사내는 말을 짧게 뱉었다.

“민우는 사람을 둘씩이나 칼로 찔렀소. 그러고 나서 빵깐에서 일 년가량 썩었다는군. 그래서 우리에게도 소식이 없었던 거요.”

현태는 떨리는 손으로 담배를 피워 물었다.

“이봐요, 친구.”

맥주를 마시던 사내가 진지한 얼굴로 현태를 바라보았다.

“이제는 늦었나? 이제라도 당신이 언젠가 내게 얘기했듯 그 친구를 그 거리에서 빼내 학생으로 돌려보낼 수는 없나?”

“……학생이 될 수는 없습니다. 이제 늦었습니다.”

“그럼, 그럼 말이야.”

사내가 곧바로 말을 받았다.

“학생이 아니라면 뭐 당신과 같은 넥타이를 맨 회사원으로 취직이라도 시켜주든지.”

“그건 왜입니까?”

현태는 담배연기를 뱉어내면서 사내를 바라보았다. 그러나 사내는 현태의 시선을 피하면서 고개를 돌렸다.

“그 친구가 변했기 때문이야. 민우 그 친구, 좀 이상해졌어.”

"이상해지다뇨?"

의아한 표정으로 현태가 사내의 말을 잘랐다.

"그 친구는 아무래도 정상이 아니야. 술을 너무 마셔. 난 알아. 그렇게 빨리 많은 술을 마시면 당해내는 사람은 아무도 없다구. 대낮부터 술을 마시고 있어. 대낮부터라기보다는 하루 종일 술에 취해 있지. 잠시도 맑은 정신으로 있을 때가 없을 정도야. 그렇게 마시다간 얼마 안 가서 알코올에 절어버리게 될 거야. 이봐, 나두 사람을 볼 줄 아는 놈이라구."

사내는 맥주를 빈 잔에 따랐다. 간신히 한 잔을 채우고 술이 떨어졌다. 현태가 술을 더 시키려고 하자 사내는 머리를 저었다.

"더 마시고 싶지 않아, 친구. 호의는 고맙지만."

그는 현태의 앞자리에 놓인 담뱃갑에서 담배를 꺼내 물었다.

"그 친구 그 거리에 몇 년만 더 있으면 폐인이 되고 말 거야. 그러기엔 아까운 놈이 아닌가. 난 알아. 그렇게 되다간 그는 쉴 새 없이 빵깐이나 드나들다가 마침내 누군가의 칼에 찔려서 죽게 되겠지. 난 그 친구가 그렇게 되기를 원치 않아. 그래서 나도 그 거리를 떠나는 셈이지. 참 용케도 견디어왔어. 하지만 이젠 슬슬 그 거리를 떠날 나이도 되었구 말이야. 고향에 가면 처와 새끼들두 있으니까 이젠 농사나 지으면서 새끼들 크는 재미루 살아갈 때가 됐지."

"제가 어떻게 하는 것이 최선이겠습니까?"

침묵을 지키던 현태가 고개를 들었다.

"어떻게 하는 것이 민우를 위해서 가장 좋은 일이겠습니까?"

"당장 민우를 만나러 그 거리로 찾아가는 게 가장 급한 일이 겠지."

"그러고 나서는요?"

"그 친구를 그 거리에서 빼내는 일이겠지. 만나서 설득을 하든, 구라를 쳐서 공갈을 놓든, 그래도 말을 듣지 않으면 강제로 납치해서라도 그 친구를 자네 곁으로 데리고 와야지."

"하지만."

현태가 고통스런 얼굴로 낯을 찡그렸다.

"하지만 민우에겐 아내가 있지 않습니까?"

"아내? 여편네? 이봐, 두 사람이 정식으로 결혼이라두 했다는 말인가? 그 거리에선 눈만 맞았다 하면 동거생활하는 것은 어린아이도 하는 것이야. 이봐, 난 그 거리에서만 십 년 이상을 살아왔어. 그래서 그년이 무엇을 하던 년인가도 잘 알고 있어. 그년은 깜둥이와 한 번, 흰둥이와 한 번 동거생활을 한 갈보년이야. 흰둥이하고는 가짜 결혼까지 하고 미국에서 초청장을 보내기로 했는데 버림받고 나서 제 팔목을 면도칼로 그어 자살까지 기도했던 독종이었지. 지금은 그년을 은영이라고 부르지만 민우가 나타나기 전까지만 해도 그년 이름은 제니였어."

사내는 빠르게 말을 이어내려갔다.

"빨강 머리 제니라면 기지촌에서 가장 유명한 갈보였지. 난 알아. 자네 친구 민우는 그 계집년에게 당했어. 그 계집년의 공 갈에 말려든 거야. 이봐, 친구. 지금이야 그년이 민우 없이는 못 살 것처럼 굴지만 그것은 걱정하지 말게. 자네가 그 친구를 자

173

네 곁으로 데리고 온다면 처음엔 그년도 울고불고 그러겠지만, 한 반년만 지나면 다시 모든 것을 잊고 횐둥이 하나 물어서 살림 차릴 그런 년이야. 아니야, 누구라도 결혼해서 미국으로 데리고 들어갈 놈이라면 깜둥이하고라도 결혼을 할 그런 년이지."

"……하지만."

현태가 헐떡이면서 말을 잘랐다.

"……하지만 아이가 있지 않습니까, 두 사람 사이에는……."

"아이는 민우의 이모에게 줘버리면 돼. 그것도 부담스럽다면 고아원에 보내든지, 아니면 무슨 외국 같은 데 양자로 보내면 되겠지. 이봐, 친구. 내 말을 잘 들어. 난 시간이 남아서 자네를 찾아온 게 아니야. 난 나대로 생각이 있어서 왔어. 진정으로 친구를 위한다면 이것저것 눈치볼 시간이 없어. 이봐, 친구. 민우는 내게도 은인이야. 그 친구가 아니었더라면 나도 콩밥을 먹을 뻔했어. 그 친구가 내 죄를 혼자서 떠맡았어. 그가 내 은인이라면 나도 뭔가 그 친구를 위해서 한번쯤 좋은 일을 해야지, 안 그래?"

"……고맙습니다."

현태가 진심으로 말을 받았다.

"내게 고마워할 것은 없어. 이봐, 내 말 잘 들어. 자네가 왔다 갔다는 사실을 민우는 몰라. 아무도 그 사실을 민우에게 가르쳐준 사람이 없어. 그 친구의 이모도, 은영이도 그 사실만큼은 입을 굳게 다물고 있어. 민우가 나타났을 때 그 친구의 이모는 내게 명령했어. 자네가 나타났었다는 말을 절대로 민우에게 해서는 안 된다고."

"그건 왜죠?"

"자네가 왔었다는 사실을 알면 혹시 민우가 자네를 찾아갈까 봐 겁이 나서 그런 거겠지. 민우는 우리 기지촌으로 자신의 정체를 숨기고 들어왔거든. 아무도 모를 거라고 생각하고 숨어들어왔는데, 자네가 그 숨어들어온 곳을 알고 있다면 더 이상 숨어 있을 필요가 없지 않은가. 그것이 무서워서 모두들 쉬쉬 하고 있는 거야. 친구, 그 자식은 변했어. 자네 친구는 이상하게 돼버렸어. 뭔가 귀신에 홀린 사람처럼 되었어. 그 친구는 언제나 침울한 표정으로 다니지. 도대체 표정만 갖고는 뭘 생각하는지 그 가슴속을 모르겠어."

"알겠습니다."

현태가 말을 잘랐다.

"제가 가까운 시일 내에 민우를 만나러 가겠습니다."

"오늘밤에라도 당장 가봐. 하루가 급한 법이야. 너무 늦기 전에 떠나. 아니, 만나는 것만으로는 안 돼. 만나서 데리고 와야 해."

"……알겠습니다."

"아, 깜박 잊을 뻔했는데, 그를 만나러 술집으로는 가지 않는게 좋아. 술집으로 가면 로라상을 만날 수밖에 없으니까. 그 여자는 당신이 찾아온 것을 좋아하지 않을 거야. 그러니까 모른다고 딱 잡아뗄 수도 있겠지. 내 말을 잘 들어. 나이아가라 술집에서 나와 오른쪽으로 계속 내려가면 만물상회란 가게가 나오는데 그 가게 뒷집이 민우의 집이야. 셋집인데 그 집에서 방 하나를 빌려 살림을 차렸지. 로라상이 민우에게 며칠 후에 그 가게를 사주려고 이미 계약했어. 민우는 술집에서 지배인으로 일하게 하고 은영은 그 가게에서 물건을 팔아 생활비를 보태 쓰라구 계획을 세워두었다구. 말이야 바른 말이지만 지배인은 그저 형식적인 것에 지나지 않아. 술집 지배인은 남의 눈 때문에 걸어놓은 직업이구 진짜는 밀수꾼이지. 내 말 알아듣겠어, 친구? 당신 친구 민우는 이모의 꼬스까이(하인)야, 로라상 입장에서 볼 때는 가장 믿음직하고 충실한 똘마니 하나 데리고 있는 셈이지."

허버트는 주머니에서 가죽 장갑을 꺼냈다. 그는 마치 시합을 하기 위해서 링에 오르는 권투선수처럼 장갑을 천천히 끼었다. 그러고는 괜히 주먹을 쥐어 누구를 때릴 듯이 허공을 겨누었다.

"……물론 기억력이 좋으니까 내가 한 말 다 기억하고 있겠지?"

"……물론입니다."

"난 가겠어."

사내가 자리에서 몸을 일으켰다. 현태가 따라서 몸을 일으켰다.

"바쁜 시간 빼앗아 미안하이. 회사일이 한창 바쁜 시간일 텐데."

"아, 아닙니다. 천만의 말씀입니다. 그건 제가 대신 드릴 말씀입니다. 이렇게 잊지 않고 연락을 주셔서 제가 민우 있는 곳을 알게 되지 않았습니까. 제가 더 고맙지요."

"……민우는 내 은인이야. 그 자식은 멋진 놈이었지. 지금은 이상해졌지만 민우는 근사한 놈이었지. 그가 아니었더라면 난 지금도 콩밥을 먹고 있을 거야. 마지막으로 그에게 빚을 갚을 생각으로 자네를 찾아온 것뿐이야. 잘 있어, 친구."

허버트가 선글라스를 쓰면서 웃었다.

"먹은 값은 자네가 내, 난 돈이 없어."

현태가 값을 지불하고 두 사람은 레스토랑에서 나왔다. 거리로 올라가는 지하 계단 입구에서 허버트는 걸음을 멈추고 현태를 쳐다보았다.

"여기서 헤어지세. 자, 잘 있어, 친구."

그는 현태에게 손을 내밀었다. 현태는 장갑을 낀 그의 손에 자신의 손을 맡겼다. 그는 힘 내기 하듯 현태의 손을 으스러져라 잡고 흔들었다.

"이제 우린 다시는 만나지 못할 거야."

택시에서 내리자마자 현태는 시계를 보았다. 아홉 시 반 약속 시간에서 벌써 십 분이나 지나 있었다. 현태는 한길을 뛰어서 건넜다. 다혜가 가르쳐준 '나비'라는 간판이 네온의 불빛을 깜박이고 있었다.

현태는 뛰듯이 지하 계단을 내려갔다. 문을 열고 들어서자 홀 안은 캄캄했다. 조명이 어두워서 어디가 어딘지 분간이 가질 않았다.

현태는 두리번거리면서 홀 안을 돌아보았다. 한구석에서 다혜가 손을 번쩍 들어 흔들면서 웃고 있었다. 현태가 다가가서 앉자 다혜가 명랑한 목소리로 말했다.

"난 안 오시는 줄 알았어요."

"……미안합니다."

헐떡이면서 현태가 말했다.

"한강교가 어쩌나 밀리던지 거기서 시간을 다 잡아먹었습니다."

"퇴근하고 오시는 길이에요?"

"……그렇습니다."

현태는 코트를 벗었다.

"언제나 이렇게 늦게 퇴근하세요?"

"미칠 노릇이죠. 출근시간은 여덟 시 정각인데 퇴근시간은 제한이 없어요. 밤 열한 시에 퇴근한 적도 많습니다."

"뭘 드시겠습니까?"

작은 카페라 손수 레코드도 걸고 계산도 하고 칵테일도 만드는 주인이 카운터 너머에서 고개를 빼고 물었다.

"난 커피 마시겠어요."

다혜가 현태를 보고 물었다.

"뭘 드시겠어요? 마음대로 시키세요. 오늘은 제가 살게요."

전번에 만났을 때 현태가 값을 치렀던 것을 의식한 듯 다혜가 먼저 말을 받았다.

"전 술 마시겠습니다."

"식사는 하셨어요?"

"늦게 점심을 먹어서 생각이 없습니다. 그럼 안주를 식사 대용으로 시키죠."

현태는 주문을 하고 나서 다혜를 보았다.

그냥 간편한 옷차림으로 왔는지 다혜는 스웨터를 입고 있었다. 검은 스웨터에 빛깔 짙은 치마를 입었다. 그래서 창백한 다혜의 얼굴은 평소보다 더 희게 돋보였다. 전번에 봤을 때보다 많이 건강을 회복한 얼굴이었고 무엇보다 명랑해 보여서 현태는 마음이 놓였다.

"이젠 넥타이를 맨 모습이 어색하지 않네요. 와이셔츠도 신사복도 잘 어울리고요. 머리도 빗고 다니세요? 예전의 현태 씨는 언제나 긴 머리에 어깨엔 우수수 비듬이 떨어져 있었는데."

다혜가 소리내 웃으면서 현태를 쳐다보았다. 주문한 커피와 술이 올 때까지 잠시 말이 끊겼다.

현태는 뭔가 전할 말이 있어 만나기로 약속을 했으므로 자연 표정이 딱딱해지고 우연히 다혜와 시선이 마주칠 때마다 어색하게 웃었다.

"참, 졸업식이 언제지요?"

"……일주일 뒤예요."

담담한 표정으로 다혜가 말했다.

"……졸업 후엔 뭘 하실 생각이세요?"

"……글쎄요."

다혜가 미소를 띠었다.

"남들보다 이 년이나 늦은 졸업인데요. 고등학교 때 일 년, 대학 때 일 년 휴학을 했기 때문에 남들보다 이 년이나 지각해서 졸업하니까 뭐 새삼스러울 것은 없어요."

"……그러니까 더 감개무량하지 않으세요?"

현태는 술이 오자 성급히 술을 따라 마시면서 말을 받았다.

"하긴 그래요. 대학에서 일 년 휴학했을 때는 정말 우울했어요. 이러다가 내가 대학을 졸업할 수 있을까, 그게 늘 걱정스러웠지요. 그땐 암담하기도 했는데 어쨌든 졸업은 하게 된 셈이에요."

"취직하실 건가요?"

"아아뇨."

다소 장난기 어린 얼굴로 다혜가 머리를 흔들었다.

"……시집이나 가야지요, 뭐."

그새 머리라도 감고 나온 것일까. 머리칼에는 덜 마른 물기가 촉촉했다.

현태는 말없이 담배를 피워 물었다. 정작 꺼내야 할 말은 이리저리 피한 채 일상적인 인사말만 나누고 있자니 현태의 가슴은 답답하고 갑갑했다.

"실은……."

현태는 다혜의 시선을 피하면서 말을 꺼냈다.

"오늘 제가 다혜 씨를 뵙자고 연락을 드린 것은 중요한 일이 생겼기 때문입니다."

현태는 흘긋 다혜를 보았다. 그러나 다혜의 얼굴은 아무런 마음의 동요를 일으키지 않은 듯 평온한 표정이었다. 그녀는 마시던 커피잔을 든 채 현태를 마주보았다.

"중요한 일이라면…… 민우 씨 이야긴가요?"

"그, 그렇습니다."

다혜는 말없이 커피를 마셨다. 그러고 나서 빈 잔을 탁자 위에 내려놓았다. 짧은 침묵이 흘렀다.

"오늘 낮에 민우에 대한 소식을 들었습니다. 아무래도 다혜 씨에게도 알려드려야 할 것 같아서 연락을 드린 것입니다. 민우는 지난겨울에야 모습을 나타냈다고 합니다."

"······지난겨울에요?"

다혜가 낮은 목소리로 현태의 말을 되받았다.

"······그럼 그동안 민우 씨는 어디에 있었는데요?"

"그건, 그건······."

현태는 일단 말문을 열었지만 솔직해질 수는 없었다. 현태는 순간 말을 흐렸다.

"정확히 모르는 일입니다. 나도 오늘 어떤 사람한테 이야기를 전해 들었으니까요. 자세한 것은 민우를 만나야 상세히 듣게 되겠지요."

"······민우 씬."

다혜가 정면으로 현태를 쳐다보았다.

"······지금 어디에 있나요?"

"······제가 있는 곳을 압니다."

"그곳이 어디인가요?"

현태는 말없이 술을 들이켰다. 빈속이라 취기가 확 몰려왔다.

"······서울인가요?"

"아, 아닙니다. 서울에서 가까운 교외의 작은 도시입니다. 한 시간이면 갈 수 있습니다. 이번 일요일 민우를 만나러 가려고 합니다."

"……저도 함께."

다혜가 빠르게 말을 이었다.

"저도 현태 씨가 민우 씨를 만나러 갈 때 함께 가면 안 될까요?"

현태는 황황히 말을 받았다.

"……물론입니다. 가시고 싶으면 함께 갈 수 있습니다. 제가 오늘 다혜 씨를 만나자고 한 것도 실은 다혜 씨의 의향을 묻고 싶어서였습니다. 전 사실 굉장히 망설였습니다."

"……왜요? 제가 두려워할 것 같아서요?"

"……그렇습니다."

"그렇지 않아요."

밝은 표정으로 다혜가 머리를 흔들었다. 지난여름 혹독한 고통을 맛본 끝에 다혜의 마음은 평정을 얻은 것일까. 다혜의 얼굴은 믿을 수 없을 정도로 평온하고 부드러웠다.

"함께 가요. 우리 함께 가서 민우 씨를 만나요."

"민우는 우리가 찾아가는 것을 원하지 않을지도 모릅니다. 왜냐하면."

현태는 말을 끊었다. 그는 침묵을 메우기 위해서 재빨리 술잔을 비웠다.

"……왜냐하면 민우는 우리가 자신이 있는 곳을 모르리라고 생각하고 있기 때문입니다. 그는 몹시 부끄러워할 겁니다. 그리고 어쩌면 화를 낼지 모릅니다. 더욱이 다혜 씨까지 가신다면……."

"화내는 것쯤이야 당연한 일이겠지요."

당당한 목소리로 다혜가 말을 받았다.

"그러나 어차피 언젠가 알게 될 일이라면 빨리 아는 것이 서로를 위해 좋아요."

"민, 민우에겐, 지금 민우에겐……."

현태가 성급한 마음으로 입을 열었다. 그는 반벙어리처럼 말을 더듬거렸다. 그러나 차마 말이 되어 나오지 않았다. 그는 쏟아져나오려는 말을 삼켰다.

"……왜 말을 피하는 거죠? 뭔가 제게 숨기는 것이 있죠?"

정면으로 다혜는 현태를 쳐다보았다. 현태는 그녀의 시선을 피하면서 술을 거푸 들이켰다.

"왜 제 눈을 피하시는 거죠? 아직도 제가 두려워하리라고 생각하세요?"

"……아, 아닙니다."

"그렇다면 모든 것을 남김없이, 그리고 숨김없이 얘기해주세요. 현태 씨, 난 이제 약하지 않아요. 난 강해요."

"물론입니다."

현태가 머리를 끄덕였다.

"전 지금껏 한 번도 다혜 씨가 약하다고 생각한 적이 없습니다. 다혜 씨는 누구보다 강한 사람입니다."

"그럼 됐어요. 그럼 제게 사실대로 얘기해주세요. 지금 민우 씨는 어디에 있나요?"

"……의정부에 있습니다. 의정부시의 외곽에 미군 병사들을 상대로 하는 기지촌이 있습니다. 민우는 그곳에 있습니다. 민우를 낳은 생모의 언니 집에 있습니다."

"……그곳에서 무엇을 하고 있나요?"

"그곳에 사는 민우의 이모가 경영하는 술집 지배인으로 있습니다. 미군들을 상대로 하는 술집입니다. 민우는 오래전부터 그곳에 있었습니다. 이 년 전 교도소를 나와 우리의 곁을 떠났을 때부터."

─먼 우주에서 왔어요.

순간 다혜의 귓가에 마지막으로 만났던 날 밤 속삭이던 민우의 목소리가 떠올랐다.

─해왕성, 명왕성, 천왕성보다 먼 별나라에서 우주선을 타고 왔어요.

"그뿐 아닙니다."

잠시 머뭇거리던 현태가 마침내 마음의 결정을 내렸다는 듯 재빠르게 말을 이어내려갔다.

"지금 민우에겐 사귀는 여자가 있습니다. 민우는 그 여자와 함께 지내고 있습니다."

흠칫 다혜의 몸이 가늘게 경련했다.

현태는 그러나 다혜의 얼굴을 바라보지 않았다. 어차피 오늘 그녀를 만나기로 한 것은 마음속의 비밀을 모두 다 털어놓기 위해서가 아닌가. 결정은 그녀가 내릴 일이다.

이제 무엇을 숨기고 무엇을 고백할까 선택할 필요는 없다. 내가 아는 모든 것을 그녀에게 털어놓을 것이다.

"민우는 벌써 일 년 이상, 아닙니다. 이 년 이상 그녀와 함께 생활하고 있습니다. 지난여름 민우를 만나러 그 기지촌으로 갔을 때 난 그 여자를 만난 적이 있습니다. 물론 그 여자도 민우의 행방에 대해서는 몰랐지만요. 하지만 민우를 욕해서는 안 됩니다. 민우는 아주 절박한 상황에 있었으니까요."

용기를 내서 현태는 다혜를 보았다. 다혜는 고개를 숙여 발밑을 내려다보고 있었다. 잘 빗은 긴 머리칼이 그녀의 얼굴 표정을 가렸다.

"지난여름 그 여자를 만났을 때, 아이를 배고 있었습니다."

현태는 잔을 들어 입 안에 술을 털어넣었다. 그러나 술은 나오지 않았다. 잔이 깨끗이 비어 있었다.

"그 어린아이는 민우의 아이였습니다."

말이 끊겼다. 두 사람은 오랜 침묵 속에 앉아 있었다.

인근 아파트 주민을 상대로 하는 작은 카페는 밤이 깊어지자 사람들이 빠져나가 텅 비었다.

밖에는 비라도 내리는지 우산을 접은 사람 하나가 들어와서 카운터에 앉아 술을 주문했다. 접은 우산에서 빗방울이 방울방울 흘러내리는 것이 보였다.

"지난⋯⋯."

오랜 침묵 끝에 다혜가 입을 열었다. 애써 자제하고 있었지만 그녀의 목소리는 심하게 떨렸다.

"여름엔 왜 제게 그런 이야기를 하지 않으셨나요?"

"용기가 없었기 때문입니다. 차마 다혜 씨를 실망시켜드릴 수가 없었기 때문입니다."

"······아이는요?"

순간 다혜가 고개를 들었다. 정면으로 두 사람의 시선이 마주쳤다. 다혜의 얼굴은 흰 눈으로 빚은 듯 창백하게 질려 있었다. 희다못해 푸르게 보였다.

쏟아져 흐르는 눈물을 억지로 참아내고 있는지 눈동자가 붉게 충혈되었고 눈자위가 눈에 띌 정도로 경련하고 있었다. 온몸과 입술이 격앙된 슬픔을 참기 위해서 떨고 있었다.

현태는 순간 다혜가 그 자리에서 쓰러지지 않을까 하는 두려움을 느꼈다.

"······아이는 어떻게 되었나요?"

무서울 만큼 감정을 자제하면서 다혜가 간신히 말을 이었다.

"낳았습니다. 백일이 넘었다고 합니다. 아들이라고 했습니다. 오늘 낮에야 나도 그 소식을 처음으로 들었습니다."

순간 다혜의 몸이 휘청하면서 기울어졌다.

현태가 당황해서 몸을 일으켰다. 자리에서 일어나 다혜의 몸을 부축하려 하자 다혜가 손을 저었다.

"괜찮아요. 어지러울 뿐이에요."

"······물을 좀 마셔요."

현태가 탁자 위의 물을 들어 다혜에게 내밀었다.

"······마음을 가라앉혀요."

다혜는 손을 내밀어 현태가 준 물컵을 받아들었다. 순간 다혜는 맥없이 물컵을 떨어뜨렸다. 컵은 날카로운 소리를 내면서 탁자 아래로 굴러떨어졌다. 그러나 깨지지는 않았다. 황급히 가게

주인이 달려오려는 것을 현태가 허리를 굽혀 잔을 집어들면서
막았다.

"괜찮아요, 깨지지는 않았습니다."

현태는 다혜를 바라보았다. 얼굴 표정까지 보이지는 않았지
만 긴 머리칼로 가린 그녀의 두 뺨에서는 참다 터진 눈물이 하
염없이 흘러내리고 있었다.

다혜는 흐느끼지 않았다. 숨소리도 거칠어지지 않았다. 그녀
는 조용히 정물처럼 앉아 있었다.

그런데도 그녀의 얼굴 위로는 소리 없이 두 줄기의 눈물이 흘
러내렸다. 그녀는 그 눈물을 닦으려 하지도 않았다. 뭐라고 위
로의 말을 하기 위해서 현태는 입을 열었다.

그러나 아무런 말도 떠오르지 않았다. 현태는 그녀의 깊은 침
묵을 깨뜨릴 수가 없었으므로 다혜와 마찬가지로 조용히 앉아
있었다.

"나가요."

오랜 침묵 끝에 다혜가 조용히 말했다.

"이곳에서 나가요. 어지러워요."

"그래요, 찬바람을 쐬면 정신이 날 겁니다."

현태는 서둘러 계산을 했다. 계단을 오르자 섬세한 실 같은
봄비가 자욱하게 뿌리고 있었다.

"계세요. 비닐우산이라도 사오겠습니다."

"……괜찮아요."

다혜가 머리를 흔들었다.

그녀는 간신히 몸의 균형을 유지하는 것처럼 보였다. 몹시 불편해서 누군가 부축해주지 않으면 그 자리에 쓰러질 듯 위태로워 보였다.

"집까지 바래다드리겠습니다."

"……아뇨."

뜻 모를 대답으로 다혜는 웃으면서 머리를 흔들었다.

"……여기서 헤어져요."

"……집까지 바래다드릴게요. 아무래도……."

현태가 손을 내밀었다.

"제게 기대세요. 제가 잘못했습니다, 다혜 씨. 제가 너무 한꺼번에 주책없이 모든 것을 털어놓은 것 같습니다. 전, 전 언젠가는 다혜 씨도 알아야 할 문제였기 때문에. 그렇다면 먼저 아는 편이 좋으리라 생각해서……."

"……오히려 감사해요."

창백한 얼굴을 들어 현태를 바라보면서 다혜가 희미하게 웃었다.

"참으로 하기 힘든 말을 제게 해주셨으니까요. 정말 하기 힘든 말이었을 텐데……."

"……괜찮으세요?"

"……괜찮아요."

"자, 갑시다. 여기서 집이 가깝다고 하셨죠? 어느 쪽인가요? 아파트 입구까지만 바래다드릴게요."

다혜는 맥없이 한쪽 방향을 가리켰다. 두 사람은 그 방향으로 천천히 걸어갔다.

안개와 같은 봄비가 촉촉이 흩날렸다. 가로등 불빛이 자욱한 봄비 속에 몽유병 환자의 황홀한 꿈처럼 아련하게 흔들렸다.

우산을 쓰지 않아도 좋을 만한 비였지만 곧 다혜의 머리카락은 세우에 젖어들었다. 다혜가 쿨럭쿨럭 마른기침을 했다.

"……제발 아프지 마세요."

묵묵히 땅만 보고 걷던 현태가 깜박 잊었다는 듯 불쑥 말을 뱉었다.

"또다시 아프면 그땐 제가 막 화낼 겁니다. 아프지 마세요. 아프시면 안 됩니다."

"……안 아플 거예요."

다혜가 현태를 보면서 웃었다. 현태가 다혜의 어깨를 가만히 부축해서 안았다.

"자신 있으세요?"

"……자신 있어요. 난 절대로 안 아플 거예요."

"그러면 됐어요. 내일모레 오전 열한 시에 종로 5가 시외버스 터미널로 나오세요. 그곳에 민우가 있는 기지촌으로 직행하는 버스가 있으니까요. 가실 수 있겠지요?"

현태는 다짐하듯 강한 어조로 물어보았다.

"가겠어요."

다혜가 머리를 끄덕였다.

"그럼 제가 표를 두 장 사두겠습니다. 정각 열한 시에 버스는 출발합니다. 단 오 분도 지체하지 않아요. 다혜 씨가 안 나오신다면 저 혼자라도 떠나겠습니다. 가실 수 있겠습니까?"

"……갈게요."

"약속하시겠습니까?"

다혜가 힘들게 대답했다.

"……약속할게요."

아파트 광장에서 다혜가 걸음을 멈추었다.

"……다 왔어요. 저 문으로 들어가면 돼요."

"……괜찮겠어요?"

현태는 주머니에서 손수건을 꺼냈다.

"닦으세요. 더러운 수건은 아닙니다. 저녁때 회사 휴게실에서 산 손수건입니다. 닦으세요. 감기 걸립니다."

다혜는 말없이 손수건을 받아들었다.

"이젠 손수건도 가지고 다니세요?"

다혜가 웃었다.

"손수건뿐 아니라 매일같이 이도 닦고 매일같이 수염도 깎고 매일같이 팬티도 갈아입습니다. 그리고 보세요."

현태는 위생 상태를 검사받는 담임선생님 앞의 아이처럼 두 손을 다혜의 얼굴 앞에 내밀었다.

"손톱뿐 아닙니다. 발톱도 일주일에 한 번씩은 깎습니다. 보여드릴까요?"

현태가 다혜를 웃기려고 과장된 제스처로 신발 하나를 벗었다.

"이러다간 손톱 발톱에 매니큐어까지 칠하게 될지도 모르지요."

순간 다혜의 머릿속에 오래전 학교 앞 술집에서 술을 마시면서 술집 여자에게 노래를 시키던 그의 모습이 떠올랐다. 헝클어진 장발로, 수염이 텁수룩한 얼굴로 술을 마시면서 노래 부르던 그의 모습은 어디로 사라진 것일까. 그에게 술을 따르던 여자는 지금 어디로 갔을까.

"제가 언젠가 학교 앞 술집에서 현태 씨를 만났던 것을 기억하고 계세요?"

"……기억납니다."

현태가 웃었다.

"벌써 이 년 전의 일인데요."

"그때 현태 씨 옆에서 노래를 부르던 분 생각나세요? 기막히게 타령을 부르던 분 말이에요."

"아."

현태가 뒤통수를 긁으면서 겸연쩍게 웃었다.

"아, 기억나구말구요."

"그 여자는 지금 어디 있어요?"

"……모릅니다. 글쎄요, 어디에 있을까요. 지금도 어느 술집 뒷방에 앉아서 손님이 따라주는 술을 받아 마시면서 노래를 부르고 있겠지요. 아니면 어느 작은 섬 색주가에 팔려갔을지도 모르겠고, 아니면 그새 어느 놈하고 눈맞아 살림 차려 떡두꺼비 같은 애를 낳아서 퉁퉁 불어터진 젖이나 먹이고 있을지도 모르지요. 아니, 왜 갑자기 그 여자의 얘긴 묻는 겁니까?"

일부러 다혜의 마음을 즐겁게 해주기 위해 말과 행동을 코미디언처럼 희화하면서 현태가 물었다.

"그냥 갑자기 생각이 나서요. 그 여자 이름이나 기억하고 계세요?"

"……이름?"

현태가 머리를 들어 허공을 보았다. 그의 눈썹에 실비가 자욱 맺혀 있었다. 그래서 그의 머리칼과 눈썹은 이제 막 자라오르는 채소밭의 싹처럼 보였다.

"그 아이 이름이 뭐였더라? 기억이 안 나도 상관없는 일이에요. 유행가와도 같은 말이지만 그런 것이 인생이니까요. 제가 그 아이의 이름을 잊었듯, 그 아이도 제 이름도 얼굴도 잊었겠지요. 길거리 모퉁이에서 어느 날 우연히 만나게 될지도 모르겠지요. 그래도 서로서로의 얼굴을 잊어버린 채 인사도 없이 헤어질지도 모르지요. 이것이 인생이니까요."

현태가 구변 좋은 약장수처럼 몸짓을 했다.

"난 이제 학생이 아니에요, 다혜 씨. 난 이제 명함을 가지고 다니며 악수를 나누는 흔해 빠진 회사원입니다. 다혜 씨, 점심에는 뭘 먹을까 고민하고 상관의 눈치만을 살피는 샐러리맨입니다."

"……예전의 현태 씨가 더 좋았는데."

다혜가 웃었다.

"낮부터 술 마시고 흰 고무신 신고 다니던 그 모습이…… 아, 아니에요. 농담이에요."

어느 정도 마음의 안정을 되찾았는지 다혜는 밝게 웃으며 말했다.

그러나 현태는 알고 있었다. 그녀의 그런 태도는 자신의 고통과 마음의 충격을 감추려는 허세에 지나지 않는다는 것을.

현태는 또 알고 있었다. 자신의 말들이 다혜에게 얼마나 무거운 닻으로 짓누르는가를.

그녀는 아플 것이다. 병에 걸릴 것이다.

그녀는 민우를 만나러 함께 가지 못할 것이다. 온몸은 불덩어리같이 끓어오르고 그녀는 어쩌면 죽음에까지 이르게 될지도 모른다.

잠이 들면 도깨비가 보이고 가위에 눌려서 헛소리도 하게 될지 모른다. 꿈을 꾸면 사닥다리를 타고 올라가는 민우의 모습이 보이겠지.

내려와요, 민우 씨. 위험해요. 내려와요.

"……가겠습니다. 먼저 들어가세요. 다혜 씨가 가는 모습을 봐야 제 마음이 놓이니까요."

"……안녕히."

돌아서면서 다혜가 손을 흔들었다. 그녀의 모습은 밝은 아파트 입구 안으로 사라졌다. 그리고 보이지 않았다. 현태는 아파트 광장의 어린이 놀이터 벤치에 앉았다.

현태는 주머니에서 담배를 꺼냈다. 비에 젖었으므로 성냥이 켜지지 않았다. 간신히 불을 댕겨 담배에 열기를 붙이고 나서 현태는 묵묵히 얼굴을 들어 다혜가 사라진 아파트를 올려다보았다.

아파트 건물은 바다 위를 떠가는 거대한 여객선처럼 곳곳에 불을 밝히고 있었다.

"내 할 일은 다했다."

현태는 소리를 내어 중얼거렸다.

그녀가 아파서 함께 민우를 만나러 떠날 수 있건 없건 그건 나하고는 상관없는 일이다.

난 내가 해야 할 도리는 다했다. 이 고통을 딛고 일어서는 것은 내 몫이 아니다. 그것은 다혜, 자신의 몫이다.

현태는 피우던 젖은 담배를 던져버리고 일어섰다. 그는 순간 맹렬한 성욕 같은 것을 느꼈다. 오랫동안 잊었던 충만한 생리작용과 같은 것이었다.

현태는 오랜만에 생리적 욕구를 해결하기 위해서 밤 여자들을 찾아가고 싶은 충동을 느꼈다.

그 여자들을 껴안으면서 그 여자의 얼굴 위에 다혜의 얼굴을 포개 떠올리면서. 마치 질투심을 복수를 하듯 이렇게 속으로 중얼거리며.

—잊어버려. 이 바보야. 다 소용없는 짓이야.

일부러 악마의 소리처럼 목 쉰 소리로 야비하게.

—지난 추억에서 일어나, 이 바보야. 그건 사랑이 아니야. 그건 단지 환상에 불과해.

시외버스가 터미널에 멎자 우르르 사람들이 쏟아져내렸다. 한낮이었으므로 승객은 별로 없었다. 맨 마지막으로 현태와 다혜가 나란히 버스에서 내렸다.

이제는 완연한 봄이어서 눈부신 봄 햇살이 온누리에 흘러넘쳤다. 버스에서 내린 승객들은 총총걸음으로 각자 가야 할 방향으로 사라져갔다. 눈부신 봄의 거리를 두 사람은 천천히 걸어갔다.

"이젠 택시를 타야지요."

현태가 주위를 돌아보면서 혼잣말처럼 중얼거렸다.

"거리가 먼가요?"

다혜가 눈이 부신지 눈을 가늘게 뜨면서 현태를 보았다.

"아닙니다. 멀지는 않습니다. 하지만 걸어갈 거리는 아닙니다. 택시로 십 분 정도 달려야 합니다."

저 멀리에서부터 빈 택시 한 대가 먼지를 일으키며 달려왔다. 현태가 손을 들자 택시는 급정거를 했다. 두 사람은 택시에 올라앉았다. 현태가 가야 할 방향을 말하자 택시는 빠른 속도로 돌진해나갔다.

현태는 줄곧 다혜에게 신경이 쓰였다.

솔직히 현태는 다혜가 민우를 만나러 함께 떠나지 않으리라고 믿었다. 약속했던 대로 시외버스 터미널에서 열한 시 표 두 장을 사들고 현태는 다혜를 기다렸다. 그러면서도 현태는 다혜가 나타나지 않으리라 믿었다.

그래서 한 장의 표는 사용도 하지 않은 채 결국 혼자 가게 될 것이라고 생각했다. 왜냐하면 현태는 다혜가 그동안 얼마만큼 큰 충격 속에서 번민하고 고통스러워했는지를 익히 알기 때문이었다.

이틀 전 밤에 만나서 모든 것을 털어놓은 현태의 고백은 그녀를 견딜 수 없는 고통의 늪으로 침몰시켰을 것이다. 그 고통에서 회복되어 일어서려면 오랜 시간이 필요할 것이다.

그렇다. 이틀로는 안 된다. 이틀 만에 그녀가 회복하는 것은 불가능하다.

사랑하던 사람에게 함께 사는 여자가 있고, 사랑하는 사람에게 이제 백일 된 갓난아이가 있다는 고백은 다혜를 절망으로 몰아갔을 것이다.

눈으로 보지 않으면 차라리 고통을 잊을 수 있는 법. 그녀는 스스로 나타나지 않을 것이다.

버스가 떠날 때가 되어서야 현태는 마음이 놓였다.

마침내 그녀가 나타나지 않는다는 사실이 그를 홀가분하게 만들었다. 그제야 그는 자신이 다혜가 나타나지 않기를 간절히 소망했다는 사실을 자각할 수 있었다.

자신이 마음의 충격 때문에 다혜가 나타나지 못할 거라고 생각한 것은 그렇게 되기를 소망하는 마음 때문이라는 사실을 깨달았다.

그러나 막 버스가 출발할 무렵에 현태는 웬 여자가 빠른 걸음으로 버스 앞으로 다가오는 모습을 보았다.

다혜였다. 다혜는 코트 차림으로 빠르게 버스 앞으로 다가왔다. 놀라운 일이었다.

다혜의 얼굴은 간발의 차이로 버스를 놓치지 않을까 하는 조바심과 불안으로 상기되어 있었고 마침내 출발하지 않은 버스를 발견한 순간, 그녀의 얼굴에는 환희의 표정이 떠올랐다.

현태가 손을 흔들자 차창 너머로 다혜 얼굴에 미소가 피어올랐다. 현태는 순간 그녀의 그 불가사의한 미소에 대해 강렬한 증오심을 느꼈다.

차라리 이 순간 버스가 그대로 출발해버려 아차 하는 순간에 그녀를 떨어뜨리고 혼자만 가고 싶다는 강렬한 욕망을 느꼈다.

다혜의 얼굴은 창백했다. 아직 이틀 전의 충격에서 벗어나지 못한 기색이 역력하게 엿보였다. 그럼에도 불구하고 그녀는 놀라울 정도로 마음의 동요를 자제하고 있었다.

반쯤 열린 차창으로 시원한 바람이 쏟아져 들어왔다. 봄이 오는 들녘은 온통 은은하게 번지는 푸른 기운으로 충만했다.

"난 현태 씨가 혼자서 가셨을까봐 불안했어요."

창밖에 눈을 두고 있던 다혜가 문득 고개를 돌려 현태를 보면서 입을 열었다.

"일 분만 늦었어도 버스는 출발했을 거예요, 그렇죠?"

현태가 고개를 끄덕였다.

"일찍 나왔는데 차가 많이 밀렸어요. 그래서 하마터면 못 만날 뻔했어요."

"난 다혜 씨가 나오시지 않을 줄 알았습니다."

현태가 솔직하게 입을 열었다.

"제가요, 왜요?"

현태는 머뭇거렸다.

"그냥 그런 생각이 들었습니다."

현태는 말을 애매하게 흐렸다.

"하지만 약속을 했잖아요."

다혜가 믿어지지 않는다는 듯이 현태를 보았다.

"약속은 지켜야죠, 안 그래요?"

"……물론입니다."

현태는 주머니에서 담배를 꺼내 피워 물었다.

택시는 천천히 기지촌으로 접어들었다. 조금씩 황량하던 들판은 인가들로 채워져 있었다. 거리의 간판들에는 낯선 영어가 가득했고 울긋불긋한 채색 간판들이 이국적인 분위기를 자아냈다.

차가 앞으로 나아갈수록 점점 더 거리의 분위기는 요란스러워졌다. 차는 거리 끝에서 멈췄다. 현태가 주머니에서 돈을 꺼내 셈을 치렀다. 그러자 택시는 먼지를 일으키면서 사라져버렸다.

현태는 언젠가 한 번 찾아왔던 나이아가라라는 술집의 간판이 타는 듯한 봄 햇볕 속에 빛나는 모습을 보았다. 거리는 텅 비어 있었다.

술집들은 문을 닫아두었고 닫힌 문 위에 때 지난 영화 포스터가 반쯤 찢어져 붙어 있었다. 여배우 얼굴에는 누군가 장난을 했는지 수염이 그려져 있었다.

두 사람은 천천히 한길을 건넜다. 현태가 두어 발자국 정도 앞서 걸었고 다혜는 조금 뒤쪽에 처져서 걸었다.

현태는 허버트란 사내가 가르쳐준 대로 나이아가라 술집을 그대로 지나쳐서 거리를 따라 걸어내려갔다.

술집 뒤쪽으로 졸망졸망 살림집들이 게딱지처럼 다닥다닥 붙어 있었다. 살림집들의 대문은 활짝활짝 열려 있고 잠이 덜 깬 여자들이 속옷 바람으로 마당에 나와서 세수를 하는 모습이 보였다. 그 살림집 사이에 조그만 구멍가게가 비집고 들어서 있었다. 만물상회란 간판이 닫힌 문 위쪽에 매달려 있었다.

현태가 유리문을 열고 안을 기웃거렸다.

그때였다. 가게 안쪽에서 날카로운 여자의 목소리가 날아왔다.

"누구예요? 누가 왔어요?"

그와 동시에 잠자다 깨어난 아이의 날카로운 울음소리가 가게 뒤쪽에서 날아왔다.

안쪽 문이 열리더니 어린아이를 안은 여자가 천천히 나타났다. 오후의 봄 햇살이 눈부시면 눈부실수록 가게 안쪽의 그늘은 더욱 어둡고 짙어서 아이를 안고 나타난 여자의 얼굴은 자세히 보이지 않았다.

아이는 극성스럽게 어머니의 품을 파고들면서 울었다.

여자는 흰 러닝셔츠를 입고 있었다. 커다란 유방이 셔츠 아래로 그대로 늘어져 흔들렸다. 우는 아이를 달래기 위해서 여자는 셔츠 앞으로 젖가슴을 빼내 아이의 입에 물렸다.

옷차림과 모습에는 남을 의식하는 조심성이 전혀 엿보이지 않았다. 그저 헝클어지고 게으르고 무신경한 모습이었다. 통이 넓은 치마는 가게 뒤쪽 방에서 누워 있다가 황급히 걸치고 일어섰기 때문인지 땅에 질질 끌렸다. 아이를 보듬고 잠이라도 들었다가 막 깨어난 얼굴이었다.

"……뭘 드려요? 뭘 찾으세요?"

"……아, 아닙니다."

현태가 당황해서 말을 받았다.

"우리는 사람을 찾으러 왔는데요."

"사람이요?"

여자가 낯선 사내의 모습을 의식한 듯 러닝셔츠 밖으로 나온 젖가슴을 나머지 한 손으로 가리면서 말을 되받았다. 여자는 아직 어두운 가게 뒤쪽에 서서 현태와 다혜를 동시에 바라보았다.

"어떤 사람인데요? 누구를 찾아오셨는데요?"

"저, 이 집에 세들어 사는 사람인데요, 민우라구 한민우라구요."

순간 여자의 몸이 굳어졌다.

"……민우라면, 우리집인데요. 아."

순간 여자의 입에서 짧은 감탄사가 튀어나왔다. 뭔가 직감적으로 느낀 듯 여자가 빠르게 말을 이었다.

"저어, 손님은 작년에 왔던 그분인가요? 절 모르시겠어요?"

여자가 그제야 햇살이 밝은 가게 앞쪽으로 다가왔다.

"……작년 여름에 오셨을 때 만났던 바로 그 사람이에요. 절 모르시겠어요?"

현태가 여자의 얼굴을 밝은 햇살 속에서 우러러보았다. 여자의 말대로 그제야 작년 여름에 한 번 만난 적이 있는 여자라는 느낌이 들었다.

임신 중이었던 여자. 민우의 아이를 배었던 여자. 그렇다면 저 가슴에 안긴 아이는 민우의 아이란 말인가.

"아, 기억납니다."

현태가 말을 받았다.

"⋯⋯안녕하세요. 오랜만이라 잘 몰라뵀었습니다."

여자는 자신의 무신경한 옷차림에 비로소 정신이 가는 모양이었다. 여자는 황급히 젖에서 아이의 입을 떼어냈다. 그러자 아이는 불에 덴 듯 울기 시작했다.

"이걸 어떻게 하죠? 이렇게 누추한 곳에 갑작스레 오셨으니 어떻게 하죠? 콜라 드실래요? 시원한 콜라가 있는데."

"아, 아닙니다."

"⋯⋯어쨌든 들어오세요. 이 가게는 우리 것이니까요. 며칠 전에 우리가 인수했어요."

여자는 자랑스레 '우리'라는 말에 힘을 주었다.

"작은 구멍가게지만 제법 목이 좋아서 장사는 잘되는 편이에요. 울지 마라, 아가야. 울지 마라."

그치지 않고 계속 울어대는 아이를 달래기 위해서 여자는 말을 하면서도 연방 아이의 엉덩이를 토닥거렸다.

"이 아이가 그 아이예요. 저 누구시더라. 이름을 잊었어요. 명함까지 제게 주셨는데 그만 이름을 잊어버렸어요. 죄송해요."

"⋯⋯현탭니다."

"아, 생각나요. 현태 씨, 작년 여름 이곳에 오셨을 때 전 이 아이를 배 속에서 기르고 있었죠. 작년 가을에 낳았어요. 그리고 작년 겨울에 그이는 다시 우리 곁으로 돌아왔어요. 돌아오면 연락을 해달라던 현태 씨의 말이 생각나지 않은 것은 아니지만 어디로 연락을 해야 할지 방법을 몰라서 약속을 지키지 못했어요.

미, 미안해요."

"……아, 아닙니다."

현태가 당황한 목소리로 말을 받았다.

"……그래서 우리가 이렇게 오지 않았습니까?"

"……누…… 구…… 시죠, 함께 온 분은?"

그제야 여자는 서너 걸음 떨어져서 이쪽을 보고 있는 다혜의 존재를 의식한 모양이었다. 아무래도 성장한 다혜의 옷차림이 무신경하고 게으른 자신의 옷매무새에 비해서 호화스럽게 느껴진 듯했다.

"제 친굽니다."

거침없는 소리로 현태가 대답했다.

"민우의 옛 친구이기도 합니다. 다같이 대학을 함께 다니던 오래된 친구들이죠."

"……안녕하세요?"

밝고 명랑한 목소리로 다혜가 입을 열었다.

"안녕…… 하세요."

엉거주춤한 목소리로 은영이 대답했다.

"……어떻게 하죠. 그이는 지금 여기에 없는데."

"……어디로 갔습니까?"

"저기 개울가에요."

은영은 마치 그곳이 바로 앞인 것처럼 손을 들어 한 곳을 가리켰다.

"여기에서 멉니까?"

현태가 은영이 가리킨 방향을 바라보며 물었다.

"아뇨."

은영이 머리를 흔들었다.

"걸어서 십 분도 걸리지 않아요. 요 길을 따라 쭈욱 내려가면 그대로 벌판이 나타나고 그 숲 사이에 작은 개울이 있어요. 그 개울가에 앉아 있을 거예요. 안내해드려야 할 텐데 어떡하나, 가게가 비어서……."

"아, 아닙니다."

황급히 현태가 말을 막았다.

"우리가 찾아가겠습니다."

"아무것도 대접하지 못하고 어떻게 하지요."

어린아이는 계속 칭얼댔다.

여자는 한 손으로 아기의 엉덩이를 받쳐 안고 쉴 새 없이 몸을 흔들면서 울음을 달랬다. 날카롭던 울음소리는 잦아들었지만 아기는 쉽사리 울음을 멈추지 않았다.

"제가, 한번……."

서너 발짝 물러서 있던 다혜가 앞으로 나섰다. 그녀는 여자 앞으로 두 손을 벌렸다.

"아기를 안아볼 수 있을까요?"

"그, 그러세요."

다혜가 남편의 옛 친구라는 말을 들은 순간부터 조금은 움츠러들고 부끄러워하던 여자는 자신이 안고 있는 아이만큼은 자랑스럽고 떳떳하다는 듯 기쁨에 가득 차서 다혜에게 어린아이를 건네주었다.

다혜는 아이를 안아들었다. 보기보다 무겁고 실한 어린아이였다.

무엇이 못마땅한지 밝은 봄 햇살에 눈을 찡그리고 아이는 계속 울었다. 우느라고 찡그린 얼굴이었지만 그 얼굴 어딘가에 민우의 잔영이 남아 있었다.

다혜는 아기의 몸을 안아들면서 언뜻 생각했다.

민우 씨의 얼굴과 쌍둥이처럼 닮았다.

순간 다혜는 자신이 지금 민우의 어린아이를 안은 것이 아니라 세월을 거슬러올라가 어린 날의 민우를 껴안은 것 같은 느낌을 받았다.

우선 따뜻하다는 느낌이 온몸으로 전해왔다. 따뜻한 털실 뭉치를 품에 보듬은 느낌이었다. 그러나 그것은 살아 있는 털실 뭉치였다.

손을 보아라, 저것이 인간의 손인가. 세어보아라, 다섯 개의 손가락이 조막만 한 손에 제대로 달려 있다. 부서지기 쉬운 유리로 만든 그릇처럼.

"육 개월 지났어요. 잘 우는 아이가 아닌데 오늘따라 웬일로 이리 우는지."

은영이 혼잣말로 아이의 울음소리가 자신의 부끄러움이라도 되는 듯 변명했다.

"이름이 뭐예요?"

다혜는 아기를 추슬러 들면서 물었다.

"……아직 없어요."

은영이 헝클어진 머리칼을 손으로 빗어내리면서 말했다.

"우린 아직 이 아이를 그저 아가라고 불러요……. 민우 씨가 아직 이름을 짓지 못했어요……. 그이는 이 세상에서 가장 좋은 이름을 발견해낼 때까지는 아이에게 이름을 지어주지 못하겠대요. 아직까지 그이는 그런 이름을 찾아내지 못한 모양이에요. 그래서 우리는 아직도 이 아기를 아가라고만 부르고 있어요."

은영의 얼굴에 자랑스런 미소가 떠올랐다.

"아가야 아가야 한번 해보세요. 자기의 이름을 이제 알아듣는 중이라니까 아가야 아가야 하면 어쩌면 울음을 그칠지도 몰라요. 배가 고픈 것이 아니라 잠투정하는 중이니까요. 한번 불러보세요."

다혜는 아이의 얼굴을 내려다보았다.

우는 아기의 얼굴에서 순간 다혜는 일 년 전, 작년 봄 마지막으로 만났을 때 침대 위에 잠들었던 민우의 얼굴을 떠올렸다. 그때도 그런 느낌을 받았다. 피로에 지쳐 잠든 민우의 얼굴이 강보에 둘러싸인 어린아이의 모습과 같다고.

"……아가야 아가야, 울지 마라, 아가야."

다혜는 마치 어린아이에게가 아니라 일 년 전 그날 밤 잠든 민우에게로 돌아가 속삭여 말하듯 아이를 내려다보았다. 다혜는 품에 안은 아이를 가만히 흔들면서 속삭였다.

"아가야, 울지 마라, 아가야."

아이의 눈이 아련히 다혜의 두 눈을 바라보았다. 신통하게도 낯설게 느껴지지 않은 모양이었다. 자지러지던 울음소리가 잦아들었다.

"어어, 울음을 그쳤어요."

은영이 마치 다혜가 신통스런 마술이라도 부린 듯 손뼉을 쳤다.

"······사람을 알아본 모양이지요."

다혜는 아이를 은영에게 건네주었다. 아이의 얼굴에서 떠오른 천진스러운 미소를 본 순간 다혜는 차라리 당황했다.

"······가겠습니다."

한 옆에 서서 팔짱을 끼고 있던 현태가 입을 열었다.

"어떻게 하지요? 아무것도 대접하지 못했는데. 애아빠 만나면 함께 오세요. 식사라도 대접할 테니까요. 꼭이요······."

"안녕히 계세요."

두 사람은 가게를 벗어났다. 마침 짙게 화장을 한 여자 하나가 물건을 사기 위해서 가게로 들어왔으므로 자연 작별의 인사는 생략된 셈이었다.

두 사람은 골목을 벗어나 조금 전 은영이 가리켰던 교외 쪽으로 걸었다.

여자의 말대로 밀집된 거리를 벗어나자 그대로 들판이었다. 먼 산에 진달래꽃이 울긋불긋하고 아지랑이가 피어올랐다. 막힌 데 없는 들판으로 싱그러운 봄바람이 거침없이 불어왔다.

"아기가······."

천천히 현태의 곁을 따라가기만 하던 다혜가 입을 열었다.

"꼭 민우 씨를 닮았어요. 그렇게 생각지 않으세요?"

"……모르겠습니다."

다소 당황한 목소리로 현태가 얼굴을 돌렸다.

"난 아이의 얼굴에서 어른의 모습을 발견해낼 수가 없습니다. 누가 누구를 닮았는지 알 수가 없어요……."

퉁명스럽게 답변하더니 첫말이 다소 마음에 걸렸는지 변명하듯 덧붙였다.

"금방 보신 그 여자가 민우와 함께 사는 여자입니다. 작년에 한 번 만났던 기억이 있습니다."

"저도 그렇게 생각하고 있었어요."

명랑한 목소리로 다혜가 대답했다.

두 사람은 잠시 말을 끊었다. 현태는 다혜의 평온한 표정을 이해할 수 없었다. 그래서 오히려 화가 나는 기분이었다.

"……난 화가 납니다. 저 여자가 민우를 이곳에 묶어둔 셈입니다. 다혜 씨, 민우를 이곳에서 가게 주인으로, 술집 주인으로 묶어두고 있습니다. 마침내 민우의 아이를 낳아 그것을 인질 삼아 민우를 이곳에서 꼼짝도 못 하게 가둬둔 것입니다."

현태가 거리에 구르는 돌멩이를 발로 찼다. 그는 몹시 화가 난 목소리로 말을 이었다.

"난 견딜 수가 없어요, 다혜 씨. 도대체 어떻게 이런 일이 벌어질 수가 있습니까? 민우는 우리 곁에 있어야 합니다. 정상적으로 학교를 다녔으면 민우는 이번에 의과대학을 졸업했을 것입니다. 다혜 씨와 나란히, 그렇게 되었어야 합니다. 그런데 도대체 어떻게 된 거죠? 이 조그만 거리의 가게 주인으로 변해서

207

아이까지 낳고 아무런 희망도 없이 밤에는 술집의 지배인으로, 낮에는 개울가에 나가서 송사리 떼나 쫓으면서…… 난 견딜 수가 없어요. 화가 나서 견딜 수가 없습니다. 다혜 씨, 이 자식을, 이 망할 자식을 내 손으로 끌고 서울로 올라갈 것입니다. 말을 안 들으면 두 손에 고랑을 채워서라도 말입니다."

"……안 돼요."

순간 다혜가 짧게, 그러나 강하게 말을 뱉었다.

"그건 안 돼요. 난 알아요. 난 그 여자의 눈빛을 보았어요. 현태 씨는 남자니까 우리의 눈빛을 잘 모르실 거예요. 난 알아요. 그 여자의 그 눈빛은 몹시 행복한 사람의 눈빛이었어요."

"난 그 여자의 눈빛을 말하는 것이 아닙니다. 하기야……."

현태가 자조적으로 웃었다.

"그 여자야 행복하겠지요. 자신에겐 분에 넘치는 서방님을 얻은 셈이니까……. 난 그 여자를 말하는 것이 아닙니다. 난 민우를 말하는 거예요."

푸른 하늘로 경비행기 한 대가 날아갔다. 구름 사이로 드러난 경비행기의 금속 몸체가 햇살을 받아 반짝거렸다.

이제 거리 양옆엔 전혀 인가가 없었다. 이따금 군용 트럭이 지날 뿐 포장된 거리도 끝나고 자갈들이 유난히 많은 비탈길이 이어졌다. 거리를 따라서 개울물이 흘러내렸다. 간밤에 비라도 내렸는지 개울물이 뱀의 목처럼 불어 있었다. 콸콸콸 수로를 따라 흐르는 도랑물 소리가 들려왔다.

개울물을 따라 나무들이 옹기종기 모여섰다. 한겨울 동안 헐벗고 굶주렸던 개울가의 풀들은 왕성한 생명력으로 뿌리를 내리고 기지개를 켜는 중이었다.

현태는 개울물을 따라 쉴 새 없이 주위를 살펴보면서 걸었다. 이따금 빨래를 하는 여자들이 보였다.

둑을 따라서 임자 없는 염소가 매여 있거나 그늘 아래 소가 잠시 풀을 뜯고 있을 뿐 오후의 개울가는 텅 비어 있었다. 이따금 그늘 아래 매인 소가 허공을 향해 공허하게 울었다.

"어디 있을까요?"

현태가 혼잣말처럼 중얼거렸다.

"무슨 숨바꼭질 하는 것 같은데요."

그때였다. 개울가 풀숲 사이에서 뭔가가 번득였다. 흘러가는 물 위에 부딪치는 봄 햇살의 영롱함이 눈을 찔렀다.

유심히 보니 푸른 나뭇가지 사이로 뭔가 어른거렸다. 한 사람이 나무 그늘 아래 풀섶에 앉아 있었다. 햇살에 번쩍인 건 그 사람이 쓰고 있는 흰 모자였다. 두 사람은 약속이나 한 듯 걸음을 멈추었다. 그리고 개울가로 다가섰다.

흘러가는 개울물에 한 사람이 발을 담그고 앉아 있었다. 바짓단을 무릎까지 걷어올린 채였다.

햇볕에 얼굴을 태우지 않으려고 흰 모자를 눌러 써서 얼굴을 자세히 볼 수는 없었지만 분명 민우였다.

두 사람은 잠시 그를 부를 생각은 하지 못하고 우두커니 그의 모습을 지켜보았다. 그는 물속에 그물을 던져넣었다. 풀섶에 세워둔 양동이에 물속에 그물을 던져 잡아내는 물고기들을 건져

담는 모양이었다. 그러나 그의 모습에는 낚시꾼다운 신중함이
결여되어 있었다.

그는 고기를 잡기보다는 뭔가 한가하고 권태로운 무료함을 달
래기 위해서 허공을 향해 그물을 던지는 것처럼 보일 뿐이었다.

현태가 먼저 개울가로 걸어갔다.

"……이봐."

언덕길을 내려가면서 현태가 소리를 질렀다.

"이봐, 민우. 거기서 뭘 하고 있어?"

사람이 다가오는 인기척을 그제야 느낀 듯 민우는 잠시 굽혔
던 허리를 펴고 다가오는 현태와 아직 개울가 언덕 위에 서 있
는 다혜를 동시에 바라보았다.

그는 마치 나쁜 짓을 하다가 들킨 사람처럼 엉거주춤 흐르는
물속에 서 있었다.

"나야, 민우……."

물가로 다가서서 현태가 소리를 질렀다.

"나를 모르겠나, 이 자식아. 이게 얼마만이야, 일 년이 넘었
어……."

민우의 무릎에서 걷어올렸던 바지가 풀어지며 흘러내렸다.

"여기서 뭘 하고 있는 건가?"

"……고기를 잡고 있어."

뭔가 변명하듯 자신 없는 소리로 민우가 말을 받았다.

"아직 개울물이 찰 텐데 무슨 고기야, 이 작은 개울에서. 나오
게…… 다혜 씨도 같이 왔어."

민우가 돌아서서 물속에서 걸어나왔다.

"언제 왔나?"

"조금 전에. 집에 들렀다 오는 길이네."

그물을 걷던 민우의 손이 주춤했다. 양동이 안에는 작은 민물고기들이 제법 실하게 들어 있었다.

"자네 아내를 만나고 오는 길이네. 자네가 이 개울가에 있다고 가르쳐주더군."

민우는 주머니에서 담배를 꺼내 피워 물었다.

"……아이도 보았네. 아주 튼튼하고 잘생긴 아들이더군."

햇볕을 가리느라고 머리에 쓴 차양 넓은 모자 밑으로 마르고 여윈 민우의 얼굴이 드러났다. 그의 얼굴은 볕에 새까맣게 그을었다.

"……내가 이곳에 있는지 어떻게 알았나?"

민우의 눈빛이 순간 광채를 뿜고 번득였다.

"내가 찾아온 것이 이번이 처음은 아닐세. 내가 벌써 작년 여름에 이곳에 다녀갔다는 말 아무에게서도 전해 듣지 못했나?"

민우는 대답 대신 머리를 흔들었다.

"그럴 리가 없을 텐데. 난 지난여름에 이곳을 찾아와서 자네 이모와 자네 아내까지 만나고 갔지."

"난 몰라."

민우가 낮은 소리로 대답했다.

"……하지만 그것은 상관없는 일이야. 그런데 여긴 왜 왔나? 갑자기 아무런 연락도 없이."

민우가 채근하듯 말을 뱉었다.

"……자네가 보고 싶어서."

냉정한 목소리로 현태가 말을 받았다.

"그뿐 아니라 자넬 여기에서 데리고 가고 싶어서. 말을 안 들으면 강제로 때려서라도 자넬 끌고 우리 곁으로 데리고 가기 위해서 찾아왔네."

"그래서 다혜 씨까지 함께 왔나? 자네 혼자 힘으로 부족할 것 같아서……?"

민우는 고개를 들어 현태를 쏘아보았다. 민우는 그물을 물속에 던지고 담배를 피웠다.

"자네와 말씨름할 시간이 없어. 다혜 씨가 자넬 만나고 싶어 하니까 다혜 씨를 만나보게. 다혜 씬 자넬 기다리고 있네."

"……내가, 내가……."

민우가 떨리는 손으로 모자를 눌러 썼다.

"내가 어떻게 다혜 씨를 만날 수 있겠나?"

"며칠 뒤면 다혜 씬 대학을 졸업하네. 아무런 말로라도 축하해줘. 다혜 씬 자네 때문에……."

현태는 잠시 말을 끊었다. 망설이다가 현태는 결심한 듯이 말을 이었다.

"많이 아팠네. 지금도 마찬가지야. 그녀는 큰 용기를 내서 자넬 만나러 왔네. 그녀에게 축하한다고 말하게. 졸업을 축하한다고."

"난, 난……."

민우가 고개를 떨구고 더듬거렸다.

"난 정말 다혜를 만나고 싶지 않아. 제발 그냥 돌아가게. 내대신 인사를 전해줘. 아아, 모든 것을 잊고 살았어. 현태, 이 자식, 이 멍청한 자식아, 어쩌자구 이런 일을……."

"올라가봐, 가서 만나게. 다혜 씬 자네의 아들 녀석을 직접 안아도 보았어. 다혜 씬 자네의 다정한 옛 친구가 아닌가?"

타는 듯한 오후의 햇살이 개울물 위에서 은박지 구겨지듯 부서졌다. 내리쬐는 햇살이 빠른 물살 위에서 부서져 빛의 파편이 민우의 얼굴 위에서 빛났다. 벌판 위를 달려온 봄바람이 우수수 개울가에 서 있는 나무 잎새들을 일제히 흔들어대었다.

"내가 대신 이곳에서 고기를 잡겠어. 이봐. 자네보다 내가 더많은 고기를 잡을걸."

현태는 바지를 걷어올렸다. 신사복 윗도리를 벗고 넥타이를 풀었다. 양말을 벗고 나서 현태는 물속으로 뛰어들었다.

"와! 차다."

현태는 비명을 질렀다.

"눈이 녹은 물이로군. 정신없이 차디찬 물이야."

민우는 술에 취한 듯 자리에서 일어났다. 옷에 묻은 풀이나 검불도 없는데 민우는 바지를 털었다. 그는 언덕을 천천히 올라갔다. 언덕 위에 다혜가 서 있었다.

"……안녕하세요."

다혜가 먼저 민우에게 밝게 인사말을 건네었다.

"고기는 많이 잡으셨어요?"

민우는 대답 대신 모자를 벗었다. 마치 그녀 앞에서 모자를

쓰고 있는 것은 예의에 벗어난 것처럼. 모자를 벗자 새카맣게
탄, 여윈 민우의 얼굴이 고스란히 드러났다.

"……오랜만이에요."

민우가 낮은 소리로 말을 꺼냈다. 다혜는 대답 대신 민우의
얼굴을 보았다.

민우가 다혜의 시선을 피했으므로 두 사람의 시선은 서로 부
딪치지 않았다. 민우의 얼굴을 본 순간 다혜의 가슴은 사랑하는
사람을 마침내 보았다는 기쁨과, 아아, 이제는 건너지 못하는,
건널 수 없는, 인간의 힘으로는 도저히 움직일 수 없고 선택할
수 없는 가혹한 강이 두 사람 사이에 가로막혀 흐르고 있음을
동시에 느꼈다.

민우의 얼굴은 달라져 있었다. 아름답던 얼굴은 볕에 그을려
거칠었고, 맑던 눈동자도 이제 흐렸다. 당당하던 태도와 고귀하
고 순결하던 그의 영혼은 삶에 지쳐 때가 묻어 있었다. 다혜는
민우의 얼굴을 보았으나, 민우는 다혜의 얼굴을 보지 못했다.
다혜의 얼굴이 스스로 빛을 내는 발광체인 듯이. 눈부신 모습을
보면 눈이 멀어 피하려는 듯이.

"앉으세요."

민우가 앉기에 편한 돌을 들어 나무 그늘에 내려놓으면서 말
했다. 다혜가 그 돌 위에 앉았다.

"……며칠 뒤면 졸업을 하신다구요? 정말 축하해요."

더듬거리면서 민우가 마치 공식적인 예를 표하듯 말을 이었다.

"이제 학교 생활은 전혀 기억나지 않으세요?"

다혜가 민우를 보았다. 민우는 자신의 말이 쓸데없는 옛 기억을 되살렸다는 낭패한 표정으로 말을 받았다.

"간혹 생각나긴 하지만 다 잊었습니다."

"……조금만 더 노력하면, 조금만 더 공부하면 학업을 마칠 수 있었을 텐데. 의사가 될 수 있었을 텐데. 현태 씨가 얼마만큼 민우 씨를 찾으러다녔는지 아세요?"

"……다 지난 일입니다. 이제 소용없는 일입니다."

먼 들판을 기차가 가로질렀다. 레일 위를 굴러가는 기차의 바퀴 소리가 역마(驛馬)의 울음소리처럼 들려왔다.

"고통스런 기억은 다 잊기로 했습니다. 또 다 잊혀지기도 했구요."

나는 기억하고 있는데, 세월이 갈수록, 시간이 흐를수록 더욱 더 생각나고 가슴의 상처는 아물기는커녕 아직도 나를 고통스럽게 만드는데, 다혜는 민우를 쳐다보았다. 민우는 무심코 풀을 움켜쥐어 뜯어내리고 있었다. 이 사람의 말이 진실일까. 잊을 수 있었을까. 그의 말대로 모든 것을 다 잊었을까.

"요즈음엔 콜라 한 병 값, 사탕 한 봉지 값을 외고 있지요. 난 물건의 값을 외는 데 아주 무딘 머리를 갖고 있거든요. 어떤 때는 350원짜리 캔콜라를 400원 받기도 합니다. 500원짜리 담배를 400원에 팔기도 하지요. 어떤 때는 비싸게 팔고 어떤 때는 싸게 파니까 제법 수지의 균형은 맞는 셈이지요. 집사람이 그래서 내가 물건을 파는 것을 좋아하지 않습니다."

자조적인 목소리로 민우가 말을 이어내려갔다. 그의 얼굴에 미소가 떠올랐다.

"올봄부터 이 개울가에서 벌을 치려고 하지요. 이 근처에는 꽃이 많으니까요. 조금 있으면 이 근처에 각종 꽃들이 다투어 필 겁니다. 그땐 꿀을 먹으러 오세요. 하지만 난 결국 집사람에게 이런 말을 들을 거예요. 당신은 제발 아무것도 하지 말고 아이만 보고 계세요."

"아이가⋯⋯."

다혜가 민우의 말을 잘랐다.

"⋯⋯아이가 영락없이 민우 씨를 닮았어요. 민우 씨의 아이를 보는 기분이 아니라 세월을 거슬러올라가 어린 날의 민우 씨를 보는 기분이었어요."

묵묵히 민우는 담배를 피워 물었다. 개울에 그물을 던져서 물고기를 잡던 현태가 마치 큰 고기라도 낚은 듯 물장구를 치면서 홀로 큰 소리를 냈다. 그의 그런 태도는 자신이 고기 잡는 데 열중해 있으니 이곳에 신경쓰지 말고 하고 싶은 이야기는 모두 하라고 무언의 강요를 하는 것처럼 보였다.

"⋯⋯언제였던가요? 그때도 봄이었던가요? 문과대학 앞에서 민우 씨가 자전거를 타고 가다가 저를 쓰러뜨렸지요. 그게 벌써 이 년 전인가요⋯⋯."

"햇수로는 이 년 전이지요."

다정한 목소리로 민우가 대답했다.

"까마득히 오래전의 일이지요. 그런데 이제 다혜 씨는 학교를 졸업하고 나는, 나는⋯⋯."

민우는 벗었던 모자를 다시 눌러 썼다.

"나는 이곳에 있구요. 세월은 나만 홀로 내버려두고 쏜 화살처럼 흘러간 셈이로군요."

"……행복하세요?"

"행복하지요."

민우는 웃으면서 말을 받았다.

포장 안 된 도로 위로 군용 트럭이 떼를 지어 지나갔다. 대낮인데도 트럭들은 일제히 헤드라이트를 밝히고 있었다. 먼지가 피어올랐다. 트럭에 탄 군인들이 다혜와 민우를 보자 휘파람을 휘익 불었다.

두 사람은 말을 끊고 묵묵히 앉아 있었다. 현태는 어린아이처럼 물장구를 치면서 개울에서 고기를 잡았다.

"일어나요, 다혜 씨."

침묵을 지키던 민우가 몸을 일으켰다.

"함께 집으로 가요. 제가 잡은 물고기로 매운탕을 끓여드릴게요. 점심때가 지났는데 배고프시죠?"

"……아, 아니에요."

다혜도 몸을 일으켰다. 두 사람이 일어서자 물속에 들어가 있던 현태가 고개를 돌려 소리를 질렀다.

"고기가 꽤 많아. 물도 맑고 많이 잡히는데……."

"그만 가지."

개울가로 내려가면서 민우가 말했다.

"한 끼는 충분히 먹을 만큼 잡았으니."

"이것으로 뭘 만들 텐가?"

무릎까지 걷어올렸던 바지를 내리고, 현태는 젖은 발에다 양
말을 신었다.

"매운탕을 만들 텐가? 수제비 뜯어넣구 호박 넣어 끓이면 별
밀 텐데."

현태는 넥타이를 죄어매고 벗어두었던 윗옷을 다시 입었다.
민우는 맨발에 흰 고무신을 신고 있었다.

그 흰 고무신이 다혜의 마음을 아프게 했다. 왜 흰 고무신을
신고 있을까. 흰 고무신을 신는 사람이 요즘 어디 있다고. 왠지
흰 고무신이 걷는 데 헐렁하게 커 보였다.

바지의 길이는 짧아서 껑충하게 흰 발목이 고스란히 드러나
보였다. 큰 고무신에 짧은 바지 길이가 희극배우의 의상처럼 보
였다.

바지의 통은 지나치게 넓었고, 허리띠 대신 긴 헝겊 같은 것
으로 바지를 죄어매고 있었다. 그의 모습이 왠지 옷 사이로 차
가운 바람이 무시로 드나들 것처럼 허전하고 춥게 느껴졌다.

"가지."

그물을 안고 양동이를 챙겨들고 민우가 말했다.

"가서 함께 식사를 하세."

"하나는 이리 줘."

현태가 양동이를 빼앗으려고 손을 내밀었다.

"두 개는 무거울 텐데."

"괜찮아."

민우는 머리를 흔들었다.

"무겁지 않네. 잘못 들었다가는 신사복이 더러워져. 내가 들겠네."

민우는 혼잣말하듯 중얼거렸다.

"네가 신사복을 입은 모습을 처음 보는군. 넥타이를 매고 머리까지 단정히 깎아 빗은 모습은 처음 보네. 내가 아는 네 모습은 언제나 염색한 작업복에 장발이었는데……."

"……어울리나?"

"새신랑 같아. 아주 잘 어울리는군. A회사 다닌댔지."

세 사람은 천천히 둑 위로 올라섰다.

"A회사라면 좋은 회사지. 월급도 많이 받겠군. 보너스도 많이 받고."

기동훈련이라도 하는지 헤드라이트를 켜고 떼지어 오랫동안 꼬리를 잇던 트럭의 행렬이 끊어졌다. 비포장도로는 다시 먼지가 가라앉고 한적한 교외의 풍경으로 바뀌었다.

"……남의 얘기하듯 말하지 말게."

현태가 다그치듯 말을 꺼냈다.

"농담 아니야, 민우. 우린 자넬 데리고 가려고 왔네."

"……날 말인가?"

민우가 한 손에는 어망을, 한 손에는 양동이를 들고 천천히 걸으면서 흘긋 현태를 보았다.

"……도대체 어디로?"

"물론 서울이지."

"……서울."

민우가 빠르게 말을 받았다.

"날 왜 그곳으로 데리고 가려 하는데?"

"넌 고기를 잡으려고 이 세상에 태어나지 않았어, 이 자식아."

현태가 거리에 구르는 돌멩이를 구두로 찼다.

"이곳에서 고기나 낚고 콜라나 팔기 위해서 이 세상에 태어나지 않았어. 넌 우리와 돌아가야 한다. 이번이 마지막 기회다. 다시 넌 학생이 돼야 해. 날 믿어다오. 내 말을 믿어다오. 넌 이런 모습이 어울리지 않아."

담담한 목소리로 민우가 말을 받았다.

"……난 행복해. 난 이곳 생활이 즐거워."

"개똥 같은 소리 하지 마. 그런 식으로 내 말을 피하지 마."

현태가 발을 멈추었다.

"말을 안 들으면 널 강제로 끌고 갈 거야. 두 손을 묶어서라도 널 데리고 갈 테다."

"왜 날 데리고 가려고 하지, 현태? 내가 그렇게 비참해 보이나? 내 모습이 영혼 없는 허수아비처럼 보여?"

"내 눈에 넌 살아 있는 사람처럼 보이지 않아. 넌 죽어 있어. 뿐만 아니라 난 널 데리고 가야 할 의무가 있어. 난 네게 정신적인 빚이 있다. 한날한시도 그것을 잊어버린 적이 없다, 민우. 넌 내가 돈이 없어 등록금을 내지 못했을 때 내 대신 등록금을 내주었어. 자그마치 네 학기나. 그뿐 아니야, 민우. 넌 수시로 내게 용돈을 주었다. 하숙집으로 찾아와 내 대신 하숙비를 치러준 적이 한두 번이 아니었어. 난 네가 아니었더라면 학교를 마칠 수가 없었을 거야. 내가 학교를 무사히 마치고 오늘날의 직장인으로 자리잡을 수 있었던 것은 오직 네 힘과 네 도움 덕분이었어. 난 그것을 잊어본 적이 없었다. 난 이제 그 빚을 갚으려 한다. 갚지 않으면 난 견딜 수 없을 거야."

"그래서 내게 뭣을 갚으려는데?"

민우가 빙그레 웃었다.

"내게 돈을 갚을 셈인가? 자네는 이미 부자가 됐으니 빚진 돈을 다 갚을 셈인가?"

민우는 흐르는 땀을 손등으로 닦아내렸다.

"나보고 학생이 되란 말인가, 그래서 의사가 되란 말인가?"

민우가 다시 걸음을 멈추고 현태를 보았다. 그의 얼굴에는 미소가 피어올랐다.

"……이미 늦었네, 현태. 내겐 다 지나간 꿈 같은 과거의 일이야."

"그럼 언제까지 이곳에 있을 텐가. 이 거리에서 아기를 낳고, 또 낳고, 연중행사처럼 아기를 낳으면서. 네 눈을 봐, 민우. 네 눈은 대낮부터 술에 절어 있어. 날 속이려 하지 마. 이것이 네가 말하는 행복인가? 가게 뒷방에서 낮부터 소주를 마시면서 화투 패나 맞춰보는 것이……."

순간 민우가 걸음을 멈추었다. 얼굴이 창백하게 질려 있었다.

"……함부로 얘기하지 마."

낮은 소리로 민우가 말을 뱉었다.

"돌아가, 현태. 다혜 씨와 돌아가. 그리고 다신 날 찾아오지 마."

"애초부터 네 집으로 함께 걸어가 밥을 얻어먹고 싶은 생각은 추호도 없었어. 난 양키놈의 똥구멍을 핥아서 번 돈으로 밥을 먹을 만큼 비위가 좋지 않으니까."

"현태 씨."

잠자코 따라서 오기만 할 뿐 묵묵히 두 사람의 격한 언쟁을 듣고 있던 다혜가 비로소 입을 열었다.

"아닙니다. 할 말은 해야 합니다, 다혜 씨. 애초부터 난 저 친구의 집에 가서 밥을 얻어먹고 싶은 생각은 없었으니까 할 말은 해야 합니다. 저 친구도 들을 말은 들어야 합니다. 저 자식 비뚤어져 있어요."

"현태 씨를……."

다혜가 타는 시선으로 민우를 보았다. 민우의 얼굴이 순간 갈등으로 푸들푸들 떨었다.

"……미워하지 마세요. 현태 씨는 민우 씨를 사랑하고 있어요."

"저 자식은 미쳤어요. 사람이 아닙니다."

다혜가 돌아서서 현태를 보았다. 자제하고 있었지만 다혜의 두 눈에 촉촉이 물기가 젖어들었다.

"……그를 괴롭히지 마세요."

다혜가 현태의 손을 잡았다.

"그를 내버려둬요. 민우 씨는 제게 말했어요. 행복하다고 말했어요, 이 생활이. 난 봤어요. 난 행복한 아이의 미소를 봤어요.

사랑받는 여자의 얼굴도 보았구요. 돌아가요, 현태 씨. 민우 씨를 내버려둬요."

"가세요……."

민우가 낮은 소리로 말을 뱉었다.

"다혜 씨, 여기서 떠나세요."

"……네가 말하지 않아도 우린 떠난다, 민우."

흥분이 가라앉은 모습으로 현태가 차분하게 말을 받았다.

"부탁이다, 민우. 침착하게 오랜 시간을 두고 생각해라, 민우. 지금이라도 늦지 않아. 넌 할 수 있어. 난 지금도 소중히 생각하고 있다. 난 너와 같이 아름답고 고결한 얼굴을 가진 사람을 만난 적도 본 적도 없었다. 피리 부는 소년, 기억나니? 난 언제나 널 피리 부는 소년이라고 부르지 않았냐. 지금도 난 네 모습에서 피리 부는 소년의 모습을 상상해낼 수 있다, 민우."

멀리 기지촌으로 들어가는 진입로와 게딱지처럼 다닥다닥 붙은 거리의 모습이 먼발치로 보였다. 오후의 뙤약볕이 지붕 위에서 반짝반짝 빛나고 있었다.

"기억나니, 피리 부는 소년? 언젠가 하숙집에 와서 니가 노래를 부른 적이 있었다. 피리 부는 소년. 성문 앞 샘물 곁엔 아직도 보리수가 서 있다. 네가 새겨놓았던 희망의 말은 아직도 그 나뭇가지에 새겨져 있다. 함께 가서 그 그늘 아래 누워 단꿈을 꾸자, 민우. 피리 부는 소년. 내가 부족하면 다혜 씨가 도와줄 거야. 할 수 있다. 피리 부는 소년. 넌 해낼 수 있어."

민우는 우두커니 서서 땅을 내려다보았다. 그는 벌을 서는 아이처럼 보였다. 그는 오랜 침묵 끝에 고개를 들었다. 그의 눈은 붉게 충혈되어 있었다.

"이제 그만, 그런 얘기는 그만두지."

그의 얼굴은 고통으로 일그러졌다. 그는 감당할 수 없는 무거운 짐을 진 사람처럼 보였다.

"자, 우리 여기서 헤어지세. 아, 마침 저기 빈 택시가 오는군."

민우가 손을 들었다. 멀리서 손님을 찾기 위해서 기웃거리던 택시가 마침 손님을 발견해서 기쁘다는 듯 쏜살같이 달려왔다. 택시는 세 사람 곁에 와서 섰다.

"제발 깊이 생각해보게. 시간을 두고 생각해보게."

현태가 급히 말을 뱉었다.

"나를 찾아오는 것은 어렵지 않을 테지? 언제나 회사에 있으니까."

불러놓고도 탈 생각을 하지 않는 손님들을 향해 운전사가 짜증스럽게 클랙슨을 눌러서 채근을 했다. 현태가 택시의 문을 열었다.

"타세요, 다혜 씨."

다혜는 언뜻 민우를 바라보았다. 민우의 두 눈이 다혜의 눈과 마주쳤다.

"……안녕히 계세요."

"……안녕히 가세요."

담담한 목소리로 민우가 말을 받았다. 두 사람이 올라타자 차는 신경질적으로 앞으로 달려나갔다. 두 사람은 고개를 돌려 차창 너머로 먼지 속에 서 있는 민우를 쳐다보았다.

민우는 우두커니 사라져가는 두 사람을 지켜보고 서 있었다. 머리에 쓴 모자의 흰 차양이 햇볕에 유난히 반짝거렸다.

천천히 그의 모습은 멀어져가고 차가 급커브를 틀어 거리로 진입해 들어가자 그의 모습은 완전히 보이지 않았다.

"……어디로 가죠?"

내처 달리던 택시 운전사가 깜박 잊었다는 듯 큰 소리로 물었다.

"시외버스 정류장으로 갑시다."

짜증스럽고 불쾌한 목소리로 현태가 말을 받았다. 그는 아직도 응어리진 감정의 찌꺼기들을 깨끗하게 해소하지 못한 듯 불만스러운 표정이었다.

민우와의 말다툼, 아직 시원하게 해결을 보지 못한 갈등보다도 민우의 모습 하나하나가 그를 괴롭히는 모양이었다.

"……녀석은 변했어요."

현태가 침묵을 지키다가 견딜 수 없다는 듯 불쑥 말을 뱉었다. 흥분하기 쉬운 다혈질의 현태로서는 흥분을 자제하는 기색이 역력했다.

"그 녀석은 자신을 일부러 학대하고 있어요. 형편없는 녀석으로 변해버렸어요, 아아."

현태가 길게 탄식을 했다.

"이럴 줄 알았더라면 찾아오지 않는 건데. 다혜 씨가 아니었더라면 난 그 녀석을 흠씬 두들겨 팼을 거예요. 그렇게 했더라면 차라리 마음이라도 시원했을 텐데."

현태가 거친 호흡으로 다혜를 바라보았다.

"……할 말이 참 많았는데요."

다혜가 미소를 띠면서 현태를 보았다.

"민우 씨를 만나러 간다고 생각하니까 할 말이 참 많이도 떠올랐는데. 그런데……."

다혜는 고개를 돌려 차창 밖을 보았다.

"그런데 막상 만나고 보니까 할 말이 모두 잊혀졌어요. 그래서 정작 하고픈 말, 묻고픈 말들은 모두 잊었어요. 지금 생각하면 그저 형식적인 인사말만 나눈 기분이에요."

현태는 묵묵히 담배를 피워 물었다.

"참 바보 같은 짓을 했어요. 어린아이가 있다는 말을 듣고도 급히 오느라고 아무것도 선물을 사오지 못했어요. 아아, 참 바보같이……."

─이 여자는 왜 이런 말만 하고 있을까. 나는 화가 나서 견딜 수가 없는데.

현태는 팔짱을 끼면서 아무래도 가라앉지 않는 울분을 토해내듯 길게 숨을 내쉬었다.

민우는 한 손에 그물을, 한 손에 고기들이 든 양동이를 들고 가게 안으로 들어섰다. 밖에는 한낮의 눈부신 태양빛이 의기양양하게 빛났지만 가게 안은 어두워 눈앞이 캄캄했다.

열린 방문 쪽에서 크게 틀어놓은 라디오의 음악 소리가 귀청이 울릴 정도로 들려왔다. 음악을 크게 듣는 것은 은영의 버릇이었다.

가게 안에 사람이 없었다. 그 대신 가게 뒷문은 활짝 열려 있었고 그 뒷문 밖에서 부지런히 움직이는 은영의 모습이 보였다.

민우는 양동이를 들고 가게 뒷문으로 해서 마당으로 들어섰다. 은영이 어린아이를 업고 부지런히 움직이고 있었다. 어린아이는 잠든 채였다.

"오셨어요."

은영은 장독대에서 김치를 퍼서 대접에 담다 말고 민우를 보았다.

"……가게를 비워두면 어떻게 해?"

"여기서도 잘 보이는데요 뭘. 누가 훔쳐가기라도 할까요. 음악을 그래서 일부러 크게 틀어놨는데, 안에 누가 있는 것처럼. 고기는 많이 잡으셨어요?"

"그럭저럭."

민우는 양동이를 내려놓았다.

"손님들은 만나셨어요?"

"만났어."

"그런데 어디 가셨어요?"

김치를 도마 위에 올려놓고 칼로 썰다 말고 깜박 그것이 이상하다는 듯이 은영이 민우를 쳐다보았다.

"갔어."

민우는 짧게 대답했다.

"……가다니요? 벌써요?"

"물이나 퍼요. 얼굴을 씻어야겠어."

은영은 화제를 바꾸는 민우의 표정에서 무언가 심상치 않은 낌새를 눈치챘다. 은영은 잠자코 펌프질을 했다. 찬물이 와르르 쏟아졌다.

"……난 함께 오실 줄 알았는데……."

조심스럽게 은영이 말을 꺼냈다.

"……더운물 드릴까요, 물이 아주 찬데……."

"괜찮아."

찬물에 벅벅 얼굴을 씻어내리면서 민우가 말했다.

"난 함께 오실 줄 알고 밥을 짓고 있었는데……."

은영은 빨랫줄에 걸린 마른 수건을 들고서 벅벅 소리가 나도 록 얼굴을 씻는 민우를 내려다보았다.

"왜 함께 오시지 그랬어요?"

"……시간이 없대. 몹시 바쁘대. 그래서 갔어. 당신에게 인사 를 하고 가겠다는 것을 내가 그냥 보냈어. 마침 빈 택시가 와서 말이야."

손과 얼굴을 씻고 민우는 허리를 폈다. 은영이 내주는 수건을 받아 민우는 얼굴에 묻은 물기를 닦았다. 민우는 가만히 은영의 등에서 잠든 어린아이의 얼굴을 바라보았다.

"……잠이 들었어."

"잠들었어요. 요즈음에 어찌나 보채는지요. 젖을 실컷 먹구 배가 부른데두 잠을 잘 때면 으레 칭얼대고 잠투정을 해요."

"크느라고 그렇겠지."

대수롭지 않게 민우가 말을 받았다.

"오늘 왔던 친구가 작년 여름에도 날 찾아 여기에 왔었다던데? 와서 당신을 만났다던데."

"……그분이 그랬어요?"

"그렇게 말하더군. 작년에 와서 이모와 당신을 만나고 갔다고."

"……그랬지요."

"그런데 왜 내게 그런 말을 하지 않았어?"

머리에 묻은 물기를 닦아내면서 민우가 물었다.

"……하고 싶지 않았어요. 당신을 우리 곁에서 빼앗아갈 것 같아서요. 여보, 난 지금도 마찬가지예요. 난 지금도 무서워요. 그 사람들에게 당신이 있는 개울가를 가르쳐주고 난 뒤 얼마나 후회했는지 아세요? 밥을 지으면서도 가슴이 뛰고 눈앞이 캄캄했어요. 그 사람들이 당신을 내 곁에서 빼앗아가는 것이 아닌가 그것이 무서워서요."

은영이 빠르게 말을 뱉었다.

"왜 왔대요? 그 사람들이 당신을 만나서 무슨 애기를 하던가요?"

민우는 물끄러미 은영을 보았다. 그의 표정이 굳어 있었다.

"……아무런 말도 하지 않았어."

"……당신을 데리고 가려고 하던가요?"

"아니."

민우는 머리를 흔들었다.

"그 여자는 누구예요? 난 알아요. 들은 적이 있어요. 그 언젠가 당신이 내게 말했어요. 사랑하는 사람이 있다고 내게 말했지요. 그땐 내가 애원했어요. 난 당신 곁에 언제까지나 머물 생각은 없다. 당신이 사랑하는 사람의 곁으로 돌아가려 한다면 그 돌아갈 때까지만 당신 곁에 머물겠다구요. 그 여자가 당신이 말하던 그 사람이죠? 다혜라는? 당신은 잠꼬대까지 했어요."

민우는 물끄러미 은영을 보았다.

"내 말이 맞죠? 그 여자가 바로 당신이 사랑하던 그 여자죠?"

민우는 손을 들어 은영의 등에 업힌 아이의 손을 가만히 쥐었다.

"……대답해보세요. 그 사람이 다혜 씨죠? 내 생각은 틀림없어요. 여자들에겐 점쟁이 같은 감이 있으니까요."

"……아니야."

민우가 머리를 흔들면서 대답했다.

"그 사람이 아니야. 그 사람은 내 옛날 친구였을 뿐이야. 오랜 친구였을 뿐이야."

"……정말이에요?"

은영이 바짝 얼굴을 들고 민우를 쳐다보았다. 그녀의 얼굴에 기쁨과 환희의 표정이 반짝 솟아올랐다.

"정말이구말구. 나 배고파. 점심을 굶었더니 배가 고파."

"잠깐만 기다리세요. 잠깐이면 돼요. 그동안 아가 좀 안아주실래요?"

"그, 그러지."

"……가게 좀 봐주세요. 모르는 물건값 있으면 절 부르시구요. 그냥 마음에 내키는 대로 물건값을 받지는 마시구요."

"……알겠어."

민우는 은영의 등에서 어린아이를 떼어 안아들었다. 민우는 아이를 안고 가게 뒷문을 통해 가게로 들어섰다.

요람차에 아이를 눕혀놓고 민우는 물끄러미 햇살이 가득한 거리를 내다보았다. 뜻 모를 눈물 같은 것이 촉촉이 물기가 되어 눈으로 스며들었다. 민우는 손등으로 소리가 나도록 눈을 비볐다.

민우는 가게 뒷방 구석에서 마시던 위스키 병이 굴러다니는 것을 보았다. 민우는 그 병을 들어 마개를 따고 병째로 독한 술을 벌컥벌컥 들이켰다. 빈속에 마신 술이 한꺼번에 날카로운 바늘침이 되어 민우의 몸 안을 뛰놀며 이곳저곳을 쑤시고 찔러대었다.

민우는 거푸거푸 술을 들이켰다. 마치 빠른 시간 내에 의식을 마비시킬 필요가 있는 수술대 위의 환자처럼.

"아저씨, 이거 주세요."

가게 안에 누군가 들어와 있었다. 꼬마아이였다.

"그게 뭐냐?"

민우는 몽롱한 시선으로 꼬마를 쳐다보았다.

"과자요. 얼마죠?"

꼬마아이가 가게 좌판에서 고른 포장된 과자봉지를 보고 값을 생각해내느라고 머리를 모았다. 그러나 물건값이 떠오르지 않았다.

"……모르겠다."

민우는 웃으면서 말했다.

─먹고 싶으면 그냥 가져가렴.

"꽃 사세요, 꽃을 사세요."

아낙네들이 손에 가득 꽃을 들고 지나는 사람을 유혹했다.

"꽃 사세요. 아저씨, 드릴게요."

현태는 물끄러미 꽃을 내려다보았다. 어제까지만 해도 따뜻하던 봄 날씨더니 오늘따라 매서운 봄 추위가 기승을 떨쳤다. 이상하게도 졸업식날이면 날씨가 돌변해서 춥곤 했는데 오늘도 예외는 아니었다.

졸업식은 노천강당에서 벌어지고 있었다.

노천강당으로 가는 길은 사람들로 가득했다. 한꺼번에 수천여 명의 졸업생들이 쏟아져나갈 판이니 그들을 축하해주러 온 사람은 1만여 명도 넘을 판이었다.

가을학기에 졸업을 한 현태는 걱정부터 앞섰다. 공연히 찾아온 것이 아닐까. 찾아와도 혹 다혜를 만나지 못하고 헛걸음으로 돌아가게 되는 건 아닐까.

그러나…….

현태는 노천강당으로 올라가면서 생각했다.

설혹 헛걸음을 하게 되더라도 나는 다혜의 졸업식을 축하해주러 참석해야만 한다. 나는 나 혼자만의 자격으로 오는 것이 아니라 민우를 대신해서 축하해주어야 할 의무를 갖고 있다.

현태는 노천강당의 스탠드로 올라섰다. 이미 스탠드는 축하객들로 발 디딜 틈도 없이 가득 차 있었다. 간신히 끼어들어 연단을 보니 검은 가운을 입은 학생들이 단과대학별로 열을 지어 앉아 있었다.

바람이 불고 날씨는 쌀쌀했지만 햇볕은 화창했기 때문에 열을 지어 앉은 졸업생들의 검은 가운과 검은 사각모에 유난히 흰 와이셔츠의 대비가 한눈에 들어왔다.

문과대학의 졸업생석이 맨 앞이라는 것은 알았지만 자리가 워낙 멀고 똑같은 검은 가운을 입었으므로 사람들을 구별해내는 것은 불가능했다.

마침 졸업식은 끝날 무렵이어서 내빈 축사가 진행되고 있었다.

며칠 전 다혜와 둘이서 민우를 만나고 돌아온 뒤로 현태는 항상 마음이 조마조마했다. 다혜는 용케도 민우 앞에서는 감정을 자제하고 있었지만 그와 헤어져 돌아오는 차 속에서부터 그녀의 얼굴은 몹시 창백해졌고 충격으로 마음이 흔들리는 모습이 역력했다. 이러다가 쓰러지는 것이 아닐까. 현태는 그것이 무서웠다. 이러다가 길거리에서 쓰러지는 것은 아닐까.

지난 며칠간 용케도 견뎌온 충격이, 슬픔이, 민우와의 만남으로 더 이상 버티지 못하고 터져버리는 것이 아닐까. 현태는 그것이 불안하고 조마조마했다.

그러나 그날 밤 헤어질 때까지 다혜는 조금도 속마음을 내색하지 않았다.

두 사람은 함께 서울로 돌아와 함께 식사를 했으며, 현태가 다혜를 집까지 바래다주었는데, 헤어질 무렵 다혜가 둘이서 술을 한잔 마시자고 먼저 제안했다.

두 사람은 지난번 만났던 지하의 카페에서 술을 마셨다. 술을 못 마시는 다혜가 맥주를 한 컵이나 비웠다.

밤이 깊어 헤어질 무렵 다혜가 말했다.

"이젠 다시 그를 만나려 하지 마세요, 현태 씨. 찾아가지도 말고, 연락하지도 마세요. 그는 편안한 잠을 자고 있으니까요. 찾아가 그의 잠을 깨우지 마세요."

다혜와 헤어져 하숙집으로 오는 동안 현태는 줄곧 마음의 갈등으로 흔들렸다.

눈으로 본 초췌한 민우의 모습보다도, 형편없이 변해버린 민우의 모습과 엄청난 변화를 보인 그의 생활, 그의 아내와 어린 아들의 모습, 대낮에 하릴없이 권태를 메우기 위해서 그물로 고기를 잡던 그의 허망한 모습, 대낮인데도 그의 몸에서 풍기던 술 냄새, 어린아이에게 젖을 물리던 여자의 방심한 모습, 그러한 민우의 생활보다도 오히려 다혜에 대한 연민의 마음으로 현태는 견딜 수 없는 비애를 느꼈다.

그는 다혜가 불쌍해서 견딜 수가 없었다.

다혜의 입장에서 본다면 이것은 얼마나 참혹한 일인가, 현태는 잘 알고 있었다. 다혜가 얼마나 깊이 민우를 사랑하는가.

그 사랑하는 마음은 어떻게 되었는가. 무참하게 찢기고 말았다.

다혜는 자신이 그토록 사랑하던 사람을 만났으며, 그리고 그의 아내와 아기까지 보았다. 아니, 본 것만이 아니라 어린아이를 직접 품에 안아보았다. 이 우스꽝스런 장면은 환상이 아니다. 엄연한 현실인 것이다.

이제 어떻게 될 것인가. 민우는 떠났다.

그에겐 그나마 위로해줄 여자와 고독을 달래줄 어린아이가 있다. 다혜만이 홀로 남았다. 그녀에겐 위로해줄 사람도 없고 고통을 함께할 말벗도 없다.

현태는 피우던 담배를 껐다. 졸업식이 끝났는지 사람들이 웅성거리면서 스탠드에서 일어섰다. 스탠드 하단에 열을 지어 앉았던 졸업생들도 뿔뿔이 흩어졌다. 꽃을 든 학부형들과 축하해주기 위해서 선물을 들고 온 하객들이 앞을 다투어 졸업생 쪽으로 몰려들었다.

현태는 빠르게 사람들을 뚫고 아직 흩어지지 못한 졸업생들 좌석으로 달려갔다.

문과대학이라는 푯말이 붙은 좌석까지 달려가 현태가 학사모를 쓴 여학생에게 물어보았다.

"……불문과 좌석은 어딥니까?"

"바로 여긴데요."

"그럼 다혜 씨는 어디 있습니까?"

"다혜요? 다혜 오늘 참석지 못했는데요. 우리도 줄곧 찾아보았는데요, 참석하지 않은 모양이에요. 어디 몹시 아픈 모양이지요."

더 이상 그 여학생을 붙들고 물어볼 수가 없었다. 그 여학생의 가족으로 보이는 한 떼의 사람들이 몰려들었기 때문이었다.

현태는 두꺼운 둔기로 머리를 한 대 얻어맞은 느낌이 들었다.

다혜는 졸업식에 참석지 못했다. 그렇다면 분명하다. 그녀는 몹시 아픈 것임에 틀림이 없다. 웬만큼 아프면 일생에 한 번 있는 경사스런 졸업식에 무리를 해서라도 참석할 것이다.

더구나 이 졸업식은 다혜에겐 특별한 의미가 있다. 몸이 약해서 고등학교 시절에 일 년, 대학 시절에 일 년, 도합 이 년을 남보다 늦게 졸업을 하는 다혜로서는 대학 졸업은 꿈만 같은 기쁨일 것이다. 그 졸업식에 참석지 못했다는 것은 보통일이 아니다.

현태는 천천히 노천강당을 내려왔다.

여기저기서 검은 학사가운을 입은 졸업생들을 중심으로 가족들이 모여서 사진을 찍고 있었다. 어제까지만 해도 학생이었던 젊은이들은 이제 한 사람의 독립된 성인으로서 사회로 첫발을 디디게 된 것이다.

졸업생들은 얼굴에 자랑스런 미소를 띠었고 가족들은 그들의 아들을, 딸을, 동생을, 형을, 누이를 대견스럽게 바라보면서 박수를 치고 떠들며 웃었다.

그러나 그 축제의 기쁨 속에 다혜의 모습은 보이지 않았다.

누구보다 졸업을 기뻐해야 할 다혜는 평생에 한 번 있는 졸업식에조차 참석지 못한 것이다.

난 안다.

교정을 따라 걸어내려오면서 현태는 생각했다.

그녀가 왜 졸업식에조차 참석지 못할 정도로 몸이 아픈가를.

현태는 불가사의한 인생의 운명을 묵묵히 생각했다.

그는 다혜와 민우의 사랑을 줄곧 옆에서 지켜본 유일한 증인이었다. 그들이 처음으로 만나 사랑에 빠졌던 이 년 전의 봄날을 현태는 똑똑히 기억했다.

그들이 서로를 얼마만큼 간절히 소망하고 서로를 사랑했는가 현태는 잘 알았다. 그들이 어떻게 서로를 위했으며 상대방을 위해 기도했는지도 잘 알았다.

그런데 어떻게 되었는가. 그처럼 간절한 사랑이 있었음에도 두 사람은 헤어져 있다. 도저히 건너지 못하는 강을 사이에 두고.

달라진 것은 아무것도 없다. 모든 것은 예전 그대로다.

첫사랑의 달콤한 말들도, 바라보며 눈만 마주쳐도 뛰던 가슴의 고동 소리도 옛날과 다름없다.

사랑의 맹세도, 영원히 헤어지지 않을 것처럼 느껴지던 기쁜 우리들의 젊은 날의 추억도 옛날과 다름없다.

그러나 보인다.

저 동상 앞에서 흰 이를 보이며 웃는 학사모를 쓴 여학생도 언젠가는 이 학교에 수줍은 미소를 띠고 들어와 어리둥절해하던 신입생에 불과했다.

그녀가 이제 졸업식을 마치고 영영 학교를 떠난다. 다시 돌아오지 못하리라. 다시는 저 여학생에게 청춘과 젊음이 돌아오지 않으리라.

가을이 와 묵은 잎을 떨어뜨리면 긴 겨울 끝에 새 나뭇잎이 돋아나듯이 스쳐가는 사람이 떠난 자리엔 또다시 새로운 사람들이 흘러들어오는 것이다.

현태는 교정을 나와 교문 밖으로 나섰다. 그는 그냥 그대로 회사로 돌아갈 수는 없다고 생각했다.

현태는 수첩을 뒤져 다혜의 집 전화번호를 찾아내었다. 그는 학교 앞 로터리에 있는 공중전화 부스 속으로 들어가서 전화 다이얼을 돌렸다. 신호는 곧 떨어졌다.

"……여보세요."

나이 든 여자의 목소리가 전화기 속에서 들려왔다.

현태는 직감적으로 다혜 어머니의 목소리라는 것을 느꼈다.

"저, 다혜 씨의 집이지요?"

현태는 긴장한 목소리로 말을 꺼냈다.

"그런데요."

"……다혜 씨 있습니까? 전 다혜 씨와 같은 클래스메이트인데요. 오늘 졸업식이라서 축하해줄 겸 학교로 찾아갔더니 다혜 씨가 졸업식에 참석지 않았더군요. 어디 아픈가요?"

"……다혜는 몸이 아파서 병원에 입원했어요."

생각보다 친절한 목소리로 여자가 부드럽게 말을 받았다.

"누군지 모르지만 고맙네요. 공연히 학교에 들러서 헛걸음을 하고 말았네요. 다혜는 몸이 아파서 이틀 전부터 병원에 입원해 있어요."

"어느 병원인가요?"

현태는 막연히 짐작했던 일이 그대로 맞아들었다는 사실이 오히려 불안했다.

"B병원이에요."

B병원이라면 다행히 멀지가 않다. B병원이라면 같은 대학의 부속병원이므로 걸어서 십 분이면 닿을 거리이다.

"몇 호실인가요? 지금 제가 학교 앞에 있으니까 온 김에 문병이라도 하고 가겠습니다."

여자는 입원실 번호를 가르쳐주었다. 현태는 전화를 끊었다.

다혜가 병원에 있다.

현태가 한길을 건너면서 중얼거렸다.

민우를 함께 만나고 온 뒤부터 왠지 다혜에게 나쁜 일이 있을 것 같은 불길한 예감에 현태는 내내 불안했다. 그것이 현실로 나타났다. 이틀 전이라면 민우를 만나고 온 다음 날이 아닌가.

"꽃 사세요. 아저씨, 꽃 사세요."

꽃을 든 아낙네가 현태에게 손에 든 꽃다발을 내밀었다. 이제 거의 파장이 날 시간이었으므로 꽃을 파는 여자는 필사적으로 매달렸다.

"떨이로 드릴게요. 아저씨 드릴게요. 꽃 사세요."

현태는 발을 멈추었다.

"주세요."

현태는 걸음을 멈추고 꽃다발을 가리켰다. 셈을 치르고 한 다발 꽃을 사들었다.

다혜가 자신이 병으로 누워 있는 모습을 아무에게도 보이고 싶어하지 않을 것만 같아서 허락도 없이 찾아가는 것이 과연 잘 하는 짓인지 자신이 없어, 현태는 망설이면서 다혜가 누워 있는 병실 앞으로 다가갔다.

병실 문은 닫혀 있었다.

노크를 할까 하다가 현태는 그냥 문을 밀고 병실 안으로 들어섰다. 4인용 병실 맨 구석진 자리에 다혜가 누워서 책을 읽고 있었다. 현태가 꽃을 들고 다가가자 다혜는 읽던 책을 내리고 현태를 보았다.

순간 그녀의 몸이 용수철에 튕긴 듯 일어났다.

"안녕하세요?"

현태가 웃으면서 입을 열었다.

"아니, 웬일이세요?"

전혀 상상조차 하지 못했던 현태의 방문이 그녀를 적이 놀라게 만든 셈이었다.

"제가 병원에 있는지 어떻게 아셨어요?"

"집으로 전화를 걸었습니다."

"……앉으세요."

다혜가 작은 의자를 가리켰다. 현태가 그 의자에 앉았다. 다혜는 푸른 환자복을 입고 있었다.

얼굴은 전보다 더 여윈 듯했지만 눈빛은 오히려 맑아 보였다. 다행스럽게도 푸른 환자복을 입었지만 병색은 보이지 않았다.

"……실은 학교에 들러 오는 길입니다. 다혜 씨를 만나려구요. 오늘이 졸업식 아닙니까."

"아, 예."

다혜가 명랑하게 웃었다.

"그럼 바람맞으셨네요."

"한참 동안 졸업식장에서 다혜 씨를 기다렸지요. 졸업식이 끝나고 단과별 좌석으로 찾아가서야 다혜 씨가 참석지 못했다는 사실을 알게 되었지 뭡니까. 도대체 무슨 일입니까? 왜 병원에 입원하셨습니까?"

"아무 병도 아니에요."

다혜가 머리를 흔들면서 웃었다.

"그냥 독감에 걸렸어요. 제가 기관지가 좀 약한 편이거든요. 어릴 때 폐렴을 앓은 경험도 있어요. 난 꼭 참석하고 싶었지만 의사 선생님이 참석지 말라고 해서 나갈 수가 없었어요. 난 꼭 학사모를 쓰고 싶었는데, 학사가운을 입고 사진을 찍고 싶었는데. 졸업식엔 사람들이 많이 왔던가요?"

"많이들 왔더군요. 무슨 거대한 대관식과 같았어요."

현태가 들고 온 꽃다발을 침대 머리맡 탁자 위에 놓았다.

"그게 무슨 선물이에요, 현태 씨답지 않게."

"졸업식에 참석할 땐 나도 쑥스러워서 맨손으로 들어갔는데 병원에 들를 때는 아무래도 빈손으로 오기가 뭣해서 사왔어요. 하지만 졸업식 파장 직전에 아주 헐값에 사온 것이니까 부담을 갖지는 마세요."

병실 구석에서 어린애가 큰 소리로 울고 있었다. 복도 쪽에서 누군가 다투는 고함 소리도 들려왔다.

"난 졸업식에도 참석지 못할 만큼 아주 큰병에 걸린 줄 알았어요. 오면서도 마음이 조마조마했습니다."

"내게 병이란 익숙한 손님인 걸요."

다혜가 흘러내리는 머리칼을 손으로 쓸어올리면서 웃었다.

"이맘때, 환절기 때면 으레 독감을 몹시 앓아요. 열이 오르고 기관지가 붓곤 하지요. 하지만 이젠 다 나았어요. 해마다 봄이 올 무렵에는 연중행사처럼 앓곤 해요. 그래서 우리집에서는 내 병을 봄맞이병이라고 불러요. 이젠 완전히 봄이 온 셈이에요. 병두 다 나았구요. 학사가운을 입고 사진 찍지 못한 것이 서운하긴 하지만."

"혼자서 찍으시죠. 혼자서 꽃다발을 들고 학사가운을 입고요. 제가 찍어드리겠습니다. 동상 앞에 서서 찍어요. 병이 나아서 퇴원을 하면 그때 찍어도 늦지 않습니다."

현태가 다혜의 마음을 달래주려고 큰 제스처로 목소리를 높였다.

현태는 잘 알고 있었다.

그녀가 병원에 입원한 것은 그녀의 말처럼 독감 때문이 아니라는 것을. 그녀가 말한 것처럼 해마다 연중행사처럼 앓는 독감 때문이 아니라는 것을. 그녀는 사랑의 상처 때문에 그 아픔을 앓는 것이었다. 혹독하고 무서운 사랑의 열병을 아무도 모르게 혼자의 힘으로 앓고 있는 것이다.

현태는 생각했다.

그녀를 무슨 말로 위로할 것인가. 무엇으로 그녀를 위로하고 무슨 말로 용기를 북돋울 수 있을까. 어차피 헛되고 소용없는 일이다.

"이제 열은 다 내렸습니까?"

"그럼요."

"……언제 퇴원하실 예정입니까?"

"내일이면 퇴원할 거예요."

다혜가 고개를 돌려 창밖을 보았다.

"지난 며칠 입원한 사이에 개나리꽃이 활짝 피었어요. 누워서 늘 개나리꽃만 바라봤거든요. 노오란 철조망 같아요. 개나리꽃은……."

"퇴원하신 다음에 연락드리겠습니다. 다혜 씨의 건강 회복을 축하할 겸 제가 한턱을 내겠습니다. 이번 달부터 월급이 오르니까요. 전 이만 가겠습니다. 회사에서 세 시간 외출을 허락받아 나왔거든요."

현태가 의자에서 일어섰다.

"……바래다드릴게요."

다혜가 푸른 환자복 위에 코트를 걸쳤다.

"아닙니다. 나오지 마세요. 바람이 찹니다. 겨울 날씨 같아요."

"아니에요. 나두 바람 좀 쐬구 싶어요. 며칠 동안 누워만 있었더니 더 현기증이 나는 것 같아요. 따뜻한 봄 햇살도 받아보구 싶구 잔디밭 위에 앉아보구 싶기두 했어요."

다혜는 슬리퍼 차림으로 일어섰다. 두 사람은 나란히 병실에서 나왔다.

"……병실로 누가 찾아오는 것을 몹시 싫어했어요. 한때는 병실로 누가 찾아오면 이불을 뒤집어쓰고 얼굴을 내밀지도 않았

어요. 고등학교 시절 같은 반 아이들이 집단으로 떼지어 문병을
올 때면 침대 시트에 얼굴을 묻고 그들이 갈 때까지 얼굴을 내
밀지도 않았어요. 왜냐하면 그들의 건강이 너무나 눈이 부시고
부럽고 질투가 나서 견딜 수가 없었기 때문이었어요. 그들이 나
를 위로하기 위해서 오는 것이 아니라 아프고 여윈 내 모습을
보면서 동정심을 느끼며 자신들의 기쁨을 은근히 즐기고 있을
지도 모른다는 못된 마음이 들기도 했어요."

"……지금도 그런 생각이 드셨습니까?"

"지금도 병실로 누가 찾아오는 것은 싫어요. 푸른 환자복을
입고 손님을 맞는 것은 왠지 잠옷을 입은 모습을 보이는 것 같
은 기분이 들거든요."

"……그럼."

현태가 뒷머리를 긁으면서 웃었다.

"그럼 오늘 내가 찾아온 것도 실례가 된 셈이로군요."

"아뇨."

다혜가 머리를 흔들었다.

"현태 씨는 달라요. 현태 씨는 오래된 친구잖아요."

두 사람은 병원 복도를 지나 응급실을 거쳐 병원 밖으로 나
섰다.

오후가 되자 바람은 잦아들고 봄 햇살의 따스함이 온 병원 앞
뜰을 채우고 있었다.

다혜의 말대로 병원 앞뜰은 막 피어오르는 각종 봄의 꽃들로
가득했다. 바람을 쐬러 나온 환자들이 잔디밭 여기저기에 앉아

있었다.

"여기서 더 이상 나오지 마세요."

현태가 발을 멈추고 다혜를 돌아보았다. 따뜻한 봄 햇살이 다혜의 창백한 얼굴 위에 눈부시게 빛났다.

"이젠 제발 아프지 마세요."

현태가 익살스럽게 낯을 찡그리고 말을 뱉었다.

"이젠 봄이 와도, 환절기가 돼도, 절대로 아프지 마세요. 늘 건강하세요. 제발 푸른 환자복을 입지 마세요. 학교를 졸업했으면 병도 졸업해야죠."

다혜가 현태의 익살에 유쾌하게 웃었다.

"……졸업식을 해야죠. 병에도 학위가 있으니까요."

"안녕."

현태가 웃으면서 말했다.

"……늦었지만 졸업을 축하해요."

현태가 다혜를 향해 손을 내밀었다. 다혜는 망설이지 않고 현태가 내미는 손을 잡았다. 다혜의 손은 아주 따뜻했다.

"퇴원하고 연락하시면 제가 약속 지킬게요. 학교 앞 동상에서 검은 학사모를 쓰고 검은 학사가운을 입고 기념 촬영을 해요. 제가 사진을 찍어드리겠어요. 자, 안녕."

"……고마워요."

다혜의 두 눈에 촉촉한 물기가 젖어들었다.

"찾아와줘서 고마워요. 얼마나 쓸쓸했는지. 현태 씨가 제 마음을 즐겁게 해주었어요. 고마워요. 현태 씨, 꽃 감사해요."

"꽃 정도가 감사하다면 매일같이 꽃다발을 배달시켜드릴까
요?"

현태가 일부러 익살을 부리면서 뒷걸음질쳤다.

그는 웃기기 위해서 재롱을 부리는 어린아이처럼 일부러 잔
디밭에 넘어졌다. 그리고 넘어진 그 자리에 물구나무를 섰다.
물구나무 선 자세로 현태는 뒷걸음질쳐서 언덕길을 내려갔다.
병원 뜰 언덕 아래에서 현태는 몸을 일으켰다. 몸에는 잔디 검
불이 붙어 있었다. 언덕 위에는 다혜가 아직도 서서 이쪽을 바
라보면서 손을 흔들고 있었다.

오후의 햇살을 받은 병원 창문들이 날카로운 반사광을 되쏘
았다.

현태는 다혜에게 마주 손을 흔들었다.

언덕길을 내려가자 다혜의 모습은 보이지 않았다. 개나리꽃
들이 만발한 병원 언덕길을 내려가면서 현태는 문득 자신이 다
혜를 다만 친구의 옛 애인으로서 찾아온 것이 아니라는 느낌을
받았다.

그가 다혜의 졸업식에 찾아간 것은 다만 민우를 대신해서 그
녀의 마음을 위로해주기 위해서가 아니었다.

다혜가 입원한 병원에 꽃을 사들고 문병온 것은 다만 옛 친구
의 의무로서 그런 것만은 아니었다.

그렇다.

나는 다혜를 사랑하고 있다.

나는 다혜를 친구로서, 친구의 옛 애인으로서만 생각하는 것

이 아니라 한 사람의 이성으로 생각하는 것이다.

나는 다혜를 사랑한다. 그녀를 처음 보았을 때부터, 이 년 전 민우의 부탁으로 다혜를 교정에서 처음 만나보았을 때부터.

넘치는 눈물

확실히 해는 많이 짧아져서 한여름 같으면 아직도 태양빛이 머물러 있을 시간에 이미 땅거미가 몰려들었다.

사무실에는 형광등 불빛이 들어온 지 오래였다. 아직 난방을 하기에는 이른 계절이었으므로 사무실은 을씨년스럽게 추워 보였다.

현태는 복도에 나가서 커피 한 잔을 받아들고 다시 사무실로 돌아왔다. 이미 하루의 일은 모두 끝나 있었다.

현태는 커피잔을 들고 창가로 다가가 앉았다. 헤드라이트를 밝힌 차량들의 행렬이 한없이 줄을 잇고 있었다. 그것은 거대한 불빛들의 강처럼 보였다.

이미 가을빛으로 물들기 시작한 가로수들에서는 낙엽이 찬 가을바람에 떨어지고 있었다.

이때였다.

등 뒤에서 날카로운 여직원의 목소리가 들렸다.

"박 대리님, 전화예요."

사무실 안은 전화벨 소리, 타이프라이터 소리, 전화를 거는 사람들의 잡음으로 시끌시끌했으므로 현태는 큰 소리로 부르는 여직원의 목소리를 듣지 못했다.

"박 대리님, 전화예요."

할 수 없이 자리에서 일어나 여직원은 현태 곁으로 다가왔다. 그제야 현태는 그 목소리가 자신을 부르는 것임을 알아차렸다. 그는 마시던 커피잔을 쓰레기통에 집어넣고 전화기가 있는 곳으로 걸어갔다.

"전화 바꿨습니다."

현태는 약간 짜증스런 목소리로 말했다.

이 늦은 시간에 사무실에 볼일로 전화를 걸어오다니. 모처럼의 한가한 휴식 시간을 즐기고 있었는데…….

"박 대리 전화 바꿨습니다."

첫 번째 말에도 상대방이 대답하지 않자 현태는 사무실의 시끄러운 소음 탓으로 상대방이 목소리를 못 들은 것이 아닐까 하여 약간 목소리를 높였다.

"……현태."

작고 낮은 목소리가 전화선을 타고 흘러나왔다.

막연히 거래선의 사무적인 전화라고만 생각했던 현태는 느닷없이 상대방이 자신의 이름을 부르자 조금 놀랐다. 그 목소리가 누구일까 순간 재빠르게 머리를 회전시켰다.

"제가 현탠데요. 어디십니까?"

"나야."

여전히 자신 없고, 뭔가 쑥스러운 목소리로 상대방이 말을 받았다.

"내 목소리를 모르겠나?"

"사무실이 시끄러우니 좀 크게 말해주지 않겠습니까?"

현태는 짜증을 부리면서 목소리를 높였다.

"날세, 현태."

간신히 상대방의 목소리가 반응을 보였다. 순간 현태는 멈칫거렸다. 그제야 목소리의 주인이 누구인지를 알아차렸으므로…….

"나야. 나 민우야."

"민우."

현태가 혼잣말로 중얼거렸다.

"웬일인가, 이 사람."

"시간이 바쁜가? 바쁘지 않으면 자네를 만나고 싶어서 찾아왔네. 물론 바쁘면 다음에 만나도 좋구……."

"이 사람, 거기가 어디야?"

"……자네 회사 근처에 와 있네. 마침 있었군. 자네가 퇴근했나 몹시 불안했지. 언제 퇴근하나? 서두를 필요는 없네. 자네가 퇴근할 때까지 기다리면 되니까."

"곧 가겠네."

현태는 분명히 말을 잘랐다.

"오래 걸리지는 않아. 많은 시간을 빼앗을 생각은 없으니까. 잠깐이면 되네."

"그곳이 어디냐니까."

"자네 회사 근처일세."

"그럼 이렇게 하지. 내가 지금 곧바로 회사 앞으로 내려가겠네. 그러면 자네도 회사 앞으로 오게. 회사 현관 앞에서 만나기로 하세. 얼마나 걸리겠나?"

"오 분이면 가겠지."

"그럼."

현태가 말을 빠르게 이었다. 뭔가 자신 없고 망설이는 민우의 마음을 부채질하기 위해서라도 강하게 설득하는 편이 나으리라는 생각이 들었으므로.

"그럼 회사 현관 앞에서 만나세. 곧 올 수 있겠지?"

"……물론……."

현태는 전화를 끊었다.

민우가 왔다. 민우가 나를 찾아왔다.

그러나 쓸데없이 시간을 지체할 수는 없었다. 오 분 후에 회사 현관 앞에서 만나기로 했으므로 서두르지 않으면 안 되었다. 현태는 옷걸이에서 코트를 꺼내 입었다.

"퇴근합니다. 내일 봅시다."

현태는 코트에 깊숙이 손을 찌르고 사무실에서 나왔다.

아아, 그를 만난 것이 언제인가. 지난봄이 아니었던가. 그렇다면 벌써 팔 개월의 세월이 흐른 것이다.

웬일일까.

그가 웬일로 나를 찾아온 것일까. 서울에 온 길에 우연히 옛 친구를 기억해내고 우연히 들른 것일까. 아니다. 그렇게 느껴지지는 않는다. 목소리에 왠지 심상치 않은 낌새가 엿보인다.

엘리베이터가 1층에서 멈추자 사람들이 우르르 빠져나갔다. 현태는 로비를 가로질러서 회전문을 밀고 현관 앞으로 나갔다.

찬 가을바람이 쌩 하고 불어왔다.

쓸어도 쓸어도 다시 덮이는 낙엽들이 바람에 흩날렸다. 차의 불빛들이 이리저리 엇갈려서 번득였다. 왈칵 한꺼번에 밀어닥친 거리의 소음과 혼탁한 매연 냄새가 현태의 코를 찔렀다.

현태는 주머니에 손을 찌른 채 계단 아래로 내려가보았다. 그리고 주위를 둘러보았다. 아무도 현태 앞으로 나서는 사람이 없었다.

민우가 아무리 가까운 곳에 있다고 하더라도 엘리베이터를 타고 곧장 내려온 현태보다 먼저 도착했을 리는 없을 것이다.

멀리 광장의 시계탑이 어둠 속에 보였다. 아직 약속 시간까지는 두 시간이나 남아 있었다.

마침 퇴근시간이라 끊임없이 사람들이 회전문을 밀고 나섰다. 간부들을 태우기 위해서 대기하는 자동차들로 회사 앞 공터는 시장 거리처럼 붐볐다.

현태는 공터의 한구석에 임시로 만들어놓은 화단을 바람막이로 등지고 서서 담배를 피워 물었다. 가을바람은 몹시 찼다.

그때였다.

저쪽 반대편에서 한 사람이 이쪽으로 다가오고 있었다. 거리는 어둡고 가로등의 불빛은 흐렸지만, 사내의 어두운 그림자를 본 순간 현태는 그가 바로 민우임을 알아차렸다.

그는 화단 옆에 서 있는 현태를 아직 발견하지 못했다. 현태는 민우 앞으로 나서려다 말고 멈칫 제자리에 섰다. 그의 모습이 엄청나게 달라져 있었기 때문이었다.

그는 추위를 막기 위해서 두꺼운 점퍼를 입었다. 머리카락은 함부로 헝클어졌고, 수염은 텁수룩하게 자라났다.

민우는 현태를 분명히 보았으면서도 그를 알아내지 못했다. 그는 정신이 다른 곳에 팔려서 무심코 거리를 방황하는 사람처럼 보였다.

현태는 민우 곁으로 다가갔다.

"……오랜만일세."

흘긋 민우는 현태를 바라보았다. 훅 독한 술 냄새가 그의 몸에서 끼쳐왔다.

"잘 있었나?"

현태가 손을 내밀었다. 그러나 민우는 그의 손을 잡지 않았다. 그는 대답 없이 그저 입가에 미소를 띠었다. 눈은 충혈되었고, 지저분하게 눈곱이 낀 것처럼 보였다. 뭔가 먹다 흘린 음식의 흔적 같은 것이 그의 턱에 묻어 있었다.

"웬일인가? 피리 부는 소년."

"자넬 보구 싶어 왔지."

민우가 흰 이를 보이면서 웃었다.

"혹 방해가 된 것은 아닌가?"

"방해가 되긴, 마침 퇴근시간이었네. 식사는 했나?"

"……먹, 먹었어."

민우가 고개를 끄덕였다.

"어쨌든 어디 따뜻한 곳으로 가세. 가서 몸을 녹이면서 얘기를 하세. 날씨가 몹시 차니까……."

현태가 회사 근처의 단골 음식점을 생각했다. 현태는 몹시 배가 고팠다. 두 시간 후에 따로 사람을 만나기로 했지만 그때까지 기다릴 수 없을 것 같았다.

음식점은 만원이었다. 홀에 자리가 없었으므로 스탠드에 앉았다. 회를 시키고 음식이 나올 때까지 마실 따끈한 정종을 시켰다.

현태는 밝은 불빛 아래에서 비로소 옛 친구의 얼굴을 똑똑히 볼 수 있었다. 민우는 변해 있었다.

그는 그사이에 완전히 무너진 것 같았다. 이 친구가 옛날 그처럼 아름답던 피리 부는 소년이었던가. 어쩌면 이렇게 달라 보일 수가 있을까.

민우는 데워져 나온 잔술을 단숨에 들이켰다. 술잔을 쥔 그의 손이 몹시 떨렸다. 추위를 가리기 위해서 목에 두른, 빛깔 바랜 머플러가 그의 행색을 더욱 초라하게 만들었다.

"……자넨 아주 좋아 보이네."

흰 이를 보이면서 민우가 현태를 향해 웃었다. 음식 찌꺼기

254 겨울나그네

같은 것이 이 사이에 끼어 있었다.

"이젠 완전히 신사가 되었어. 완전히 옛날과는 달라 보이네."

현태는 묵묵히 잔술을 들었다.

"승진을 했나?"

"한 계단은 뛰어올랐지."

현태가 말을 흐렸다. 현태는 술잔을 잡은 민우의 손을 보았다. 그 손은 투박하고 거칠었다. 옛날의 그 섬세하고 아름답던 손과는 전혀 달랐다.

"아이는 잘 크는가?"

"……잘 크네. 요즈음엔 내게 아빠 아빠 하지. 아주 간단한 말도 몇 마디 할 줄 아네. 배고프다 아빠, 우습다 아빠."

"이름은 정했어? 아이 이름은……."

민우는 말없이 술잔을 비웠다. 현태가 술을 한 잔 더 시켰다.

"아직 정하지 못했네. 벌써 첫돌이 지난 지 한참 되는데도."

"아직 좋은 이름을 발견치 못했나 보군."

현태는 옛 친구의 마음을 달래기 위해서 따뜻하게 말했다.

민우는 침착하지 못하고 뭔가 서두르고 있었다. 그의 시선은 잠시도 가만있지 못하고 이곳저곳을 두리번거렸다. 그는 뭔가에 쫓기는 사람처럼 보였다.

"참 어려운 일이야."

"그럼 아직도 아이를 그저 아가라고만 부르나?"

"그래, 용케도 기억하고 있군. 그저 아가라고만 부르네."

아이 얘기를 할 때만은 민우의 얼굴에 생기가 넘쳐흘렀다. 그

255

의 얼굴에 자랑스러운 미소 같은 것이 떠올랐다.

"집사람은 잘 있지?"

"잘 있네."

민우가 시선을 떨어뜨렸다.

"잘 있구말구."

"가게의 장사는 잘 되나?"

"암, 자네 용케두 모두 기억하구 있군."

"이제는 물건값 좀 외웠겠지? 콜라값두 과자값두 이제는 모두 알겠지?"

"……아직도 모르네."

민우가 웃었다.

"난 장사꾼의 기질이 없는 모양이야."

민우가 주머니에서 담배를 꺼냈다. 담뱃갑 속에서 반쯤 피우다 만 꽁초가 따로 들어 있었다. 무심코 그 담배꽁초를 꺼내려다 말고 민우는 새 담배를 꺼내 물었다.

"밤에는 아직도 술집에 지배인으로 나가나?"

"……나가긴 하지."

민우가 대답했다.

"하지만 그건 내가 없어도 되는 일이네."

음식이 나왔지만 민우는 손가락 하나 대지 않았다.

현태만 식사를 했을 뿐 민우는 전혀 음식에는 손을 대지 않았다. 그는 술만 계속해서 마시고 있었다. 술을 마시는 그의 얼굴은 꿈속에 잠긴 듯했다.

"우리가 가게 뒷집을 샀어. 이제 완전히 우리 것이 되었네. 개울가에 땅도 좀 샀지. 우린 봄이 오면 그곳에서 꿀을 칠 생각일세."

"이제 자넨 부자가 되었군, 피리 부는 소년."

현태가 민우의 어깨를 때리면서 웃었다.

"이러다간 자네 재벌이 되겠어."

민우의 눈이 다시 초조하게 흔들렸다. 그는 뭔가 할 말의 말머리를 꺼내기 위해서 몹시 고심하는 사람처럼 보였다.

뭔가 있다.

현태는 민우의 불안한 눈초리를 보면서 느꼈다.

그가 오랜만에 나를 찾아온 것은 분명히 이유가 따로 있을 것이다. 지금 그는 그 기회를 포착하기 위해서 고심하는 것이다. 자연스럽게 말문을 열도록 그의 마음을 유도해내야 할 것이다.

"……어떻게 갑자기 나를 만나러 올 생각을 했나, 피리 부는 소년."

"자넬 보구 싶어 왔어."

민우가 충혈된 눈을 손으로 비볐다. 그의 얼굴은 완전히 술기운으로 상기되어 있었다.

"서울에 온 김에 자넬 만나보고 싶어서 찾아왔어. 그리구, 참."

민우는 깜박 잊었다는 듯 말을 꺼냈다.

"다혜 씨는 뭐 하나? 이제 학교는 졸업했겠지?"

"……지난봄에 졸업했네."

"아아, 참 잘됐어. 이젠 완전히 학교를 졸업한 숙녀님이 되셨겠군."

민우는 술을 들이켰다. 서둘러 마신 술이 숨을 막히게 한 듯 그는 쿨럭쿨럭 기침을 했다.

"잘 있나, 다혜는? 지금 다혜는 어디서 뭘 하고 있는가?"

현태는 그의 시선을 피했다.

"……모르겠네."

현태는 짧게 대답했다.

"나도 다혜 씨의 소식은 듣지 못했네. 어디서 무엇을 하는지 모르겠네."

순간 민우의 얼굴에 낙담의 표정이 스치고 지나갔다.

"자네라면 알 수 있으리라 믿었는데……."

민우의 시선이 현태의 얼굴 위에 멎었다. 현태는 말없이 술잔을 비웠다.

"다혜가 이사간 집도 모르나? 다혜는 이사를 갔더군."

"모르겠네."

"전화번호도 모르나?"

"전혀 모르겠네."

현태는 잘라 말했다.

질문의 화살을 피하면서도 현태는 참을 수 없는 궁금증을 느꼈다. 어째서 민우는 이렇게 불쑥 나타나 다혜에 관한 질문을 퍼붓는가.

"왜 갑자기 다혜 씨의 행방을 내게 묻나? 그녀를 만나봐야 할 일이라도 있는가?"

현태는 조심스럽게 민우를 바라보았다. 민우는 대답 대신 머리를 떨구었다.

그는 몹시 초조하고 불안해 보였다. 끊임없이 누군가의 시선을 두려워하는 듯한 표정으로 그는 서둘렀다. 서둘러 잔을 들어 올리다가 술을 엎질렀다.

"……다혜를…….."

떨리는 목소리로 민우가 입을 열었다.

"다혜를 만나고 싶어. 그녀를 보고 싶어 찾아왔네, 현태."

민우가 고개를 들었다. 그의 두 눈이 붉게 충혈되어 있었다.

"자네라면 다혜를 만나게 해줄 수 있겠지. 난 그녀가 어디에 있는지 모르겠어. 내가 알고 있는 옛 집에선 이사를 갔더군. 이젠 학교도 졸업했으니 어디로 가야 그녀를 만날 수 있을지 모르겠어. 다혜를 만나고 싶네. 그녀를 보고 싶네. 그래서 자넬 찾아왔네. 어떻게 해야 하나? 다혜를 만나려면……."

민우의 두 눈에 촉촉한 물기가 스며들고 있었다.

"무슨 방법이 없을까, 현태?"

현태가 차갑게 머리를 흔들었다.

"다혜 씨에 관한 소식은 전혀 모르겠네. 그녀를 최후로 만난 것은 졸업식 때였지. 졸업식에서 검은 학사모를 쓰고 서 있는 다혜 씨에게 꽃다발을 전해준 것이 마지막이었네. 자네 대신 내가 축하해주러 찾아갔지. 그것이 마지막이었네. 그게 벌써 팔 개월 전의 일이 아닌가."

"오오."

민우가 가늘게 탄식을 하면서 머리를 떨구었다. 그의 표정은 비탄에 젖어 있었다.

"하지만 피리 부는 소년, 왜 갑자기 지금 와서 다혜 씨를 만나야겠다고 하는 건가? 어째서 다혜 씨를 만나고 싶어하는가? 자넨 자네 곁으로 찾아간 다혜 씨에게 깊은 마음의 상처를 주었어, 피리 부는 소년."

차마 입 밖으로 내어 말할 수 없는 이야기였으므로 현태는 잠시 말을 끊었다.

그렇다. 찾아간 다혜에게 깊은 상처를 주었으므로 다혜는 졸업식에도 참석할 수 없을 만큼 아파서 병원에 입원까지 하지 않았던가.

"그 상처가 이제는 아물었을 거야. 세월이 지나면 마음의 상처는 아물게 마련이니까. 그런데 이제 와서 왜 또다시 다혜 씨를 찾는가? 왜 그녀를 만나려고 하지?"

"……모든 것을……."

민우가 힘을 주면서 말을 받았다.

"모든 것을 다시 시작하고 싶어, 현태."

민우의 입에서 나온 느닷없는 말 한마디가 현태를 당황하게 만들었다. 현태는 민우의 얼굴을 새삼스레 쳐다보았다.

"날 도와줘, 현태. 난 이제 새로운 출발을 하고 싶어. 다시 학교에도 복학하고 싶다. 까마득히 잊었던 공부를 새로 하고 싶다. 어머니를 만나서 용서를 빌고 싶어. 그동안 무심했던 불효를, 그 잘못을 무릎을 꿇고 빌고 싶어. 다혜를 만나서, 그녀에게 용서를 빌고도 싶다. 아아, 내가 그녀를 지금도 얼마나 사랑하고 있는가 모든 사실을 고백하고 싶다. 현태, 다혜만 내 곁에 있다면 나는 용기를 가질 수 있을 거야. 그녀만 내게 있다면 나는 시작할 수 있을 거야, 현태."

"무엇을 어떻게 시작하겠단 말인가?"

현태가 냉정한 눈으로 민우를 쏘아보았다.

"세상이 네가 원하면 원하는 대로 멈춰주리라 생각하나, 피리 부는 소년? 달리는 열차도 네가 원하면 역도 아닌 곳에서 멈춰주리라 생각하나? 이미 늦었어, 피리 부는 소년. 다시는 학생의 신분으로 돌아갈 수 없을 거야. 아니, 운이 좋아 학생의 신분으로 돌아갈 수 있다고 하자. 그렇다고 해서 어쩔 수 있겠는가. 삼 년의 세월이 흘렀다. 민우, 네게는 술과 나태와 향락에 빠졌던 세월의 때가 묻어 있어. 다혜 씨도 마찬가지야. 이제 와서 무엇을 어떻게 하리라 생각하는가? 그녀는 네가 원한다면 언제든 기다렸다 나타나주리라고 생각하는 건가?"

"난 다혜를 사랑해, 현태."

피를 토하듯 절규하는 낮은 목소리로 민우가 말을 뱉었다.

"난 그녀를 한시도 잊은 적이 없었어, 현태. 한 번만이라도 좋아. 난 그녀를 만나고 싶다. 만나서 말을 나누지 못해도 좋아. 그저 먼발치에서라도 그녀를 보고 싶어. 오랜 시간이 아니라도, 단 일 분이라도 좋다. 그녀를 만나게 해다오, 현태."

"난 모른다, 피리 부는 소년."

현태는 머리를 흔들었다.

"그녀의 행방에 대해서는 전혀 몰라. 이 말은 진실이다."

"오오."

순간 민우가 두 손으로 얼굴을 감싸쥐었다. 감싸쥔 그의 얼굴에서 눈물이 굴러떨어졌다. 넘쳐흐르는 눈물이 그의 얼굴과 손을 타고 흘러내렸다.

현태는 당황했다.

민우의 눈물을 본 것은 그것이 처음이었다. 현태는 그의 눈물을 본 순간 극심한 마음의 혼란을 느꼈다. 그러나 끝까지 냉정하지 않으면 안 된다고 현태는 이를 악물었다.

"돌아가라, 민우."

현태는 떨리는 손으로 담배를 피워 물었다.

"아내와 어린 아들이 있는 집으로 돌아가. 이젠 늦었어. 모든 것을 새로 시작하기엔 늦었어. 넌 이제 잊혀진 존재가 되었다. 다혜 씨도 이젠 널 잊었을 거야. 사랑도 세월이 가면 희미한 그림자로 남게 되는 법이지, 피리 부는 소년."

"내겐 잊혀지지 않았다, 현태."

손등으로 눈물을 닦으면서 민우가 얼굴을 들었다.

눈물에 젖은 그의 두 눈을 본 순간 현태는 아름답던 젊은 시절 맑았던 그의 눈빛을 떠올렸다. 눈물이 그의 영혼에서 추하게 때문은 세월의 흔적을 씻어내기라도 한 것일까.

"세월이 흐르고 흘러도 잊혀지지 않았어. 다혜 씨도 마찬가지일 거라고 생각해. 현태, 그녀도 나를 잊지 못하고 있으리라고 생각한다. 그녀를 만나면 새로 시작할 수 있으리라 생각한다. 그 오랜 옛날의 봄 동산처럼. 문과대학 옆 언덕길에서 자전거로 그녀를 넘어뜨렸던 그 옛날의 추억을 다시 시작할 수 있으리라 생각해. 난 아직도 다혜를 사랑하고 있어, 현태. 한결같은 마음이야. 자전거로 그녀를 넘어뜨린 이후부터 지금까지 늘 마음속에 다혜만을 떠올리고 있었지. 세월이 우리를 갈라서게 했어. 어리석은 마음이 우리를 헤어지게 했어. 한 번도 마음의 문을 열고 그녀에게 내 마음을 고백해본 적이 없었어. 현태, 난 만나고 싶다. 일 분이 긴 시간이라면 일 초도 좋아. 그저 한 번만 보면 된다."

"소용없는 일이야, 민우."

현태가 말을 잘랐다.

"그것은 지난 추억이야. 옛날은 돌아오지 않는 법이야. 민우, 돌아가거라, 네 집으로."

현태는 시계를 보았다. 약속 시간이 가까워오고 있었다. 이제 헤어지지 않는다면 늦을 것이다.

"이젠 자주 만나세, 민우. 나도 가끔 자네에게 놀러 가겠네. 자네가 조금씩 부자가 되어가는 모습을 보러 가겠네. 봄이 오면 개울가에 벌도 친다며? 그러면 꿀도 얻어먹을 겸 찾아가겠네."

민우는 말없이 고개를 떨구고 빈 술잔을 바라보았다. 그는 할 말과 행동을 잊어버린 사람 같았다.

"일어나세, 민우."

현태가 조심스럽게 입을 열었다.

"난 따로 약속이 있네. 이젠 일어날 시간일세. 어떻게 하지, 정말 오랜만에 만났는데⋯⋯."

"아, 괜찮아. 현태, 내게 신경쓰지 말게."

민우가 비로소 고개를 들었다.

"나 때문에 쓸데없는 시간을 보냈군. 바쁜 자네의 시간을 내가 빼앗은 셈이 되었군."

민우는 스탠드 위에 놓았던 담뱃갑을 집어들었다.

두 사람은 함께 일어났다. 민우는 굳이 자기가 저녁값을 치르겠다고 고집을 부렸다. 현태는 그가 너무 완강했으므로 셈을 치르도록 내버려두었다.

두 사람은 음식점에서 나왔다. 거리는 완전히 어두워져 있었다. 밤이 이슥해지자 밤바람이 더욱 차가워졌다. 사람들은 주머니에 손을 찌르고서 종종걸음으로 귀가를 서둘렀다.

"어디로 갈 생각인가?"

현태가 주머니에 손을 넣은 채 옛 친구를 쳐다보았다.

"집으로 갈 생각인가?"

"내 걱정은 말게."

민우가 흰 이를 보이면서 웃었다.

"정말 반가워, 현태. 자네는 아주 좋아 보여. 얼굴도 좋아 보이고, 살도 많이 쪄 보이는군."

민우가 현태에게 손을 내밀었다. 민우의 손은 딱딱하게 식은 오래된 빵 같았고, 그리고 차가웠다. 현태는 그의 손을 잡으며 언제든 갓 구워낸 빵처럼 부드럽고 따뜻하던 그의 손길을 상기했다.

"잘 있게, 현태."

"잘 가게, 피리 부는 소년."

먼저 민우가 등을 돌렸다.

그는 어둠과 밝은 불빛이 혼합된 어두운 상가 쪽으로 걸어갔다. 그의 모습이 왠지 슬퍼 보여서, 현태는 시간은 없고 갈 길이 바쁘면서도 차마 발길이 떨어지지 않았다.

—속였다.

현태는 멀어져가는 그의 뒷모습을 보면서 홀로 중얼거렸다.

—나는 그를 속였다. 그가 그토록 간절히 소망하던 다혜의 소식을 모른 체 덮어두어버렸다.

현태는 피우던 담배를 보도에 던져 발로 비벼 껐다. 옛 친구를 속였다는 생각이 들었지만, 그러나 그것이 죄책감으로 연결되지는 않았다.

—그것은 당연한 일이다.

현태는 가볍게 심호흡을 했다.

그는 먼 광장의 시계탑을 보았다. 이미 다혜와의 약속 시간은 지나 있었다. 서둘러 간다고 해도 삼십 분은 늦을 것이다. 현태는 지하도로 내려가는 계단을 민첩하게 밟으면서 뛰어내렸다.

지하철의 대합실은 병원 복도처럼 밝았다. 출발 신호와 함께 지하철은 굉장한 소리를 내면서 캄캄한 터널과 어둠 속을 쏜 화살처럼 달려갔다.

현태는 지하철 손잡이에 몸을 맡기고 우울한 얼굴로 조금 전에 만나 헤어진 옛 친구를 떠올렸다. 그는 옛 친구의 얼굴에서 현실감을 상실한 몽유병자의 표정을 읽은 셈이었다. 그는 무엇을 생각하는 것일까. 세월이 그처럼 흐르고 모든 것이 바뀌었음에도 불구하고.

그에게 다혜의 집과 전화번호를 가르쳐주지 않은 것은 매우 잘한 일이다. 이제 와서 그녀의 집과 전화번호를 가르쳐준다 한들 무슨 도움이 될까. 어차피 소용없는 일이 아닌가.

그러나 현태의 마음은 옛 친구에 대한 연민의 정으로 흔들렸다. 그의 표정에서 현태는 느낄 수 있었다. 그가 얼마만큼 오랜 시간 망설이고 괴로워하다가 마침내 결심을 하고 자신을 찾아온 것인지.

민우로서는 모든 자존심과 인간으로서의 허세까지 저버리고 오직 벌거벗은 마음의 진실 하나만을 가지고 나를 찾아왔다. 그의 말은 낮았지만 피를 토하는, 각혈과도 같았다.

현태는 그의 말과 눈을 보고 느낄 수 있었다. 그가 얼마만큼 간절히 다혜를 만나고 싶어하고 그녀를 그리워하고 있는가를. 그러나 그것이 이제 와서 무슨 소용이란 말인가.

지하철이 역에 멎었다. 현태는 서둘러 지하철에서 내리는 승객들과 함께 걸어나갔다.

그는 시계를 보았다. 다혜와의 약속 시간은 이미 삼십 분이 지나 있었다. 그러나 현태는 잘 알았다. 다혜는 시간이 조금 늦더라도 그냥 그대로 앉아서 자신을 기다릴 것임을.

언제나 다혜와의 만남은 정확히 시간을 지키는 다혜 쪽이 먼저 약속 장소에 나와 있는 것이 보통이었다. 대부분 현태가 늦게 나타나곤 했는데, 다혜는 현태의 회사 퇴근시간이 일정치 않음을 충분히 이해해주었다.

다혜를 만나면 어떻게 마음의 갈등을 감출 수 있을까.

내색을 하지 않는다 하더라도 옛 친구 민우를 만난 뒤에 느끼는 연민의 감정이 절로 얼굴 표정을 어둡게 할지도 모른다. 예민한 다혜는 그 어두운 표정에서 분명 오늘 저녁 무슨 일이 있었음을 눈치챌지도 모른다.

그러나.

현태는 약속 장소로 가면서 이를 악물었다.

나는 오늘 저녁 민우를 만났다는 사실을 절대로 다혜에게 이야기하지 않을 것이다. 그가 했던 이야기를 영원히 비밀로 덮어둘 것이다. 나 혼자만의 비밀로 저 깊은 의식의 심연 속으로 닻을 내려 영원히 떠오르지 못하게 할 것이다.

현태는 다혜와 만나기로 한 찻집으로 들어갔다.

찻집 안은 사람들로 복잡했다. 현태가 홀 안을 둘러보자 저만큼 구석에서 누군가 손을 흔들었다. 현태는 그쪽을 보았다.

다혜였다. 다혜가 구석진 자리에 앉아서 현태를 향해 손을 들고 웃었다.

"늦어서 미안합니다."

현태가 과장된 몸짓으로 허리를 굽혔다.

"오래 기다리셨죠?"

"언제나 그런 것이 아니던가요. 제가 먼저 나오고 현태 씨는 늦게 나타나서 뒷머리를 긁으며 미안하다 하구요. 늦어서 미안합니다. 그건 현태 씨의 오프닝 멘트예요."

다혜가 명랑하게 웃었다.

"태어나서 미안합니다란 말도 있지요."

현태가 웃으면서 말을 받았다.

"나 배고파요. 현태 씨를 기다리면서 배가 고파서 견딜 수가 없었어요."

현태는 민우와 마신 술과 안주로 어느 정도 시장기가 가셔 있었다.

"나가시죠. 늦은 벌루 제가 저녁을 사겠습니다."

두 사람은 나란히 커피숍을 나섰다. 다혜는 저녁식사를, 현태는 식사 대신 술을 마셨다.

일주일에 두세 번 정도는 만나는 사이였지만 오늘만은 현태의 마음이 몹시 착잡했다.

지난봄 학교를 졸업하고 나서 다혜는 잡지사에 기자로 취직했다. 그녀는 자신의 일을 몹시 즐기는 모양이었다. 사람을 만나는 일이 몹시 서툰 그녀였지만 신문이나 잡지에서 이름이나 보던 사람들을 직접 만나서 원고를 청탁하고 얘기를 나누고 사진을 찍는 일이 재미있다고 말했다.

아주 바쁜 잡지 마감일 때만 빼놓고 두 사람은 자주자주 만났다. 주로 현태가 전화를 거는 처지였지만 다혜에게서 전화가 걸려올 때도 있었다. 일이 다혜에게 슬픔을 잊게 해주었으며 그녀에게 생기를 불어넣은 셈이었다.

다혜와 만나는 횟수가 잦아질수록 현태는 다혜가 옛 친구의 연인이었다는 생각은 점점 잊었으며, 그녀를 막연히 친구 이상의 여자로 대하게 되었다.

그것은 다혜도 마찬가지였다. 다혜 역시 현태에게 마음을 의지했고, 그의 곁에 있으면 즐겁고 편했다. 자연 두 사람은 서로를 원하고 만나고 싶어하고 가깝게 느끼게 되었다.

만약 현태가 다혜에게서 옛 친구의 그림자를 떠올렸다면, 다혜 역시 현태에게서 가슴 아픈 옛사랑의 기억을 떠올렸다면, 두 사람은 그처럼 자연스럽게 가까워질 수는 없었을 것이다.

민우는 지난봄에 마지막 만난 것으로 더 이상 기억할 수 없는 타인이 된 셈이었다.

"왜 이렇게 표정이 어두우세요?"

먹는 일에 열중해 콧등에 땀이 송골송골 맺힌 얼굴로 다혜가 현태를 쳐다보았다.

"무슨 일이 있으세요?"

"제 얼굴이 어둡게 보입니까?"

현태가 우울한 얼굴로 다혜를 마주보았다.

"평소의 얼굴 같아 보이지는 않아요. 언제나 현태 씨는 명랑하고 밝으셨잖아요. 무슨 일이 있었어요?"

"회사에서 욕을 먹었습니다."

현태는 슬쩍 말문을 돌렸다.

"형편없이 무능한 사원이라고 욕을 먹었습니다."

"겨우 그만한 일로 표정이 그렇게 어두우세요?"

다혜가 밝은 표정으로 놀리듯 말을 받았다.

"우린요, 어떤 땐 며칠 밤을 새워 쓴 원고를요, 이런 것도 원

269

고냐구 쓰레기통에 집어던지기두 하는 걸요. 여자 기자들은 막 울기도 한다구요. 하지만 마감일이 지나면 또 화기애애하게 풀어져요."

졸업과 동시에 다혜의 옷차림은 달라졌다. 얼굴에 엷긴 하지만 화장도 하게 되었으며, 굽 높은 구두도 신게 되었다. 옷의 색상도 어떤 땐 화사하고 화려해졌다. 그런 옷이 다혜에게 썩 잘 어울렸다.

대학을 졸업함과 동시에 다혜에게서 더 이상 학생의 냄새는 나지 않았고, 완숙하고 성숙한 숙녀의 이미지가 강하게 느껴졌다.

화장을 하지 않은, 청초하고 이제 막 물로 세수한 듯한 정갈한 얼굴만 바라보다가 엷은 립스틱을 바른 다혜의 입술과 화장품 냄새가 나는 얼굴을 바라보면 현태는 언뜻언뜻 다혜를 유혹하고 싶은 충동까지 느끼곤 했다.

"나가세요. 제가 술 사드릴게요."

다혜가 먼저 일어섰다.

"오늘 보너스를 받았어요. 지난호 잡지가 매진이 되어서 전 사원이 아주 적은 금액이지만 보너스를 받았단 말이에요. 하루 술값 정도는 돼요."

"술은 더 이상 마시고 싶지 않습니다."

현태가 고개를 저었다.

"그럼 뭘 하고 싶으세요?"

"영화 구경을 하고 싶습니다."

현태가 눈을 한쪽 찡그려서 가볍게 윙크를 해보았다.

"영화 구경?"

다소 의외라는 듯 다혜가 눈을 동그랗게 떴다.

"좋아요. 보고 싶은 영화가 있는 모양이죠?"

두 사람은 새로 개봉한 영화가 상영되는 극장으로 걸어갔다.

달콤한 연애 영화였는데, 아주 슬픈 장면이 가끔가끔 나오곤 했다. 그럴 때마다 다혜는 핸드백에서 손수건을 꺼내 눈가를 닦았다.

마지막회였으므로 극장 안은 사람이 없어 한산했다. 아직 때가 아니어서 난방을 하지 않아 발이 시릴 정도로 추웠다.

만나면 밥 먹고, 커피 마시고, 영화 구경 가고, 혹은 음악회 가는 평범한 데이트가 고작이었지만, 그녀와의 만남은 언제나 즐거웠다. 즐거우면서도 이상하게 마음이 편안했다. 그 편안함이 도대체 어디에서부터 오는 것인지 현태는 언제나 이상하게 느꼈다.

"난 슬픈 영화를 남과 함께 보기 싫어요."

영화가 끝나고 극장에서 나오며 다혜가 말했다.

"언젠가 고등학교 시절에 말이에요, 극장에서 헬렌 켈러의 영화를 보았는데 나중 장면이 얼마나 슬프던지 엉엉 울어버리고 말았거든요. 그런데 옆에 앉았던 친구애가 나를 이상한 눈으로 쳐다보는 거예요. 내가 소리내 울고 눈이 퉁퉁 부은 게 창피하다는 거였어요. 난 영화를 보면서 참 잘 울어요."

"아까도 몇 번 손수건으로 눈물을 닦는 것을 보았습니다."

"그것은 운 게 아니에요."

다혜가 정색을 했다.

"그것은 땀을 닦은 거예요."

"땀을요?"

현태가 낄낄대면서 웃었다.

"아니, 그 추운 극장 안에서 땀이 나요?"

"그건 땀이에요. 난 긴장하면 땀이 나는 걸요."

다혜가 장난스레 웃었다.

"자꾸만 따져묻지 마세요. 짓궂은 장난꾸러기처럼. 그런데 한 가지 이상한 것은 왜 영화마다 늘 마지막 장면이 슬픈 거죠? 그러니 눈물 닦을 시간이 없어요. 닦으려는 순간에 밝은 불이 켜지거든요."

극장에서 나오자 늦은 밤거리는 더욱더 추웠다. 현태가 가스불을 밝힌 거리의 행상에게서 군밤과 땅콩을 사들었다.

"집까지 바래다드릴게요."

택시를 잡기 위해서 현태는 길거리로 나섰다.

가는 방향을 소리 지르면서 합승하려는 승객들로 극장 앞 거리는 북적거렸다. 택시를 잡는 데 현태는 선수권자와 같은 자부심을 갖고 있었다.

택시를 잘 잡는 사람은 유능한 사람이라고 현태는 말했다. 유능한 사람이 되기 위해서는 택시를 잘 잡아야 한다는 것이다. 현태는 그 말을 실천이라도 하는 것처럼 택시를 잡는 데는 남다른 재능이 있었다.

그는 매사를 그런 식의 승부로 생각했다. 택시를 남에게 빼앗기면 그만큼 승부에서도 뒤지는 것이라는 심리를 갖고 있었다.

"……타세요."

현태는 손님이 내리자마자 날쌔게 택시를 잡아타고 다혜에게 소리를 질렀다. 다혜는 그의 옆자리에 앉았다. 현태는 다혜의 집 방향을 말하고는 주머니에서 군밤과 땅콩을 꺼냈다. 군밤은 따끈따끈했다.

다혜의 아파트 근처에서 내린 두 사람은 나란히 늘 들르는 작은 카페로 걸어갔다. 입을 열어 권유하지 않아도 그것은 일종의 약속과 같았다.

카페는 언제나 그러했듯 한산하고 조용했다. 현태는 위스키를, 다혜는 커피를 마셨다. 자주 들러 단골이 되었으므로 낯익은 주인 사내가 두 사람을 위해서 가곡풍의 노래를 틀어주었다.

현태는 묵묵히 잔술을 들이켰다.

독한 술이 목구멍을 태우는 느낌이었다. 그는 마음속의 앙금을 이대로 퇴적시켜서 민우의 일을 영원한 비밀로 간직해서는 안 될 것 같은 갈등을 느꼈다. 그렇게 되면 딱딱한 바위로 화석이 되어버릴 것이다. 입을 열어 고백을 하지 않으면 비겁한 일이라고 현태는 생각했다.

"오늘 약속 시간에 늦은 것은……."

현태는 독한 술을 마시고 얼굴을 들어 다혜를 보았다.

"회사일 때문이 아니었어요, 다혜 씨."

현태는 담배를 피워 물었다.

"실은 오늘 저녁때 민우가 저를 찾아왔습니다. 민우와 만나는 일로 약속 시간에 늦었습니다."

현태는 날카로운 눈빛으로 다혜의 얼굴을 바라보았다. 그러나 다혜의 얼굴엔 아무런 동요도 없었다. 그녀는 아무런 충격도 받지 않은 듯 잔을 들어 커피를 마셨다.

"잘 있던가요, 민우 씨는요?"

"물론입니다."

현태는 잘라서 대답했다.

그러나 그의 머릿속에서는 초라하고 유난히 초췌해 보이던 그의 모습이 하나의 영상으로 떠올랐다.

"지난봄에 만났을 때와 조금도 다름이 없습니다."

"아기는 잘 큰대요? 이젠 이름을 지었다고 하던가요?"

다혜의 얼굴에 미소가 떠올랐다.

"아니오, 아직 이름을 짓지 못했다고 하더군요. 그래서 아직도 아가라고만 부른답니다."

"왜, 민우 씨가 갑자기 현태 씨를 만나러 왔던가요?"

"실은……."

현태는 피우던 담배를 눌러 껐다.

"실은 민우가 나를 찾아온 것은 다혜 씨 때문이었습니다."

"……저 때문이라니요?"

다혜가 의아한 얼굴로 현태를 쳐다보았다.

"다혜 씨를 만나고 싶어했습니다. 다혜 씨의 집은 이사를 갔고, 더 이상 다혜 씨를 어디서 만나야 할지 몰라 민우는 생각 끝에 나를 찾아온 것입니다."

"저를……."

다혜는 침착한 얼굴로 남은 커피를 마셨다. 그리고 어두운 창밖을 보았다.

"저를 왜 만나고 싶어하던가요?"

"다혜 씨를 만나면 모든 일을 다시 시작할 수 있으리라고 그는 믿고 있었습니다."

현태는 술을 찔끔찔끔 들이켰다.

"하지만 그 녀석에게 다혜 씨의 집을 가르쳐주지 않았습니다. 전화번호도 가르쳐주지 않았습니다. 모른다고 거짓말을 했습니다. 다혜 씨가 어디서 살고 있는지 모른다고 딱 잡아뗐습니다. 나 역시 연락이 완전히 끊겼다고 대답했습니다. 제가 잘못했다고 생각하십니까? 제가 너무 잔인한 일을 했다고 생각하십니까?"

현태는 자신이 지금 어떤 정신적인 고문을 다혜에게 행하고 있을지도 모른다는 생각이 들었다

이것은 잔인한 형벌이다. 다혜는 천천히 창밖으로 향했던 얼굴을 돌려 현태를 보았다. 그녀의 얼굴은 담담하고 평온해 보였다.

"왜 그걸 제게 물으세요, 현태 씨는요?"

"제가 혹 잘못하지 않았나 그것이 두려웠습니다. 민우는 내 친구가 아닙니까? 다혜 씨의 일로 친구를 속였다는 죄책감이 점점 더 짙게 느껴집니다."

현태는 술을 한 잔 더 시켰다.

"우리는 두 시간도 못 되어 헤어졌습니다. 그는 저쪽 방향으로, 나는 이쪽 방향으로 헤어졌습니다. 어두운 상점들의 거리로 걸어가는 민우의 뒷모습을 나는 다혜 씨와의 약속 시간에 늦었음에도 불구하고 오랫동안 지켜보았습니다. 불안하고 부끄럽고, 그리고 미안했습니다. 다혜 씨를 만나러 오면서 민우를 만났다는 사실을 영원히 비밀로 덮어두려 했습니다. 그러나 그래서는 안 된다는 느낌이 들었습니다. 다혜 씨, 민우는 절실히 다혜 씨를 만나고 싶어했습니다. 다혜 씨를 아직도 사랑하고 있다고 제게 말했습니다. 그의 말은 진심이었습니다. 나는 그처럼 타오르는 눈빛을 본 적이 없습니다. 그는 옛일을 그리워했고, 다시 옛날로 돌아가고 싶어했습니다."

"그건……."

다혜가 짧게 말을 잘랐다.

"지난 일이에요. 다 소용없는 일이에요."

다혜의 얼굴에 미소가 피어올랐다.

밤이 깊고 바람이 잦아든, 을씨년스럽게 추운 아파트 광장은 텅 비었다.

술집에서 나와 다혜를 아파트까지 바래다주려고 나란히 걷던 현태가 걸음을 멈추고 다혜를 바라보았다.

"……추우세요?"

"아뇨."

"그럼 잠시만 앉았다 가요."

현태는 광장 한가운데 인근 주민들을 위해서 만들어놓은 작은 어린이 놀이터를 가리켰다. 현태는 술에 취해 있었다. 그러나 몸이 비틀거릴 정도는 아니었고 기분이 좋을 만큼 취해 있었다. 그는 기분이 좋은 만큼 말이 많았다.

"그네를 타세요, 다혜 씨. 제가 밀어드리겠습니다."

현태는 찬 밤바람에 저절로 삐꺽삐꺽 소리를 내면서 흔들거리는 그네를 가리켰다.

다혜는 빈 그네에 앉았다. 현태도 나란히 빈 그네에 앉았다. 빈 광장을 스쳐 지나가는 밤바람이 귀가 시릴 만큼 매웠다. 다리를 땅에 붙이고 몸을 앞뒤로 흔들면서 현태는 담배를 피워 물었다.

"혼자 가실 수 있겠어요?"

다혜가 걱정스런 목소리로 현태를 쳐다보았다.

"물론입니다. 제 걱정은 하지 마세요. 전 어디서든 돌아갈 수 있는 놈입니다."

"현태 씨는 취하신 것 같아요."

"제가요?"

현태가 웃었다.

"제가 취한 것처럼 보이세요?"

현태는 그 말에 반발이나 하듯 갑자기 일어나서 바쁜 듯이 달려나갔다. 그는 미끄럼틀의 계단을 날쌔게 뛰어올라 미끄럼을 타고 다시 달려내려오더니 빙빙 돌아가는 회전 그네에 뛰어올라 마치 서커스의 어릿광대처럼 맴을 돌았다. 그리고 나서 다시 다혜의 곁으로 다가왔다. 그는 껄껄 웃으면서 어떠냐는 듯 가슴을 펴고 두 손을 활짝 벌렸다.

"이래두 제가 취한 것처럼 보이세요?"

그는 헐떡거리면서 다혜 곁으로 다가와 그네에 앉았다. 그리고 가쁜 숨을 가누기 위해서 크게 심호흡을 했다.

"실은 다혜 씨에게 오늘밤 할 말이 있어서 여기에 왔습니다. 그냥 헤어지고 싶지는 않았습니다. 그전부터 가슴속에 들어 있던 말을 속 시원히 털어놓지 않으면, 도저히 미진한 마음으로는 혼자 돌아갈 수 없을 것 같았습니다."

현태는 차분하게 가라앉은 목소리로 조리 있게 이야기했다.

"일시적인 기분으로 꺼낸 말이라고 생각지 말아주세요. 다혜 씨, 전 오래전부터 이 말을 다혜 씨에게 하고 싶었습니다. 다혜 씨, 전 다혜 씨를 사랑하고 있습니다. 사랑하고 있을 뿐 아니라 원하고 있습니다."

현태는 잠시 말을 끊었다.

찬바람이 광장에 서 있는 헐벗은 나뭇가지에서 몇 안 되는 잎사귀를 떨어뜨려 광장 위를 이리저리 몰고 다니면서 희롱했다.

"난 다혜 씨를 내 것으로 만들고 싶습니다. 내 소유로 삼고 싶습니다. 난 다혜 씨를 누구보다 행복하게 해줄 자신이 있습니다. 저와 결혼해주십시오."

현태의 목소리가 가늘게 떨렸다.

그러나 망설임은 없었다. 그의 목소리는 확신에 가득 차 있었다.

"오늘밤 당장 여기서 답변을 듣자는 것은 아닙니다. 그렇게 성급한 놈은 아닙니다. 두고두고 생각해보십시오."

현태는 비로소 고개를 들어 다혜를 보았다.

"제가 싫으면 앞으로 절 만나주지 마십시오. 하지만 분명히 말해서 앞으로는 그냥 옛 친구로 만나지는 않을 생각입니다. 이틀 뒤에 전화를 드리겠습니다. 제가 싫으시면 전화를 받지 않으셔두 됩니다."

현태는 자리에서 일어났다.

"이제 됐습니다."

그는 거수경례하는 신병처럼 가슴을 폈다.

"가슴속에 있는 말을 모두 털어놓아서 후련합니다. 한 가지 섭섭한 것은 오랫동안 망설였던 말을 이처럼 어둡고 추운 곳에서 털어놓았다는 사실입니다. 나는 다혜 씨에게 내 마음을 따뜻하고 밝은 축제 분위기 속에서 털어놓고 싶었습니다. 이처럼 겨울의 빈 빙판 같은 곳에서 털어놓고 싶지는 않았습니다."

현태가 소리를 내어 웃었다.

"바래다드리겠습니다."

그러나 다혜는 일어서지 않았다. 현태는 다혜 곁으로 다가갔다. 그녀는 그 자리에서 화석이 되어 굳어버린 듯 망연히 앉아 있었다.

순간 현태는 다혜의 얼굴을 두 손을 감싸들었다.

현태는 두 손 가득히 다혜의 얼굴을 받쳐들었다. 따뜻한 새를 감싸쥔 느낌이었다. 그 작은 새는 가엾게도 와들와들 몸을 떨고 있었다. 현태는 그 새를 향해 얼굴을 가져갔다.

입술이 천천히 마주쳤다. 향기로운 숨결의 냄새가 전신을 찔렀다. 어지럽고 현기증이 났다.

다혜의 몸이 무게를 감당치 못하고 그 자리에서 무너졌다. 쓰러지려는 다혜의 몸을 현태가 부축해서 일으켰다.

현태는 자신밖에 이 여자를 부축할 사람이 없다고 확신했다. 그러자 자신의 몸을 파고든 이 여자가 자신의 소유라는 느낌이 강하게 전해왔다.

─받아들였다.

현태는 순간 생각했다.

─다혜가 내 사랑의 고백을 받아들였다.

현태는 다혜의 몸을 강하게 포옹하고 그녀의 눈에, 얼굴에, 빰에, 입술에 입을 맞추었다. 뭐라고 말로 감정을 표현하고 싶었지만 마땅한 말이 떠오르지 않았다. 현태는 손을 들어 다혜의 머리카락을 쓸어올렸다. 그녀의 몸에서 아주 좋은 냄새가 났다. 대학을 졸업하고 난 뒤 조금씩 바르는 화장품 냄새가 그녀의 몸에 배어 있었다.

"일어납시다."

현태가 다혜를 부축해서 일어섰다.

"바람이 차요. 밤이 늦었습니다. 감기 걸리겠습니다."

"여기서 헤어져요."

다혜가 문득 입을 열어 말을 꺼냈다.

"가세요. 저 혼자 들어가겠어요."

현태는 다혜를 바라보았다.

"안녕히 가세요."

뭐라고 말할 여유도 주지 않은 채 그 자리에서 다혜가 돌아섰다. 그녀는 바람이 몰아치는 밤의 짙은 그림자 속으로 잠겨들어 갔다.

현태는 물끄러미 다혜의 모습을 지켜보았다. 다혜가 걸어가는 모습을 좇아가서 그녀를 멈춰 세워서는 안 될 것 같은 느낌이 들었다.

다혜의 체취와 몸의 감각이 그의 몸에 아직 충만하게 남아 있었다. 현태는 자신의 몸에 남아 있는 다혜의 체취를 느끼며 타오르는 환희의 불빛을 보았다.

—다혜 역시 나를 사랑하고 있다.

현태는 그 자리에서 무릎을 꿇었다. 그리고 킬킬거리면서 모래땅을 내리쳤다.

—내 사랑을 받아들였다. 다혜는 내 것이다.

밤 열두 시가 가까워올 무렵부터 절정에 이르는 환락가는 눈부신 네온 불빛을 번득이면서 타올랐다.

택시에서 내려 술집과 술집들이 다닥다닥 연달아 서 있는 환락가를 걸으면서 민우는 그 불빛이야말로 영원히 벗어날 수 없는 자신의 운명이라고 느꼈다.

그는 천천히 골목길로 접어들어 자신의 가게 앞에 섰다. 가게 안은 흐린 알전구의 불빛으로 희미하게 빛났다.

문을 닫을 시간이었다. 그런데도 아직 가게는 문을 열어두었다.

민우는 그 불빛을 보면서 오랫동안 망설였다.

왜 그 불빛을 향해 다가가는 데 용기가 필요한가. 민우는 자신의 흔들리는 마음을 이해할 수 없었다.

그는 가게로 다가가 문을 열었다. 가게와 문 하나로 연결된 안방에서 텔레비전의 소음이 요란하게 들려왔다.

"……누구세요?"

문이 열리는 소리에 텔레비전을 보면서도 신경을 곤두세우고 있는 은영이 날카롭게 소리 질렀다.

"누구 왔어요?"

장지문이 열렸다. 반은 잠에 잠긴 표정으로 은영은 민우를 보았다. 그곳에 서 있는 사람이 민우라는 것을 확인한 순간 그녀의 얼굴에는 표독스러운 서리가 내렸다.

"도대체 어떻게 된 거예요?"

은영은 대뜸 소리를 질렀다.

"어디서 오는 길이에요?"

"……조금 늦었어."

민우가 흰 이를 보이면서 웃었다.

"조금 늦다니요? 지금 몇 신 줄이나 알아요? 눈 있으면 시계나 똑바로 보세요. 열두 시가 지났어요. 당신은 낮도깨비예요, 밤도깨비예요? 도대체 어디서 오는 거예요? 아침에 사라졌다 간 한밤중에 나타나다니 당신 정신 있는 거예요, 없는 거예요?"

"그래서 이렇게 나타나지 않았어."

민우는 물건들이 가득 쌓인 상자 위에 걸터앉았다.

"또 술 마셨어요? 당신은 술도깨비예요. 당신은 미친 술도깨비예요."

민우는 웃으면서 좌판 위에 놓인 알사탕 한 개를 꺼냈다. 그는 사탕봉지를 벗기고 사탕을 입 안에 털어넣었다.

"그보다, 저녁 내내 로라 언니가 제게 전화를 걸어왔어요. 어떻게 된 거예요, 당신. 당신, 로라 언니와의 약속을 일방적으로 깨뜨린 거죠? 그쪽에서 일이 생겼나봐요. 저녁 내내 전화가 왔어요. 조금 전에도 전화가 왔다니까요. 오는 즉시 가게로 연락해달래요. 찾아오든지 아니면 전화라도 걸어주든지요. 화가 불처럼 난 목소리였어요. 도대체 무슨 일이에요? 무슨 약속을 깨뜨린 거예요?"

"전화가 오면⋯⋯."

민우는 다시 알사탕을 꺼내 입 안에 털어넣었다. 사탕의 맛은 쓰고 싱거웠다.

"집에 돌아오지 않았다고 해. 난 만나고 싶지 않아."

"⋯⋯당신을 죽이겠대요."

은영이 신경질적으로 소리 질렀다.

"당신의 가슴을 칼로 찔러 죽이겠대요. 아이구, 저런 술도깨비, 밤도깨비를 진작 찔러 죽이기나 할 것이지."

민우는 대답 대신 일어섰다.

"⋯⋯어딜 가요?"

은영이 소리 질렀다.

"내 얘긴 아직 끝나지 않았어요."

"듣고 싶지 않아. 난 가게 문을 닫겠어."

"조금만 더 열어둬요. 아직 올 손님이 있을 거예요."

"……밤에는 쥐도 자는 법이야."

민우는 천천히 가게 문을 열고 나왔다.

그는 가게 벽 옆에 기대어둔 나무로 짠 덧문을 힘들여서 맞춰
세웠다. 술에 취했으므로 덧문을 닫는 데 꽤 오랜 시간이 걸렸
다. 간신히 덧문을 닫고 빗장까지 걸고 민우는 우두커니 가게
안에 앉아 있었다.

"방금 또 전화 왔어요. 당신 들어왔냐구 물었어요."

"그래서……."

"아직 돌아오지 않았다구 했어요."

민우는 가게의 불을 껐다. 덧문까지 닫아걸었으므로 빛 하나
스며들지 않아 가게 안은 캄캄했다. 텔레비전 수상기에서 비쳐
오는 불빛만이 춤추듯 너울거렸다.

"그랬더니 돌아오는 즉시 전화를 걸어달라구 했어요. 당신
때문에 막대한 손해를 봤다구 악다구니를 퍼부었어요. 무슨 일
이에요? 물건 나르는 일을 당신 모르게 한 거예요? 오늘밤 무슨
작업이 있을 예정이었죠? 그걸 당신이 일부러 가지 않은 거
죠?"

"……모르겠어."

침통한 표정으로 민우가 대답했다.

"잠들었나? 아가는……."

"자고 있어요."

민우는 비틀거리면서 방으로 걸어갔다. 그는 툇마루에 두 다리를 걸치고 엎드려서 잠든 어린아이의 얼굴을 가까이에서 들여다보았다.

"깨우지 마세요. 술 냄새 나는 더러운 주둥이로 아이에게 입을 맞추지 마세요. 간신히 재웠으니까요."

은영은 잠옷으로 갈아입기 위해서 옷을 훌렁훌렁 벗어던졌다.

"난 당신이 하루 종일 안 보이길래 어디로 도망쳐버린 줄 알았어요. 로라 언니 전화는 계속 걸려오지요, 당신은 보이지 않지요. 아이구 내 팔자야, 아이구 쌍년의 팔자야."

민우는 신발을 벗고 방 안으로 올라갔다. 그는 벽에 상반신을 기대고 누워서 옷을 갈아입은 은영의 두 다리를 잡아내렸다. 은영은 주저앉으면서 비명을 질렀다.

"또예요?"

은영은 희게 웃으면서 눈을 흘겼다.

"낮에는 술 퍼먹구 밤에는 구멍 파구. 당신은 색도깨비예요."

민우는 거칠게 은영의 팬티를 내렸다. 너무나 거칠게 다뤘으므로 은영이 가늘게 비명을 질렀다.

"왜 그래요? 무슨 유감 있어요? 살살 하세요. 이러다간 사람 죽이겠네."

민우는 아무런 말 없이 은영을 자신의 두 다리 위에 앉혔다. 민우는 두 눈을 감았다. 순간 텔레비전 옆에 놓인 전화기가 경련을 하면서 울리기 시작했다. 은영은 전화를 받으려고 손을 내밀었다.

"내버려둬."

가쁜 숨을 헐떡이면서 민우가 소리 질렀다.

"받지 마."

"로라 언니예요. 받지 않으면 더 이상하게 생각해서 이리로 쳐들어올지도 몰라요. 너무 비위를 건드리지는 마세요, 당신. 우리가 이만큼 자리잡고 살아가는 것은 로라 언니 덕분이에요."

따르릉 따르릉— 쉴 새 없이 전화벨 소리가 이어졌다. 그 벨소리와 싸우기 위해서 민우는 은영을 방바닥에 쓰러뜨렸다. 그리고 필사적으로 은영의 몸 위에 달라붙었다. 그는 안간힘을 쓰면서 육체적 흥분을 되살리고 몸을 뜨겁게 달구기 위해서 이를 악물었다.

아주 오랜 후에 전화벨 소리는 끊겼다.

결혼식은 열한 시 정각에 시작되었다.

현태는 시간 전에 마음이 초조해서 신부 대기실로 가보았다. 친구들에게 둘러싸여 다혜가 거울 앞에 앉아 있었다.

"어머."

흰 장갑을 낀 현태가 들어오자 다혜를 둘러싸고 앉아 있던 여자 중 하나가 호들갑스런 비명을 질렀다.

"여긴 신랑이 들어오는 곳이 아니에요."

다혜를 둘러싸고 앉아 있던 여자들은 일제히 까르르 웃음을 터뜨렸다.

"곧 나가겠습니다."

낯을 붉히면서 현태가 대답했다.

"오 분 이내에 식을 올리겠습니다. 준비가 되었나요?"

현태는 거울 속의 다혜 얼굴을 바라보면서 물었다.

"우린 준비가 다 되었어요. 그쪽 걱정이나 하세요."

누군가 장난스레 말을 받고 다시 웃음소리가 따랐다.

다혜는 흰 웨딩드레스를 입고 거울 속에 앉아 있었다. 짙게 화장을 했으므로 평소의 그녀 얼굴 같지 않았다.

현태는 문을 닫고 신부실을 나섰다.

"준비가 되었대……."

친구가 초조한 얼굴로 현태를 쳐다보았다.

"시작하지."

현태가 밝게 대답했다.

"주례 선생님을 모시고 와."

현태는 가슴을 폈다.

결혼식을 곧 시작하겠으니 하객들은 식장 안으로 들어와달라는 안내방송이 낭하를 울렸다. 그러자 사람들은 하나씩 둘씩 떼지어 식장 안으로 들어갔다.

현태는 장갑을 여며 끼고 길게 심호흡을 했다.

그때였다.

현태는 무심코 낭하를 올라오는 계단 쪽으로 고개를 돌렸다가 언뜻 스쳐가는 사람의 그림자를 보았다.

현태는 순간 가슴이 철렁 내려앉았다. 현태는 빠른 걸음으로 계단 쪽으로 뛰듯이 걸어가보았다.

계단은 텅 비어 있었다. 그렇다면 조금 전에 언뜻 사라진 사람의 그림자는 착각일지도 모른다.

아니다. 착각일 리 없다. 분명 어떤 사람이 급히 계단 아래로 뛰어내려갔을 것이다. 다만 내가 우연히 사라지는 타인의 인기척을 새삼스럽게 생각했기 때문일 것이다.

현태는 결혼을 앞두고 오랫동안 망설였다.

민우에게 청첩장을 보내야 할지 말아야 할지 오랫동안 주저했다. 청첩장을 민우에게 보내는 것은 당연한 일이었다. 민우는 현태의 다정한 옛 친구가 아닌가. 그러나 현태가 망설이는 것은 청첩장에 적혀 있는 다혜의 이름 때문이었다.

청첩장을 받으면 민우는 자신의 옛 애인이 친구의 신부(新婦)로, 아내로 변했음을 발견하게 될 것이다. 그러나 현태는 오랫동안 망설이다가 민우에게 청첩장을 보냈다.

주소를 몰랐으므로 민우가 사는 읍과 그가 찾아갔던 술집의 이름을 주소로 명기했다. 현태는 청첩장을 부치면서도 그가 이 사각봉투를 받지 않기를 기원했다. 그사이에 그가 다른 곳으로 이사를 가서 연락이 두절되었기를 바랐다. 이사를 가지 않았다면 이 사각봉투가 본인에게 전해지지 않기를 기원했다. 아니, 전해진다 해도 그가 결혼식에 참석해주지 않기만을 바랐다.

그는 오지 않을 것이다.

현태는 결혼식이 가까워질수록 그렇게 생각했다.

그는 결혼식에 참석지 않을 것이다. 그게 예의임을 알 것이다. 내가 그의 참석을 원치 않으면서도 청첩장을 보낼 수밖에 없는 것처럼 그도 참석하고 싶으면서 찾아오지는 않을 것이다.

현태는 텅 빈 계단에서 몸을 돌렸다.

"뭐 해? 여기서."

현태를 찾아나선 회사 동료가 어이없다는 얼굴로 소리를 질렀다.

"다들 기다리고 있어. 어떻게 된 거야? 난 또 신랑이 도망가버린 줄 알았지."

현태는 식장 앞으로 다가갔다.

신랑 입장이 있겠다는 마이크 소리가 홀 안에서부터 들려왔다. 현태는 식장 안으로 들어섰다. 식장 안은 지나치게 밝아서 수술실처럼 보였다. 좌우로 갈라져 앉은 하객들 사이로 붉은 융단이 펼쳐져 있었다. 그 끝에 연단이 있고, 연단 위에 주례를 위해 대학의 은사님이 정면을 바라보고 서 있었다.

현태는 뚜벅뚜벅 주례 앞으로 걸어가서 등을 돌려 입구를 정면으로 바라보고 섰다. 침이 마르고 이마에서 땀이 흘러내렸다.

곧이어 신부 입장이 있겠다는 마이크 소리와 함께 결혼 행진곡을 연주하는 피아노 소리가 흘러나왔다.

하객들의 시선이 일제히 뒷문 쪽으로 향했다. 한동안 침묵이 흘렀다. 그 침묵을 밟으면서 흰 면사포를 쓴 신부가 홀연히 나타났다. 사람들은 신부의 얼굴을 자세히 보려고 앉은 자리에서 몸을 일으켰다.

현태는 심호흡을 하며 신부의 얼굴을 쳐다보았다. 그녀는 이제 그가 책임져야 할 신부였다. 그리고 아내였다. 비가 오나, 바람 부나, 거친 폭풍우가 내려도 고난과 기쁨을 같이하겠다는 신성한 약속을 함께하는 부부였다.

내 사랑은 변치 않을 것이다.

현태는 미지의 세계에 대한 두려움과 불안으로 천천히 걸어오는 다혜의 모습을 바라보면서 이를 지그시 깨물었다.

아버지가 일찍 돌아가셔서 작은아버지 손에 이끌려 걸어오는 다혜의 모습을 바라보면서, 현태는 자신에 대해서 준엄하게 맹세했다.

나는 저 여자의 일생을 책임질 것이다.

신부가 연단 아래까지 오자 현태는 단에서 내려가 신부를 맞아들였다. 현태는 신부의 손을 쥐었다. 그리고 자신의 곁으로 잡아 이끌었다.

두 사람이 타오르는 촛불 앞에 섰을 때 비로소 피아노 소리가 멎었다. 그리고 새로운 부부 탄생을 알리는 혼례식은 시작되었다.

민우는 야광시계를 들여다보았다.

야광 침이 밤 아홉 시 오 분 전을 가리켰다. 약속 시간이 정각 아홉 시였으므로 아직 오 분 정도의 시간이 남아 있는 셈이었다.

민우는 주머니에서 작은 위스키 병을 꺼내 이빨로 마개를 따고 벌컥벌컥 들이켰다.

"형님."

잠자코 침묵을 지키던 지배인이 못마땅하다는 듯 민우를 불렀다. 민우 대신 술집에 새로 들어온 지배인이었다.

"술 좀 그만 마시쇼."

"내 걱정은 마라."

민우가 말을 잘랐다.

큰길에서 5백여 미터 들어온 돌산은 한때 돈벌이가 꽤 잘되어 바쁘게 발파 작업도 하고 돌을 실어나르는 트럭들이 부지런히 오가곤 했으나 돌이 마르자 그만 영업을 걷어치운 채석장이었다.

그때 생긴 길이 그대로 있었지만 오랫동안 쓰지 않아서 이제는 야산이나 다름이 없었다. 미처 실어나르지 못한 돌더미들이 부지에 가득가득 쌓여 있었다.

"정신 똑바로 차려요, 형님. 놈들의 태도가 심상치 않아요. 아무래도 서서히 줄행랑을 놓을 셈인 모양인데, 까딱 잘못하다가는 형님이나 나나 막차를 탄단 말예요. 막차 타면 우린 신세 조겨요."

"네 걱정이나 해, 이 자식아."

민우는 침을 뱉었다.

채석장 너머로 헤드라이트의 불빛이 번뜩였다. 산비탈을 돌아오는 차의 조명등이 채석장을 핥자, 어둠 속에 웅크린 돌더미들의 모습이 잠시 나타났다 스러졌다.

"……옵니다, 형님."

신호를 보내기 위해서 지배인이 차의 시동을 걸었다. 그리고 헤드라이트를 켰다. 이쪽의 위치를 알려주려고 지배인은 두어 번 조명등을 켰다 껐다.

숨가쁜 소리를 내면서 올라오던 트럭은 그 불빛을 보자 제자리에 멈췄다.

민우와 지배인은 차에서 내렸다.

두 사람은 아직 엔진을 끄지 않은 트럭 쪽으로 다가갔다. 저쪽 트럭에서 두 사람이 뛰어내렸다.

"빨리빨리 합시다."

얼굴에 흰 마스크를 한 사내가 서두르면서 말을 뱉었다.

"준비한 돈을 주시오."

"물건부터 봐야지."

지배인이 침착하게 말을 받았다.

"아따, 까다롭게 구시네. 확인해보세요."

지배인이 트럭의 후미 쪽으로 걸어갔다.

화물칸을 막은 쇠 덮개를 열던 사내가 다가오는 지배인을 보더니 휘파람을 불었다. 지배인은 포장된 상품의 뚜껑을 벗겨냈다. 포장 속에는 전자제품이 그득그득했다. 텔레비전, 냉장고, 전기 청소기, 믹서, 값나가는 전자제품들이 차곡차곡 쌓여 있었다.

"됐수다, 형님."

지배인이 민우에게 소리를 질렀다. 민우는 주머니에서 돈을 꺼내 사내에게 내밀었다.

그때였다.

순간 어둠 속에서 섬광과 같은 불빛이 일어났다. 여기저기서 불의 기둥들이 화살처럼 꽂혀왔다. 어둠 속에 웅크리고 섰던 트

력의 모습이 눈부신 빛의 그물 속에 고스란히 노출되었다. 채석장 구석구석에 탐조등 불빛이 쏜살같이 꽂혀 포위되었다.

"배신자, 더러운 새끼."

돈을 받으려던 사내가 정신없이 트럭 운전석으로 뛰어올랐다. 뭐라고 외치는 고함 소리가 바위더미에서 퍼져흘렀다.

왔다.

민우는 미친 듯이 지프 쪽으로 뛰면서 소리 질렀다.

드디어 왔다. 비밀이 새고 말았다. 누군가 우리의 현장을 밀고해버린 것이다.

"어디 있어?"

눈부신 빛의 소용돌이가 어둠을 갈가리 찢고 있어서 눈앞이 제대로 보이지 않았다.

민우는 운전석으로 뛰어올랐다. 그는 차의 시동을 걸었다. 사람들의 고함 소리가 사방에서 한꺼번에 모여 흘렀다. 그래서 그 고함 소리는 무슨 뜻인가 이해할 수 없었다.

민우는 무턱대고 앞으로 차를 몰아나갔다.

그의 차 앞으로 달려오는 그림자가 있었다.

민우는 차를 세웠다가 급히 후진해나갔다. 돌더미가 그의 차 뒤꽁무니를 세차게 후려쳤다. 순식간에 후미등이 부서졌다.

어디로 나가야만 빠져나가는 오솔길이 있는지 방향이 분간되지 않았다. 아니다. 오솔길의 방향을 안다 해도 그 길은 잠복했다가 현행범을 잡으려는 수사 기관원들에 의해서 이미 차단되었을 것이다.

그들은 사전에 접선 장소를 알아낸 것이다.

그들은 이 채석장을 중심으로 거미줄 같은 포위망을 구축해 놓고 민우들이 스스로 올가미에 걸려들 시간만을 기다렸을 것이다.

그렇다. 누군가 배신을 했다. 우리 중 누군가가 그들에게 찔렀다.

민우는 헐떡이면서 차창 앞을 노려보았다. 차창 앞에서는 치열한 결투가 벌어지고 있었다. 쫓고, 도망치고, 외치고, 총을 쏘고, 고함 소리가 벌떼처럼 일어났다.

미처 차에 타지 못한 지배인이 자신을 덮치려는 수사요원을 향해 마지막 저항을 하는 모양이었다. 그는 권총을 갖고 있었다. 군 특수기관 출신인 지배인은 제대할 무렵 실탄이 가득 든 권총 한 자루를 훔쳐가지고 나왔다. 그 권총을 빼들고 총을 쏘면서라도 저항을 할 수 있는 녀석이다.

하지만 소용없는 짓이다.

민우는 이를 악물었다.

이미 독 안에 든 쥐다. 도망갈 길은 없다.

민우는 두려웠다. 순간 심장이 멎을 것 같은 공포가 그를 엄습했다.

아니다. 이대로 앉은자리에서 그들에게 체포될 수는 없다.

민우는 차창 밖을 노려보았다.

가장 빛 밝은 불빛 하나가 민우 쪽으로 다가왔다. 민우는 순간 액셀러레이터를 거칠게 짓밟았다. 차가 요동을 치면서 앞으로 달려나갔다. 민우는 나아가야 할 방향을 몰랐으므로 가장 밝은 불빛 쪽을 향해 차를 몰아나갔다.

무너져내린 돌더미 위로 달려나가는 차는 쓰러질 듯이 기우뚱거렸다. 저 불빛을 들이받아 깨뜨리면 도망쳐나갈 수 있는 외가닥 길이 열릴 것만 같았다.

민우는 그 불빛의 점을 향해 돌진했다. 불빛이 거의 눈앞에 다가왔을 때 민우는 거대한 불빛의 소용돌이 속에 갇힌 기분이 들었다.

거세게 돌진해나가던 차체는 요란한 소리를 내면서 그 자리에서 부서져내렸다. 거대한 돌더미와 정면으로 부딪친 차는 거짓말처럼 납작하게 찌그러들었다.

차창이 박살나고 산산이 깨진 유리 조각들이 밝은 불빛 속에 분수처럼 반짝이며 흩어졌다.

미친 듯이 달려나가던 차가 거대한 바윗덩어리와 정면으로 부딪친 충격으로 운전석에 앉아 있던 민우의 몸뚱이는 부서진 차체의 파편과 함께 차 밖으로 퉁겨져나갔다.

그의 몸은 허공을 한 바퀴 맴돌아서 바위 위에 굴렀다.

겨울나그네

"과장님, 수위실에서 연락이 왔는데요."

결재를 맡고 나오는 현태에게 앞자리에 앉아 있는 부하직원이 수화기를 들고 말을 건넸다.

"손님이 찾아왔다는데요. 올려보내랄까요?"

"올 사람이 없는데."

현태는 수화기를 받았다.

"여보세요. 전화 바꿨습니다."

"아, 여긴 1층 수위실인데요. 어떤 여자분이 과장님을 찾아왔는데 올려보낼까요?"

"여자예요?"

현태는 머리를 갸우뚱거렸다. 더구나 여자라면 따로 자신만을 찾아올 사람이 없지 않은가.

"어떻게 할까요? 올려보낼까요?"

"아니, 내가 내려가지."

현태는 수화기를 내려놓았다.

그는 부하직원에게 잠깐 찾아온 손님을 만나러 1층에 내려갔다 오겠다고 말하고는 사무실에서 나왔다. 복도를 걸어가면서 그는 코트를 걸치지 않고 나온 것을 후회했다. 봄이었지만 아직 날씨가 쌀쌀했기 때문이었다.

엘리베이터를 타고 1층 로비로 내려가자 수위가 현태를 보고 몸을 일으켰다.

"웬만하면 그냥 올려보내려구 했는데, 옷차림이 이상해서요. 저쪽에 앉아 있는 여자예요."

수위는 1층 휴게실 소파를 가리켰다.

현태는 수위가 가리킨 쪽으로 걸어갔다. 간이소파에 한 여자가 앉아 있었다.

수위의 말대로 여자의 옷차림은 주위의 분위기에 어울리지 않게 두드러져 보이는 요란스러운 것이어서 금방 눈에 띄었다. 현태가 다가가자 여자는 고개를 돌려 현태를 보았다.

"절 찾아오셨습니까?"

현태는 조심스럽게 말을 꺼냈다.

여자는 찬찬히 현태를 살펴보았다. 여자는 짙은 화장을 하고 있었다. 머리는 금발로 물들여서 연극에 나오는, 분장한 배우처럼 보였다.

"현태 씨세요?"

"그렇습니다만……."

현태는 여자의 얼굴을 조심스럽게 뜯어보았다. 어딘가 낯이 익은 데는 있었지만 전혀 알 수 없는 얼굴이었다.

"……누구신지요?"

"절 모르시겠어요?"

여자는 몸을 일으켰다. 여자의 몸에서 짙은 화장품 냄새가 났다.

"그야 생각나지 않으시겠지요. 워낙 오래전의 일이니까요. 벌써 한 오 년이 흘렀나요. 선생님을 마지막으로 뵌 것이 햇수론 육 년 전이 되는 셈이로군요. 그래두 생각나지 않으세요?"

"글쎄요."

현태가 애매하게 웃었다.

"잘 기억나지 않는데요."

"그러실 테죠. 세월두 흘렀구 제 모습도 많이 변했으니까요. 그땐 이런 옷차림이 아니었으니까요."

여자는 길게 한숨을 쉬었다.

"……민우라구 아시죠? 한민우……."

여자는 한숨의 뒤끝에 말을 꺼냈다.

"민우, 물론 압니다."

무심코 대답하던 현태의 머릿속에 번뜩이는 영감이 떠올랐다.

"아."

현태는 소스라쳐 놀라면서 여자의 얼굴을 다시 한 번 쳐다보았다.

"아, 생각납니다. 미안합니다, 몰라뵈서 미안합니다. 저 민우의 부인이시죠?"

"미안해하실 것은 없어요."

여자는 맑은 미소를 띠면서 말을 했다.

"세월도 많이 흘렀고 제가 변했으니까요. 이런 차림으로 오려고 하지 않았지만 별 수 있어야죠. 먹구살려니깐 할 수 없었어요."

여자는 자조적인 표정으로 주머니에서 담배를 꺼냈다. 그녀의 손톱에는 붉은 매니큐어가 칠해져 있었다.

여자의 말대로 오륙 년 전 저 교외의 기지촌 가게에서 마주쳤던 여자의 얼굴과는 전혀 달랐다. 너무나 짙게 화장을 해서 여자의 얼굴은 가면을 쓴 어릿광대처럼 보였다.

그것은 아름다움을 강조하기 위해서라기보다는 자신의 초라함과 주름살을 감추기 위한 일종의 가면 같은 분장이었다.

"가만있자, 여기서 말씀을 나눌 수는 없구요. 지하 찻집에라두 가시지요."

"아, 아니에요."

여자는 황급히 손을 내저었다.

"곧 가야 해요. 선생님도 바쁘시잖아요."

"아닙니다. 전 시간이 많습니다. 은영 씨죠?"

여자가 담배연기를 뿜으면서 쓸쓸히 웃었다.

"잊을 리가 없지요. 어떻게 지내십니까? 민우는 잘 있습니까?"

"그이는……."

여자는 흘긋 현태를 보았다. 피우던 담배연기가 눈으로 스며들었는지 여자는 눈을 손등으로 비볐다.

"그이는 죽었어요."

대수롭지 않게 여자는 말을 뱉었다.

현태는 멈칫 몸을 세웠다. 자신이 잘못 들은 게 아닐까, 현태는 이상스럽다는 듯 여자의 얼굴을 쳐다보았다.

"벌써 오래전이에요. 오 년도 넘었을 거예요, 그이가 죽은 것이. 연락하려고 했지만 너무 졸지에 일어난 일이어서. 병으로 죽은 것두 아니에요. 그저 사고로, 교통사고로, 꼭 교통사고랄 수도 없지만. 미안해요. 연락을 드리지 못해서⋯⋯."

여자는 두서없이 말을 흘렸다. 현태는 아무 말 없이 맞은편 소파에 앉았다.

"좋은 소식도 아닌데 굳이 친구에게 알려줄 이유가 없잖아요."

여자는 두어 번 헛기침을 했다.

"제가 오늘 찾아온 것은 다른 부탁이 있어서예요, 선생님. 그이가 졸지에 죽은 이후로 나 혼자서 별짓을 다하고 살아왔어요. 어린애 하나를 키우면서 별 지랄을 다했어요. 그러나 여자 혼자서 세상을 살아가자니 보통 힘이 들어야죠. 그래서 작년에 미군과 국제결혼을 했어요. 그 사람이 지난겨울에 미국으로 들어갔는데, 들어가자마자 제게 초청장을 보내왔어요. 함께 미국에서 살자는 거예요. 저로서는 아주 잘된 일이에요. 이놈의 나라라면 이젠 진절머리가 나니까요. 미국에만 들어가면 뭘 해서라도 살 수 있겠지요. 여기선 갈보짓도 했는데, 거기서라면 뭐든 해서 좋은 집에, 좋은 차에, 좋은 고기 먹으면서 살 수 있겠지요. 사랑이야 급했을 때 그 머저리 같은 사내랑 한번 해보았으니 미련도 없구요."

여자는 혼자 말하고 혼자 웃었다.

현태는 묵묵히 팔짱을 꼈다. 그의 가슴은 형언할 수 없는 슬픔과 죄책감과 고통으로 뒤범벅되어 흔들렸다.

"그래서 서울에 여권 수속을 하느라고 나온 거예요. 이미 수속은 끝났어요. 오늘 미대사관에서 비자도 받았어요. 며칠 있으면 미국으로 들어갈 거예요. 그런데 문제는 아이 녀석이에요."

여자는 피우던 담배를 재떨이에 눌러 껐다.

"저는 초청이 됐지만 아이는 아직 초청할 수 없다는 거예요. 제가 일단 들어간 다음에 다시 제 아이를 초청해 데려가야죠. 그런데 제가 초청할 때까지 그 아이를 어디에다 맡겨둘 데가 있어야죠. 고아원에다 맡길 수도 없고, 그이의 이모는 그 거리를 떠났어요. 미국에 있는 딸의 초청을 받아서 떠나버렸어요. 그 여잔 제 남편을 죽였어요. 그 여자가 죽인 것과 마찬가지예요. 그 여자는 쌍년이에요."

여자는 옛 생각을 하니 흥분이 되는지 목소리를 높였다.

"민우 씨는 그 여자를 위해 죽었어요. 그런데도 그 여자는 우리를 거들떠보지도 않았어요. 민우 씨가 죽자 그 여자는 얼마 안 돼 우리에게서 집을 빼앗아갔어요. 나중에는 가게도 빼앗아갔어요. 그래서 할 수 없었어요. 배운 게 도둑질이었으니까요. 먹구살기 위해서는 도둑질이라도 해야 했으니까요."

"아이가 이제 몇 살인가요?"

"일곱 살이에요. 내년이면 초등학교에 들어가야 해요."

여자는 길게 한숨을 내쉬었다.

"아버지가 없어두 아이만은 똑똑하게 자랐어요. 일 년이면 될 거예요. 일 년이면 아이를 찾아갈 수 있을 거예요. 그 아이를 초청해서 미국으로 데리고 갈 수 있을 거예요. 그때까지만 아이를 맡아주실 수 없을까 하고 찾아왔어요."

여자는 단호한 태도였다.

"현태 씨에 대해서는 민우 씨에게서 이야기를 많이 들었어요. 민우 씨는 현태 씨의 명함을 소중히 갖고 있었어요. 그이가 죽었을 때도 현태 씨에게 알려드리고 싶었던 것을 간신히 참았어요."

"왜 연락을 하지 않았습니까?"

현태는 책망하듯 말했다. 그러나 그 책망은 상대방이 아니라 자신에 대한 것이었다.

그토록 무심할 수 있었단 말인가. 햇수로 육 년이 흘렀다. 그런데도 한 번도 그를 찾아가보거나 그의 생각을 머릿속에 떠올려본 적이 없었다.

아내와는 그의 이름과 그의 생각을 떠올린다는 것은 서로를 위해 피해야 할 금기사항이었다. 그러나 민우의 존재가 아내와의 생활에서 거추장스럽고 불편한 것이라 해도 옛 친구가 벌써 오래전에 죽었다는 사실조차 까마득히 몰랐다는 것은 상식 밖의 일이었다.

"무슨 좋은 소식이라고 전갈을 해요? 더구나 비명에 간 사람인 걸요. 아무도 오지 않았어요. 우리끼리 장례를 치렀죠. 그이가 좋아하던 물가의 언덕 위에 묻었어요. 양지 바른 곳에다가요."

"아이는……."

현태는 무겁게 입을 열었다.

"아이는 제가 맡겠습니다."

"……감사합니다."

진심으로 머리를 숙이며 여자는 감사를 표했다.

"그래도 오래 걸리지는 않을 거예요. 넉넉잡아 일 년이면 그 아이를 내 곁으로 데리고 갈 수 있을 거예요."

여자는 피우던 담배를 재떨이에 눌러 끄면서 밝게 말을 던졌다.

"결혼생활이 재미있으세요? 민우 씨가 오래전에 내게 말해주었던 것이 기억나요. 언젠가 우리를 찾아왔던 그 여자분과 결혼을 하셨다면서요?"

"아, 예, 그렇습니다."

알고 있었다.

현태는 가슴을 찌르는 듯한 충격을 느꼈다.

알고 있었다. 본인에게 전달되지 않으리라 믿고 부쳤던 청첩장은 분명히 민우에게 전달되었다. 그리고 민우는 결혼식장 한 구석에서 남의 눈을 피해 숨죽여 두 사람의 결혼을 지켜보았을 것이다.

"……두 분께서 결혼을 한 며칠 뒤에 민우 씨는 죽었어요. 아주 어처구니없는 죽음이었어요. 차를 몰고 가다가 바위와 부딪쳐서 산산조각이 난 차와 함께 허공을 굴러 피투성이가 되어 죽었어요. 아, 이런 얘기는 그만할게요. 상상조차 하기 싫은 끔찍스런 이야기니까요. 결혼생활은 재미있으세요?"

"……재미있습니다."

현태가 낮은 목소리로 대답했다.

"부인에게 안부 좀 전해주세요. 찾아뵙고 싶어도 내 꼬락서니가 워낙 이 모양 이 꼴이 되어놔서요."

"이번 일요일에 그곳으로 찾아가겠습니다. 은영 씨를 만나려면 어디로 가야지요?"

"……오실 필요는 없어요."

딱 잘라서 은영은 말을 뱉었다.

"아이를 맡겠다고 허락해주셨으니 제가 아이를 현태 씨에게 데리고 오겠어요."

"하지만 민우의 무덤에 가서, 늦긴 했지만 성묘도 하고 싶습니다. 그러고 나서 아이를 맡아오기로 하지요."

"그럼 좋아요. 오면 제게 전화를 걸어주세요. 그럼 제가 나갈게요."

여자는 핸드백에서 종이와 볼펜을 꺼내 전화번호를 적었다.

"사람들은 나를 제니라고 불러요. 은영이라는 이름을 대면 아무도 모를 거예요."

여자는 자조적으로 쿡쿡거리면서 웃었다.

"가겠어요. 너무 시간을 빼앗아 미안해요."

쓰던 볼펜을 핸드백 속에 집어넣고 여자는 주춤주춤 일어섰다.

나이를 감추려고 짙게 한 화장이 오히려 여자의 모습을 초라하게 만들었다. 작은 키를 크게 보이기 위해서 신은 굽 높은 구두 때문에 여자는 발돋움을 하고 선 사람처럼 불안정해 보였다. 이제라도 손만 건드리면 쓰러질 것 같았다.

"고마워요, 현태 씨. 찾아올 땐 참 많이 망설였어요."

"잘 오셨습니다."

"먹고살기 힘들었어요. 다행히 좋은 사람 만났어요. 육군 상사인데 마음씨가 고와요. 나도 사랑해주고 나보다도 아이를 사랑해줘요. 자기 자식처럼요."

"참. 아이의 이름은 지었습니까?"

"영철이에요."

웃으면서 여자가 말했다. 두 사람은 회전문을 밀고 거리로 나왔다. 따뜻한 봄 햇살이 거리에 흘러넘쳤다.

"참 우스운 이름이지요?"

"민우가 지었습니까?"

"아니에요. 제가 지었어요. 그이는 죽을 때까지 그 아이의 이름을 짓지 못했어요. 죽을 때까지 그 아이를 그냥 아가라고만 불렀어요. 남편이 죽자 제가 이름을 지었지요. 흔한 이름이지만 그런 이름일수록 복 많이 받고 오래 산대요. 한영철. 그만하면 좋은 이름 아닌가요?"

"그렇습니다. 아주 좋은 이름입니다."

"민우 씨를 빼다박았어요. 어쩌면 그렇게 닮았는지 쌍둥이 같아요."

여자는 자랑스럽게 말했다.

"성품마저 꼭 닮았어요. 이제 그만 돌아가세요. 전 여기서 택시를 타고 터미널로 갈 테니까요."

여자는 택시 정류장 앞에서 발을 멈추고 현태를 돌아보았다.

"정말 고마워요. 이 은혜는 죽도록 잊지 않겠어요."

"일요일 낮에 가겠습니다."

마침 한낮이었으므로 택시를 기다리는 사람들이 없었다. 빈 택시가 정류장으로 달려와 멈춰섰다. 은영은 택시의 문을 열고 들어가 앉았다.

"안녕히 계세요."

여자는 천성적인 명랑함으로 종전의 슬픔을 잊은 듯 낙천적인 표정을 지은 채 손을 흔들었다.

"안녕히 가세요."

차는 미련 없이 속력을 올려서 사라졌다.

현태는 물끄러미 은영을 태운 차가 복잡한 한낮의 도심으로 깊숙이 빠져들어가는 것을 지켜보았다. 시야에서 차가 사라진 후 현태는 묵묵히 사무실로 돌아오면서 그토록 무심한 고독 속에 홀로 죽어간 옛 친구의 초상(肖像)을 떠올려보았다.

"미안하다. 민우."

현태는 소리를 내어 중얼거렸다.

저녁 무렵의 슈퍼마켓은 혼잡했다. 저녁 찬거리를 사러 나온 인근 주민들로 발 디딜 틈이 없을 정도로 붐볐다.

현태는 진열대 위에 놓인 식품들을 수레차에 잔뜩 집어넣고 계산대 앞으로 다가갔다.

퇴근 무렵 다혜에게서 전화가 걸려왔다. 슈퍼마켓에 들러서 찬거리를 사다달라는 내용이었다.

다혜는 며칠 전부터 독감에 걸려 앓고 있었으므로 바깥 나들이를 삼가야 했다. 현태는 선선히 그러지, 하고 응낙을 했다.

현태는 아내의 식성을 알았으므로 그녀가 늘 요리하는 음식에 필요한 식품을 사들었다.

계산대에서 셈을 치른 후 산 물건을 비닐봉지에 담아 들고 현태는 차를 세워둔 주차장으로 걸어갔다. 차의 뒷자리에 식품을 쌓아두고서 현태는 시동을 걸기 위해 열쇠구멍에 키를 밀어넣었다.

순간 현태는 하루 종일 가슴속에 걸려 있던 슬픔과 고통을 입밖으로 토해냈다. 그는 신음 소리를 내면서 차의 시동을 걸었다.

─민우가 죽었다. 오래전에. 우리가 결혼식을 치르고 며칠 후 민우는 죽었다.

지난 낮에 찾아왔던 여자의 얼굴이 선명하게 떠올랐다.

옛 친구의 기억은 바쁜 일상의 생활에서 전혀 떠오르지 않았다. 어쩌다 떠오를 때가 있어도 그는 아득히 먼 세계에 살고 있는 타인에 불과했다.

그것은 아내 다혜에게도 마찬가지였다. 민우는 다혜의 첫사랑이었다. 그저 그뿐이었다. 그것이 세월을 뛰어넘어 아직도 가슴 아픈 번민으로 남아 있을 리는 만무했다.

아주 먼 과거의 일이었으므로, 이제는 돌이킬 수 없는 먼 과

거의 일이었으므로, 그저 그립고 아름다운 추억 속에서만 존재하는 환상과 같은 것이었다.

우정도 마찬가지였다.

민우와의 우정은 이미 소멸되어버린 것이다. 민우는 잊혀진 옛 친구였다.

"그러나 그가 죽었다."

현태는 자신의 아파트로 차를 몰아나가면서 중얼거렸다. 실비가 내리기 시작했으므로 와이퍼를 작동시켰다.

벌써 오래전에 죽어버렸다. 이 말을 어떻게 다혜에게 고백할 수 있을 것인가.

일요일에 은영을 찾아가겠다고 약속한 이상 아내 다혜에게 모든 사실을 그저 비밀로 덮어둘 수만은 없는 노릇이었다.

─내가 잘못했다.

현태는 머리를 흔들었다.

차라리 사사로운 정을 냉정하게 베어버릴 것을.

─옛 친구의 아이라고 해도 어쨌든 그 아이는 민우의 아이가 아닌가. 나는 절대로 그 아이를 이상하게 받아들이지 않을 수 있다. 내 친자식처럼 바라볼 수 있다. 그러나 다혜는 다르다. 그녀는 첫 번째 아이를 유산한 지 몇 달 되지 않아 아직 정신적 충격에서 벗어나지 못하고 있지 않은가.

현태는 몹시 마음이 무거웠다.

오늘밤에 어쨌든 다혜에게 이 사실을 털어놓지 않으면 안 될 것이다. 그녀에게 먼저 양해를 구하지 못한 것은 내 불찰이다.

그러나 어쩔 수가 없었지 않은가.

현태는 아파트 앞 광장에 차를 세웠다.

뒷좌석에서 비닐봉투를 꺼내들고 현태는 비를 맞으며 아파트 입구로 들어섰다. 엘리베이터를 타고 올라가는 동안에도 마음은 계속 흔들렸다.

엘리베이터에서 내려 복도를 지나 집 앞까지 가는 사이에 현태는 어쨌든 오늘밤에 다혜에게 모든 사실을 털어놔야 한다고 마음을 굳혔다.

초인종을 누르자 금세 다혜의 목소리가 들렸다.

"……당신이에요?"

"……나야."

집으로 들어서며 현태는 들고 온 비닐봉투를 마루에 내려놓았다.

"몸은 좀 어때?"

"많이 나아졌어요."

체온을 유지하기 위해서 다혜는 옷을 겹겹이 껴입고 있었다.

"비가 와요?"

현태의 손에서 코트를 받아들면서 다혜가 물었다. 코트 위에 맺힌 빗방울을 본 모양이었다.

"방금 내리기 시작했어."

"그것도 모르고 잠만 잤네. 감기약을 먹으면 어찌나 졸린지요. 뭘 사오셨어요?"

다혜는 비닐봉투 안을 들여다보았다.

"어린애처럼 오징어는 뭐예요?"

"밤에 심심할 때 구워 먹으려구."

현태는 옷을 벗으면서 말했다.

"나 배고파. 배고파 죽겠어."

"찬이 없는데 사온 걸로 만들어 드시겠어요? 그냥 배고픈 김에 드시겠어요?"

"게를 사왔잖아. 게찌개 좀 해줘. 그동안 난 목욕을 하겠어. 몹시 고단해."

"그럼 목욕부터 하세요."

쿨럭쿨럭 다혜는 기침을 하면서 부엌 쪽으로 걸어갔다. 현태는 욕실로 들어가 더운물을 받았다. 물이 찰 때까지 이를 닦았다.

─밥을 먹은 다음에 기회를 봐서 말을 꺼내자. 밥을 먹은 다음에는 한가한 저녁 시간이 있게 마련이니까. 그때 이야기하자. 그럼 마음의 충격이 덜할 것이다.

현태는 뜨거운 물에 뛰어들었다. 하루 종일 격무에 시달린 몸을 뜨거운 물이 바늘처럼 찔렀다.

─어리석은 놈. 어리석은 녀석. 그처럼 비참하게 죽다니.

현태는 더운물 속에 몸을 담그고 누워서 잠시 옛 친구의 잔영을 떠올려보았다. 그러나 거짓말처럼 그렇게도 절친했던 옛 친구의 얼굴은 떠오르지 않았다.

"아직도 멀었어요? 다 차려놨어요."

다혜의 목소리가 잠시 옛 꿈에 잠긴 현태를 일깨웠다.

"다 끝났어. 곧 나갈게."

현태는 수건으로 젖은 몸을 닦으면서 욕탕에서 나왔다. 가운을 입고 머리에 묻은 물기를 수건으로 벅벅 닦으면서 식탁에 앉았다.

식탁 위에는 벌써 상이 차려져 있었다. 참을 수 없는 식욕이 몰려왔으므로 현태는 탐욕스럽게 먹기 시작했다.

"천천히 드세요."

앞자리에 앉아서 물끄러미 현태의 먹는 모습을 바라보던 다혜가 웃으면서 말했다.

"꼭 게걸 들린 사람 같아요."

"당신은 왜 안 먹어?"

"먹고 싶지 않아요. 입맛이 없어요."

쿨럭쿨럭 다혜가 기침을 했다.

현태는 묵묵히 식사를 하면서 언제 어디서부터 이야기를 꺼내야 할 것인가 끊임없이 생각했다. 그는 머리가 무거웠다.

게의 살을 바르고 와작와작 게의 껍질을 깨물어 먹으면서도 현태의 머릿속은 끊임없이 탐색과 조심스러운 진단으로 흔들렸다.

식사를 마치고 아내가 설거지를 하는 동안 현태는 거실에 앉아서 음악을 들었다.

"커피 드실래요?"

"좋지."

현태는 소파에 깊숙이 몸을 묻은 채 파이프에 꾹꾹 담배를 눌러 담았다. 맛 때문이 아니라 향 때문에 이따금 피우는 파이프

담배에 불을 댕기고 현태는 비 오는 광장을 내려다보았다. 이제는 빗방울이 제법 굵었다.

유리창 위를 때리는 빗방울 소리가 바람에 실려서 제법 세차게 들려왔다. 커피를 끓여서 다혜가 현태의 옆자리에 다가왔다. 맛있는 커피 향기가 났다.

"웬 비가 장맛비 같아요. 봄비 같지 않구요."

다혜가 흘긋 창밖을 바라보면서 혼잣말처럼 중얼거렸다.

"여름이 오려고 그러는 거겠지. 봄비가 아니라 여름을 재촉하는 비니까."

"벌써 여름인가요? 아, 세월 한번 빨라라."

다혜는 벽에 걸린 달력을 보았다.

"내일모레면 5월이에요. 세월 가는 줄 모르고 살고 있네요."

쿨럭쿨럭 다혜가 기침을 했다. 현태는 말없이 아내의 몸을 등 뒤에서부터 꼭 껴안았다.

"왜 이래요. 커피 쏟아져요."

"당신 몸에서 좋은 냄새가 나는데."

"놀리는 거예요? 감기 때문에 사나흘 머리를 감지 않았다고 놀리는 거예요?"

"이런 좋은 냄새가 난다면 한 달이고 두 달이고 머리를 감지 말아."

현태가 아내의 목덜미에 키스를 했다.

"왜 이래요. 야단스럽게."

저 혼자 돌아가던 레코드가 끝났는지 같은 부분을 계속 들려주고 있었다. 현태가 일어서서 레코드판을 뒤집었다. 바늘을 올려놓자 깨끗하게 모차르트의 음악이 흘러나왔다.

"오늘 말이야, 오늘 낮에 말이야⋯⋯."

현태는 다시 소파로 돌아오면서 불쑥 입을 열었다.

"낮에 회사로 손님이 찾아왔었어."

다혜는 말없이 현태를 바라보았다.

"아주 특별한 손님이 왔어. 당신 생각나? 오 년 전인가 육 년 전인가, 우리 둘이서 민우를 찾아갔던 것 기억나? 왜 여름이었지?"

현태는 아무렇지도 않게 자연스레 말을 이었다. 다혜는 어째서 그런 이야기를 꺼내는가 이해할 수 없다는 눈으로 현태를 쳐다보았다.

"그때 만났던 여자 기억나?"

현태는 대답을 기다리지 않고 식은 커피를 단숨에 들이켰다.

"그 여자가 나를 찾아왔었어."

현태는 아내의 얼굴을 바로 쳐다보지 못하고 비 오는 창밖을 내다보았다.

"그 여자가요? 왜요?"

아무런 동요 없는 목소리로 다혜가 물었다.

"정말 뜻밖이었어. 처음엔 몰라봤어. 너무나 달라졌으니까. 아니, 달라졌다기보다는 그만큼 세월이 흘렀으니까."

"다들 잘 있대요?"

다혜가 현태를 쳐다보며 물었다.

"커피 한 잔 더 드시겠어요?"

"아니, 마시고 싶지 않아."

"민우 씨랑 아이랑, 다 잘 있대요? 참, 이제 아이가 많이 컸겠네요. 일곱 살이 됐겠지요?"

"내년에 학교에 간다더군."

현태는 슬쩍 아내의 얼굴을 쳐다보았다.

"……민우 씨는 잘 있대요?"

"민우가 불행하게 되었어."

현태가 꺼낸 파이프에 불을 붙였다.

"정말 비극적인 일이야. 민우는 죽었어."

천천히 커피를 마시던 다혜가 문득 고개를 들어 현태를 보았다.

밤이 깊어지자 바람이 세진 모양이었다. 바람에 실린 빗방울이 세차게 창문을 후려쳤다. 덜컹덜컹 유리창이 바람의 등살에 진절머리를 내고 있었다.

"교통사고로 죽었대. 너무 충격적인 일이라 더 이상 자세히 묻지는 않았어. 새삼스레 그 여자의 잊혀진 기억을 상기시키고 싶지는 않았어."

"……언제요?"

다혜가 밭은기침을 했다.

"도대체 언제 그런 일이 있었대요?"

"벌써 오래전에."

현태는 떨며 담배를 빨았다. 푸른 연기가 파이프에서 피어올랐다.

"벌써 오래전에 그렇게 되었다더군."

"아아, 가엾은 일이에요."

다혜가 마시던 커피를 탁자에 올려놓았다.

긴 침묵이 왔다.

두 사람은 묵묵히 창문을 때리고 할퀴는 빗방울을 바라보았다.

"민우 씨가 그렇게 되었군요. 아아, 가엾은 사람이에요. 우리
조차 그의 죽음을 모르고 있었군요."

긴 침묵 끝에 다혜가 입을 열었다.

"알리고 싶지 않았대. 하지만 우리가 죄를 지었지. 가엾게 죽
었어. 불쌍한 녀석이었어. 우리가 그를 까마득히 잊고 있었어."

"어디에 묻혀 있대요?"

"우리가 갔던 물가의 언덕에 묻혀 있대."

다혜가 일어섰다. 그녀는 창가로 가서 커튼을 닫았다.

바람이 새어들지 않도록 단단히 커튼을 닫고 나서도 그녀는
돌아서지 않았다. 그녀의 어깨가 흔들리고 있었다. 현태는 아내
가 울고 있다는 것을 알았다. 어떻게 할 것인가. 잠시 현태는 망
설였다. 눈물이 그녀의 슬픔을 달래줄 것이다. 현태는 소파에서
일어나 아내 곁으로 다가갔다.

"울지 마."

현태가 아내의 어깨를 등 뒤에서 껴안았다.

"다 지난 일이야. 벌써 오래전에 흘러간 일이야."

"믿어지지 않아요. 믿을 수가 없어요."

눈물에 젖어 목이 멘 소리로 다혜가 말을 이었다.

"그 사람이 죽었다구요? 아아, 가엾어요. 언제나 그 사람은 우리가 이미 지나온 옛 기억 속을 떠도는 나그네처럼 방황하고 있는 듯 느껴지는데요. 그렇게 덧없이 죽어버리다니. 아무도 몰래 숨바꼭질하듯 죽어버리다니, 그렇게 아름답던 사람이."

현태가 은영을 바꿔달라고 말했을 때 전화를 받은 여자는 몹시 당황한 목소리로 되물었다.

"누구요? 그런 사람이 없는데요."

순간 현태는 은영이 당부했던 말을 떠올렸다. 그래서 현태는 제니를 바꿔달라고 말했다. 기다리세요, 하고 여자는 진작 그럴 것이지 하는 듯 짜증스런 목소리로 말을 받았다.

잠시 후 은영의 목소리가 들렸다. 몹시 피로에 지친 목소리였다.

"어디세요?"

은영은 쉰 목소리로 물었다. 현태는 자신이 있는 빵집의 이름을 가르쳐주었다.

"아, 거기라면 우리 집에서 가까워요. 곧 나갈게요."

전화를 끊고 현태는 자리로 돌아왔다. 다혜는 시킨 빵을 먹을 생각 없이 포크로 찌르고 있었다.

"이리로 나오겠다는군. 집이 여기서 가까운 모양이야."

한낮의 빵집은 한산했다.

유리로 만든 진열장엔 오래되어 보이는 빵과 과자들이 딱딱하게 굳어 있었다. 창문을 통해서 햇살이 눈부시게 비쳐들어왔다.

"아무래도 자기가 있는 곳으로 오는 것은 싫겠지. 자기의 입장도 있으니까 말이야."

현태는 아내의 눈치를 보면서 변명하듯 말을 흐렸다. 현태는 따뜻한 우유를 삼켰다.

곧바로 서울을 떠나 이 기지촌으로 달려오는 길이었다. 오 년 만에 찾아온 기지촌은 엄청나게 달라져 있었다. 흥청이고 어딘가 북새를 떨던 기지촌은 그새 많이 정돈되고 도시화된 느낌이었다. 인근에 주둔해 있던 미군들이 이동해서 줄어들었기 때문인지 미군을 상대로 한 가게들도 많이 없어졌다. 이따금 영어로 된 간판이 붙은 옷집과 술집이 있었지만 그보다는 주민들 상대로 영업을 하는 상점들이 많이 들어차 있었다.

그래서 거리는 기지촌이 아니라 서울의 변두리에 자리잡은 신도시의 상점 거리 같아 보였다.

현태는 말없이 딱딱한 빵을 한 입 베어물었다.

거리로 면한 유리창 밖으로 먼지를 풍기면서 오토바이를 탄 사내가 달려갔다. 이따금 미군 병사들이 춤을 추듯 독특한 걸음 거리로 거리를 오르내리는 모습이 보였다.

다혜는 쿨럭쿨럭 기침을 했다. 감기 기운이 아직 완전히 가시지 않았는지 목이 부어 있었다.

"곧 온다고 했는데…… 시간이 오래 걸리지 않는다고 했는데……."

"곧 오겠지요."

다혜가 감정 없는 소리로 말을 받았다.

"옷이라도 갈아입으려면 시간이 걸리니까요. 여자들은……."

그때였다.

한길 건너에서부터 한 소년이 곧바로 빵집을 향해 걸어오는 모습이 보였다. 소년은 길을 건너서 빵집 앞 쇼윈도에 코를 박을 듯이 얼굴을 들이밀고 빵집 안을 들여다보았다.

그러나 유리창 밖에서 안을 들여다보는 것은 아무래도 무리였다. 소년은 안을 살피는 것을 포기하고 빵집 문을 열고 들어섰다.

다혜와 현태는 물끄러미 소년을 보았다. 소년의 얼굴을 본 순간 두 사람은 약속이나 한 듯 얼어붙어 꼼짝도 할 수 없었다.

소년의 얼굴은 그 옛날 그들의 곁에서 사라져버린 다정하던 민우의 얼굴 그대로였다. 실물대로 축소했기 때문에 소년의 얼굴은 민우의 얼굴과 더욱 닮아 있었다.

민우의 아들이다.

현태는 새삼스러운 얼굴로 그 소년을 지켜보았다.

소년은 빵집 안에 단 두 사람밖에 없다는 사실을 확인하고는 주춤주춤 두 사람 곁으로 다가왔다. 손님을 맞을 채비가 되었는지, 머리는 얌전하게 빗었고 새 점퍼를 입은 모습이었다. 새 운동화에 새 바지까지 입고 있었다.

"저어, 우리 엄마 만나러 오셨죠?"

"그래."

현태가 대답했다.

"엄마가 손님들을 모시고 오라고 했어요. 그래서 저를 보냈어요."

"네가 영철이냐?"

"예."

소년은 명랑한 목소리로 대답했다.

"빵 좀 먹을래?"

"아뇨."

소년은 머리를 흔들었다.

"먹고 싶지 않아요."

"알겠다, 가자."

현태와 다혜는 일어서서 셈을 치렀다.

세 사람은 밝은 햇살이 흘러넘치는 거리로 나섰다. 소년은 바지에 손을 찌르고 한 발짝 앞서 걸었다.

"집이 여기서 머니?"

"금방이에요. 오래 걸리지 않아요."

소년은 될 수 있는 대로 두 사람과 시선을 마주치지 않으려고 땅을 보고 있었다.

"우리가 누군지 알겠지?"

"예."

소년은 머리를 끄덕였다.

"우리가 누구냐?"

"아빠의 친구들이죠. 엄마가 가르쳐주셨어요. 아빠와 가장 친했던 두 사람이라고 가르쳐주셨어요."

"그렇구말구."

현태가 말을 받았다.

"우린 아빠와 가장 친한 친구들이었단다. 이 아줌마도, 이 아저씨도."

"엄마가 가르쳐주셨어요."

소년은 다시 한 발짝 앞서 걷기 시작했다. 두 사람은 말없이 소년의 뒤를 따랐다.

"아빠의 무덤이 있는 곳이 여기서 머냐?"

"아뇨."

소년은 머리를 흔들었다.

"저기 보이는 앞산에 묻혀 있는 걸요."

"그럼 영철아, 우리 엄마한테 들르기 전에 아빠한테 먼저 들렀다 갈까? 그게 순서가 맞을 것 같구나. 우린 니 아빠와 아주 친한 사람들이었거든."

"거긴 아무도 없는데요."

의아한 얼굴로 소년이 물었다.

"거긴 무덤뿐이에요."

"물론 그렇지……."

"엄마가 손님들을 모시고 곧바로 오라고 했는데요. 시간을 끌면 막 화를 낼지도 몰라요. 엄마는 화가 나면 아주 무서워요."

"나도 잘 알아."

현태가 웃었다.

"나중에 내가 잘 말해주겠다. 아빠가 있는 곳부터 먼저 가자."

"좋아요."

소년은 힘차게 앞장을 섰다.

소년은 가던 방향을 바꿔서 큰 거리로 내려섰다. 그 거리는 그대로 허허벌판이었다. 조금 달라지기는 했지만 오래전 물가에서 고기를 잡는 민우를 만나러 가던 그 길 그대로였다. 거리는 포장이 되었고 그래서 예전처럼 먼지는 피어오르지 않았다.

거리는 바뀌었지만 한 마장만 나서면 예전 그대로의 물, 예전 그대로의 숲과 나무들이었다. 빈 들판을 달려온 바람이 물가에 서 있는 나무들의 머리카락을 세차게 후려쳤다. 그러자 일제히 나뭇잎이 흔들리며 춤을 추었다.

교외로 나서자 소년은 다소 신이 난 듯 들놀이 나온 아이처럼 잰걸음으로 앞장서 나갔다. 개울을 따라서 예전처럼 맑은 물이 소리를 내면서 흘러내렸다. 한가한 시간을 틈타서 인근 마을에서 빨래하러 나온 아낙네들이 물가에 앉아서 방망이질을 하고 있었다.

"아빠의 얼굴이 기억나니?"

현태가 말없이 앞장서 걸어가는 소년에게 넌지시 말을 건넸다.

"아뇨."

소년은 머리를 흔들었다.

"생각나지 않아요."

"그렇겠지."

현태는 혼잣말로 중얼거렸다.

"네가 워낙 어렸을 때 돌아가셨으니까. 네 아버지는."

현태는 뭐든 끊임없이 소년에게 아버지 민우에 관한 이야기를 해주고 싶은 노파심을 느꼈다.

"아주 훌륭한 사람이었다. 네 아버지에 관해서 많이 알고 있니?"

"엄마가 가끔 이야기해주세요."

소년은 길에 구르는 돌멩이를 발로 툭 찼다. 개울가에서부터 야산으로 올라가는 오솔길로 접어들자 잔솔나무들이 줄지어 서 있었다.

"엄마는 아빠가 아주 좋은 사람이었대요."

"그럼 그렇구말구."

현태는 소년의 손을 잡고 맞장구를 쳤다. 그러한 두 사람의 의미없는 대화를 다혜는 말없이 지켜보았다. 두 사람의 모습은 다정한 부자지간처럼 보였다.

"니 아빠는 아주 훌륭한 사람이었지."

"공산당도 많이 죽인 사람이라면서요?"

"물론."

현태는 천연덕스럽게 고개를 끄덕였다.

"니 아빠는 용감한 군인이었지."

"주사도 잘 놓고 손으로 만지기만 해도 아픈 배가 낫는 유명한 의사 선생님이셨다면서요?"

"그럼."

현태는 맞장구를 쳤다.

"니 아빠 아주 훌륭한 의사 선생님이셨지."

소년은 차츰차츰 낯선 사람들에 대한 경계의 마음을 풀었다. 소년은 진심으로 맞장구를 쳐주는 현태의 대답에 신이 난 모습이었다.

"아빠 나쁜 놈들과 싸우다가 돌아가셨대요. 울 엄마가 그랬어요. 나쁜 놈들이 나쁜 짓을 하는 것을 못 하게 하다가 용감하게 돌아가셨대요."

"그럼, 그랬지."

언덕을 올라서자 평평한 분지가 드러났다. 양지 바른 곳이었다. 언덕 위에 올라서자 한눈에 평평한 초원과 개울과 멀리 인가들의 모습이 드러나 보였다.

그 분지 사이에 작고 초라한 무덤이 누워 있었다. 돌보는 사람의 손길이 미치지 않는 듯 간신히 솟아오른 봉분 주위에는 거칠게 웃자란 잡초들이 무성했다. 그 잡초 사이에 손바닥만 한 비석 한 개가 서 있었다.

"다 왔어요."

소년이 가쁜 숨을 몰아쉬면서 제자리에 섰다. 소년은 곁눈으로 두 사람을 흘긋 훔쳐보았다.

"아빠의 무덤이에요."

두 사람은 말없이 무덤을 내려다보았다.

무덤은 버려진 채 황폐해져서 그저 야산의 얕은 구릉처럼 보였다. 무덤 앞이 무너져내려 붉은 황토가 피와 같은 시뻘건 속살을 드러내놓고 있었다.

"아무것도 사오지 못했군."

현태가 아내의 얼굴을 보았다.

"술이라도 한 병 사올 걸 그랬어. 아니면 꽃이라도 사오든지."

"상관없어요."

다혜가 무심히 대답했다.

"그냥 찾아오면 됐지요."

"그래도 섭섭해할 거야."

현태가 무덤 위를 살아 있는 사람의 머리처럼 쓰다듬었다.

"미안하다, 민우야. 너무 늦었다. 너무 네 소식을 모르고 있었다. 용서해다오."

현태는 무덤가에 앉아서 손으로 무성한 잡초를 쓸어내렸다. 그리고 무덤 주위를 돌면서 봉분 주위로 웃자란 잡초들을 뜯어냈다. 마치 그렇게 함으로써 옛 친구에 대해 속죄라도 하는 듯이.

소년은 소나무숲에 앉아서 물끄러미 두 사람을 지켜보았다.

다혜는 지난해에 태어나 긴 겨울을 이겨오는 동안 마르고 시든 풀잎 위에 조용히 앉아 있었다.

언덕 아래에서부터 바람이 불어와 무성히 자란 풀잎들을 스치고 사라졌다.

그 언제였던가.

다혜의 머릿속에 아득히 먼 옛 추억이 떠올랐다. 언제였던가. 언제였던가. 아, 기억의 회랑 속을 뛰어달려가 보면 그 막다른 방, 그 막다른 문 뒤에 늘 푸른 나무 한 그루가 자라고 있다.

아득히 먼 대학 시절, 그날도 오늘처럼 따뜻한 봄날이었다. 문과대학 옆 비탈길에서 우연히 자전거를 타고 지나던 남학생과 부딪쳐 넘어졌지. 그때 부딪친 사람이 이 무덤 속에 누워 있다. 이미 탈골되어 한 줌의 뼈가 되어서. 그때 그 사람은 어디에 있는가. 그때 그 젊고 아름답던 청년은 어디에 갔는가? 그 청년의 흔적을 이 무덤 속에서 찾을 것인가. 아니다. 그것은 잠시 하늘에 떠가는 구름이 한순간 저희들끼리 어우러져 만들었던 하나의 영상에 불과한 것이다.

목련꽃 그늘 아래서 베르테르의 편지를 읽고 구름꽃 피는 언덕에서 피리를 불던 기억은 시든 풀잎을 스쳐가는 무심한 바람에 불과한 것.

아아.

나는 얼마나 그 사람을 사랑했던가. 아득히 먼 옛 기억 속에서 나는 그 사람만을 사랑하고, 그 사람만을 생각하고, 그 사람만을 기도했다. 생각하는 것만으로도 행복했다. 기도하는 것만으로도 행복했다. 생각난다. 그 언젠가, 그 사람을 찾아서 설악산의 계곡으로 홀로 가던 옛 추억이, 그날 밤 물가에서 입맞추던 그 첫키스의 날카로운 기쁨이.

그 사람은 어디에 있을까. 사랑하고 그토록 생각하고 그토록 기도하던 그 사람은 어디에 있을까. 그 사람이 저 무덤 속에 있다는 것은 거짓이다. 그 아름답던 젊음은 저 무덤 속에 묻혀 있는 것이 아니다. 마음의 헛간 속에 채집되어 있다.

그 사람은 어디에 있는가. 그 사람은 어디로 갔는가. 옛날을 말하던 기쁜 우리들의 젊은 날은 어디로 갔는가.

이제는 다시는 돌아오지 못한다. 기쁜 우리들의 젊은 날은 저녁놀 속에 사라지는 굴뚝 위의 흰 연기와도 같았나니.

그때였다.

언덕 아래에서 바람이 불어오면서 풀잎을 스쳤다. 그러자 풀잎의 현(絃)들이 어우러져 영롱한 음악을 연주하기 시작했다. 다혜는 귀기울여 그 음악 소리를 들었다.

성문 앞 샘물 곁에 서 있는 보리수.
나는 그 그늘 아래 단꿈을 보았네.
가지에 희망의 말 새겨놓고서.
기쁘나 슬플 때나 찾아온 나무 밑.
오늘밤도 거니네 보리수 곁으로.
캄캄한 어둠 속에 눈 감아보았네.
가지는 흔들려서 말하는 것같이.
그대여, 이곳에 와서 안식을 찾아라.

다혜는 미소 지으면서 풀잎을 스치는 바람이 엮는 아름다운 노랫소리를 끝까지 들었다. 그리고 바람을 타고 스러져가는 민우의 옛 모습을 물끄러미 쳐다보았다.

"뭘 하는 거요?"

현태가 말없이 앉아 있는 아내를 돌아보며 물었다.

"넋 나간 사람처럼 앉아서."

"옛날을 생각했어요."

다혜가 웃으면서 말했다.

"그래, 지난 일들은 모두 아름답지."

"노래도 들었어요."

"노래? 무슨 노래?"

"난 들었어요. 당신은 듣지 못했나요?"

"갑자기 노래라니, 무슨 노래 말이오?"

"……민우 씨의 노랫소리를 들었어요."

"그래?"

말없이 웃으면서 현태는 잘라낸 풀잎들을 한구석에 쌓아놓았다.

"이제 내려갑시다. 소년의 어머니가 우리를 기다리고 있을 거요. 너무 시간이 흘렀어. 무슨 일이 생겼나 걱정할 거요. 어디 갔나 하고."

현태는 주먹나팔을 만들어 소년을 불렀다. 그러자 소나무숲에서 소년이 튀어나왔다.

"어디 갔었니? 네가 우리를 놔두고 도망쳐버린 줄 알았다."

"오줌 누러 갔었어요."

낯을 붉히면서 소년이 대답했다.

"가자, 네 아빨 만났으니까, 이제 네 엄말 만나러 가야지."

다혜는 일어섰다. 옷에 묻은 풀 검불을 현태가 털어주었다. 우선 눈에 띄는 대로 웃자란 잡초들을 현태가 대충 정리해주어서 황폐하던 무덤은 놀랍게도 말쑥해졌다.

"잘 있어, 민우."

현태가 손을 저으면서 웃었다.

"잘 있어. 피리 부는 소년. 또 오겠다."

세 사람은 비탈을 내려왔다.

"피리 부는 소년이 누구예요?"

소년이 못내 궁금한 듯 고개를 돌려 현태에게 물었다.

"네 아빠의 옛날 별명이었지. 아저씬 네 아빨 피리 부는 소년이라고 불렀지."

"왜요? 아빠가 피리를 잘 불었나요?"

"잘 불었고말고……."

현태가 소년을 번쩍 안아들었다. 현태는 소년을 자신의 어깨에 올려 무등을 태웠다.

"네 아빠가 피리를 불면 나무도 춤추었지. 어린아이도 울음을 그쳤단다……."

현태는 소년의 다리를 손으로 찰싹 때리면서 말했다.

"이제부터 널 피리 부는 소년이라고 부르자."

"저를요?"

"그래, 너를 그렇게 부르자."

"하지만 전 피리가 없는 걸요."

소년은 투정하듯 말했다. 소년은 이미 현태와 혈육 이상으로 친숙해져 있었다.

"피리는 곧 생기게 마련이지."

"어떻게요? 어디서 사나요? 누가 주나요?"

"누가 주지."

"누가요?"

"하느님이 주신다."

현태는 미리 짜여진 문답을 외듯 척척 말을 받아넘겼다.

"이젠 내려놓아야겠다. 보기보다 무겁구나."

어깨 위에서 소년을 내려놓은 현태가 말했다.

"자, 엄마한테 달려가거라. 달려가서 말하거라. 손님들이 곧 온다고. 빨리 뛰어가거라, 피리 부는 소년."

그 사람은 어디에 있을까.

사랑하고 그토록 생각하고 그토록 기도하던 그 사람은 어디에 있을까.

그 사람이 저 무덤 속에 있다는 것은 거짓이다.

그 아름답던 젊음은 저 무덤 속에 묻혀 있는 것이 아니다.

마음의 헛간 속에 채집되어 있다.

겨울나그네 2

초 판 1쇄 발행 2005년 11월 23일
개정판 1쇄 인쇄 2023년 12월 5일
개정판 1쇄 발행 2023년 12월 15일

지은이 최인호
펴낸이 정중모
펴낸곳 도서출판 열림원

출판등록 1980년 5월 19일(제406-2000-000204호)
주소 경기도 파주시 회동길 152
전화 031-955-0700
팩스 031-955-0661
홈페이지 www.yolimwon.com
이메일 editor@yolimwon.com

페이스북 /yolimwon
트위터 @yolimwon
인스타그램 @yolimwon

주간 김현정 책임편집 황우정
편집 조혜영 김민지
디자인 강희철

마케팅 홍보 김선규 최은서 고다희
온라인사업 서명희
제작 관리 윤준수 이원희 고은정 구지영

ISBN 979-11-7040-243-5 04810
ISBN 979-11-7040-241-1 (세트)